黄济人 著

图书在版编目（CIP）数据

天风吹我 / 黄济人著. -- 重庆：重庆出版社, 2025. 8. -- ISBN 978-7-229-20475-4

Ⅰ. I247.5

中国国家版本馆CIP数据核字第2025J412T3号

天风吹我
TIAN FENG CHUI WO
黄济人 著

策划编辑：肖化化
责任编辑：刘 喆　赵仲夏
责任校对：廖应碧
书籍设计：潘振宇

重庆出版社 出版

（重庆市南岸区南滨路162号1幢　邮编：400061　http://www.cqph.com）
重庆三达广告印务装璜有限公司印刷
重庆出版社有限责任公司发行
全国新华书店经销

开本：889×1194 mm　1/32　印张：9.25　字数：216千
2025年8月第1版　2025年8月第1次印刷
ISBN 978-7-229-20475-4
定价：88.00元

如有印装质量问题，请向重庆出版社有限责任公司调换：023-61520646
版权所有　侵权必究

天风吹我,

堕湖山一角,

果然清丽。

曾是东华生小客,回首苍茫无际。

屠狗功名,

雕龙文卷,

岂是平生意?

乡亲苏小,定应笑我非计。

才见一抹斜阳,

半堤香草,

顿惹清愁起。

罗袜音尘何处觅,渺渺予怀孤寄。

怨去吹箫,

狂来说剑,

两样销魂味。

两般春梦,橹声荡入云水。

目录

1 /002
2 /009
3 /015
4 /022
5 /029
6 /035
7 /041
8 /047
9 /053
10 /059
11 /065
12 /071
13 /077
14 /083
15 /089
16 /095
17 /101
18 /108
19 /114
20 /120

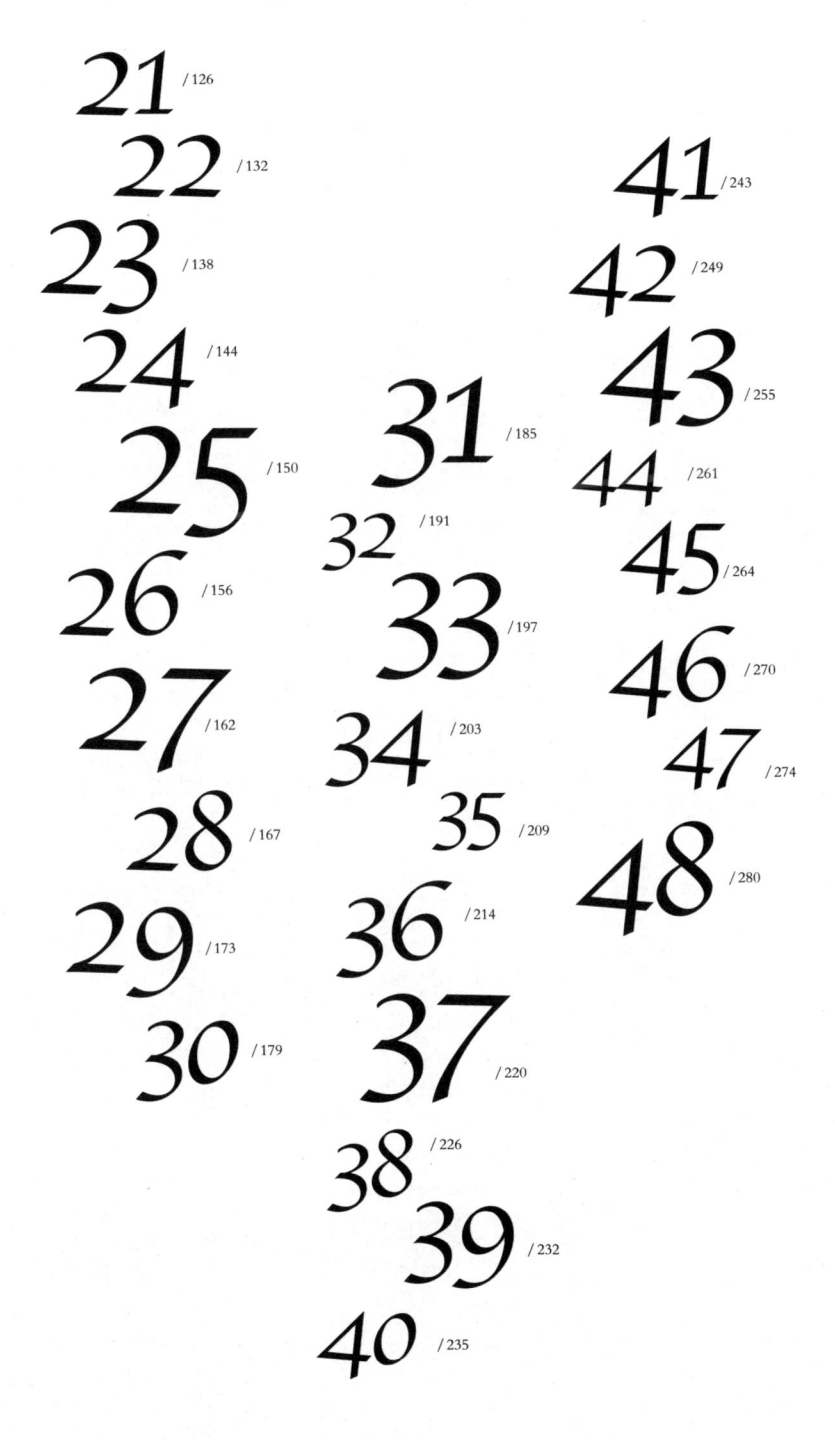

21 /126
22 /132
23 /138
24 /144
25 /150
26 /156
27 /162
28 /167
29 /173
30 /179

31 /185
32 /191
33 /197
34 /203
35 /209
36 /214
37 /220
38 /226
39 /232
40 /235

41 /243
42 /249
43 /255
44 /261
45 /264
46 /270
47 /274
48 /280

1

我记事很晚。

相对清晰的记忆，还是在南京市府西街小学上一年级的时候。我的语文老师沈锡贞正在讲课，却被一位身穿解放军军装的青年男子打断了，他走进教室，对沈老师一阵耳语，然后退回到教室门口。沈老师问大家，你们的家长有没有在南京军事学院工作的？如果有，请举手。我把手举起来的同时，另外两个同学也举起了手。沈老师又说，那好，你们三个同学跟这位解放军叔叔一起走，校门口有车接你们去种牛痘。

我懂事很早。

起身离开教室的时候，我在几十个同学羡慕的目光中感觉到了高贵与尊严，虽然那些同学的家长们是干什么工作的，我并不知道。我知道的是东方红太阳升，是没有共产党就没有新中国，是解放军解救了劳苦大众，换来了今天幸福无比的生活。当然，这些比较理性的东西，大都来自小学的课本，来自学校的教育，至于和我的家庭，似乎并没有发生多大的联系。

我的父亲叫黄剑夫，他穿着解放军的军装，在南京军事学院地形教授会教书，这是我从小就知道的，只不过，距离那天种牛痘还不到一个星期，发生在家里的事情，让我对自己的记事与懂事产生了怀疑。这件事情是我放学回家碰见的：四五个青年解放军在一位中年解放军的带领下，用十字镐撬开了我家包括客房和卧室的所有地板,说是有人举报我父亲藏有地下电台与通讯密码,自从国民党政权溃逃台湾以后,从来没有中断过与他们的联系。抄家的时候,我父亲并不在场,等他下班回来,一无所获的五六个解放军已经走了。父亲平日里不多说话,这时候更是一言未发,只是找来好些长短不一的木条,把残缺的地板重新铺好。我家住在南京白下区南捕厅15号,这是清朝末年留下来的一个大院子,院子里面,住了二十户人家,家家都有父辈在南京军事学院任教,所以用今天的话说,这里是军事学院教职员工的一个家属住宅小区。

我家的邻居姓曾,曾家的独生子是我小学的同班同学,他的父亲我们叫曾伯伯,听说曾经在德国军事学院学过应用战术,所以现在担任着南京军事学院战术教授会的教官。我家被抄的第三天,曾家也被抄了。和我家不一样,举报人似乎没有说谎,真还在曾家的墙缝里,搜出了一张写有曾伯伯名字,盖有国民党政权大印的委任状。曾家被抄的当夜,曾伯伯自杀身亡。他身亡第二天,我听见院内有几个阿姨在议论他的死法:他是用半块砖头,把一根长钉子拼命打进脑袋里的。

曾伯伯慈眉善目,每次见到我,总喜欢拍拍我的肩头,说我长得虎里虎气,长大以后,可以成为统率千军万马的将军。我说我才不要当将军,我要当爸爸和曾伯伯那样教将军的老师。我知道,南京军事学院的学生大都是解放军的师长军长们,能够教他们的老师,一定比他们更有本事更有学问。可是,我家被挖地三尺,曾伯伯死于非命,对于生活的变化,我不知道究竟发生了什么事情。爸爸依然沉默寡言,每日早出晚归,心情特别压抑的时候,喜欢喝几口烈酒,然后蒙头大睡。倒是妈妈见我慢慢长大,告诉了一些我似懂非懂的事情。她说政府在搞镇压反革命运动,你爸爸过去是国民党军官,是投诚到解放军这边来的,所以在运动当中,你爸爸、曾伯伯,还有不少军事学院的教员,都有反革命分子的嫌疑。妈妈又说,好在运动结束了,谢天谢地,没有清查到你爸爸有什么问题。那时家里还有外婆,她是虔诚的佛教徒,口里还念念有词:菩萨保佑,菩萨显灵……

时间是个好宝贝,留在心里的阴影慢慢消失以后,我迎来了自己的金色童年。小学三年级首批加入少年先锋队,在戴上红领巾那天,我写了一篇日记,日记里有这样的句子:红领巾虽然只是红旗的一角,但是它是革命精神的全部,只有明白了这个道理,才能当好共产主义的接班人。日记被选用在教室里的墙报上,语文老师沈锡贞看见了,拿到课堂当范文宣读,读完以后连说了三遍"好"。我的写作兴趣,便是在那三遍"好"当中诞生的,按照我当时的理解能力,其实说一遍"好"就足以让我心满意足了。

我的第二兴趣是唱歌。南京有个少年宫，少年宫里有个小红花艺术团合唱团。被选中去合唱团唱歌的除了我，还有同校同班的一位女同学。她叫杨小青，住在我家附近，因为每次排练节目，少年宫总会有车先来接我，后去接她，这样就认识了她的父母、她的姐姐、妹妹、弟弟，甚至她的爷爷、奶奶。她们一家人对我甚为热情，尤其是她的母亲，每次见到我，都会在我的兜里塞进几颗上海产的大白兔奶糖。仿佛是一种回报，我的同学到家里玩耍的时候，在几个女孩里面，我的母亲最喜欢的就是杨小青，说她除了声音甜，长相也甜，特别是她安静的性格，像一只正在打盹的猫咪。"猫咪好长时间没见了，你怎么不叫她常来家里坐坐？"母亲曾经这样问我。

杨小青不可能常来我家，因为我即将永远地离开南京了。那是上小学五年级的时候，父亲收到了从部队转业回地方工作的调令。离开军事学院，就意味着离开南京，回到原籍工作，就意味着回到四川。我父亲是四川江津人，十九岁高中毕业后报考黄埔军校，就读于五期步兵科。同班同学中有一位名叫邱行湘的江苏溧阳人，两人一见如故，情同手足。邱行湘做媒，把自己的胞妹邱行珍介绍给我的父亲黄剑夫，这样，邱行珍便成为我的母亲，邱行湘便成为我的舅父。我是在北京出生的，那是1947年，我父亲担任国民党十六军副军长兼二十二师师长的时候，率部驻守在京郊德胜门外，而居家的地方也就是我出生的地方，在王府井附近的北帅府胡同6号四合院里。母亲告诉过我，因为住家距协和医院很近，医院的名医林巧稚大夫是父亲专门请到家里为我接生的，又因为生下的是男孩，他们还特意用了一张东北虎的虎皮作为谢礼。

时至解放前夕，"华北剿总"司令傅作义率部起义，北京得以和平解放。父亲在以后撰写的文史资料里说，傅作义在宣布起义之前曾经找过他，要他率部开进德胜门之内，接受解放军的整编，他却以"军长袁朴远在南京，北京的事情无法作主"为由，拒绝参加起义。遣散部队之后，他只身前往东单机场，飞抵南京向蒋介石复命。蒋介石在成都附近的新津召开国民党在大陆的最后一次军事会议时，我父亲参加了这次会议，并且被任命为国民党第五兵团属下一个军的军长，用父亲以后告诉我的话说，那时一个军的人马连一个师的人数都凑不齐了。他奉命驻守川北古城阆中，以作最后的顽抗。时值蒋介石逃去台湾，刘邓大军挺进西南，在共产党阆中地下组织的协助下，我父亲宣布投降。起义是主动的，投降是被动的，虽然如此，解放军还是接纳了父亲，在打下重庆不久，刘伯承亲自会见了父亲，并且把他送去刚刚组建的西南军政大学学习。

西南军政大学在重庆，我三岁那年，随父母来到这座城市，可是不到半年，我又随他们去了南京，那是因为解放军组建了军事学院，刘伯承担任院长，而学院的教官们，有国民党的起义将领，也有像我父亲这样自己放下武器的国民党军官，至于学员，以后才知道，大都为解放军师级以上的将领。我父亲教过的学员当中，就有以后担任中国人民志愿军副司令员的杨勇将军，和担任成都军区副司令员的韦杰将军。我之所以从小就知道杨勇，那是因为他送给父亲的《马克思恩格斯全集》的扉页上，写下了这个名字；至于韦杰，记得有年除夕他来我家拜年，手里提着一筐从广西老家带来的水果，有香蕉，有橘子，还有菠萝。

让童年的记忆留在南京吧，因为我们全家已经开始收拾行李，做好了打道回府的准备。可是就在这样的时候，江苏省京剧学校来了一位老师，他说经过少年宫的推荐，又经过他们的目测，决定招收我为该校少年班的学生。母亲有些犹豫，她特地去了杨小青家，征求了她妈妈的意见。杨家父母倒是态度坚决，让我母亲把我留在南京，衣食住行由他们全家负责。我父亲的意见自然是至关重要的，他对母亲说，我再倒霉，也不至于让儿子去当戏子！那年我刚满十岁，还不到能够掌控自己命运的年龄，所以虽有依恋之情，即便到了一步三回头的境地，仍然需要跟随父母的步伐，踏进一个完全陌生的世界。

2

江津，位于四川东部，长江边上的一座县城，虽然我没有出生在这里，但是这里是父亲的老家，所以也就成了我心仪已久的圣地。父亲转业的时候，组织部门把他安排在省会成都，可是他执意要回原籍。公开的理由是老母尚在，思乡心切，私下的理由却是我慢慢从他身上读到的，那就是半生戎马，成败皆空，心力交瘁之际，唯有解甲归田才是最符合心境的路径。当然，父亲不可能回到乡下种庄稼，他被组织部门安排到江津县政协驻会，没有职务，没有级别，有的只是和南京军事学院任教时相同的俸禄。

在那个年代，县委书记的工资也不过每月几十块钱，所以父亲每月能有一百多元的收入，亦可算是当年的高薪阶层了。但不知为什么，父亲常与母亲吵架，为的恰恰是经济问题。慢慢长大以后，才知道我们全家每月的开支，也只有几十块钱，其余部分全部被父亲拿去孝敬了我的婆婆，支援了我的伯伯、叔叔们。由于子女较多，我家的经济状况尤显拮据，在南京的时候尚不觉得，因为作为部队家属，享受的是衣食无忧的供给制，到了江津，情况发生变化，连留在南京读大学的哥哥写信要点零花钱的时候，家中也无钱可寄。除了哥哥，我上面还有两个姐姐，下面还有一个弟弟，两个姐姐分别从南京一中转学到了江津一中的高中部和初中部，我则从南京府西街小学转学到了江津四牌坊小学，弟弟也在这个小学读书，只不过我读的是高小，他读的是初小。我们兄弟姐妹五人，每人中间间隔三岁。

我不知道他们初来乍到的感受，没有比较便没有鉴别，两个姐姐已在南京度过了有认知的时代，如果她们有所感受的话，相信一定比我来得深刻。我的感受其实是一种发现，江津的乡下老人喜欢包头巾，江津的城里小伙喜欢打赤脚，于是我便入乡随俗，把穿在脚上的鞋子穿烂以后，再也没有穿过一双新鞋。不过，一种发现之后，另一种发现出现了，那就是包头巾与其说是喜欢，不如说是习惯，打赤脚与其说是民俗，不如说是贫寒。是的，我忘不了大冬天从热被窝爬出来，双脚却要落在三合土上的寒冷。三合土这个名词也是到了江津以后才知道的，家里面泥土地面既潮且滑，父亲就像别人家的做法那样，用石灰、炭渣和河沙三合为一，然后再用泥水匠的工具将地面夯实碾平。那个时候还不知道水泥为何物，等到水泥铺向大马路的时候，才知道又一场灾难即将来临。南京是火炉，距离重庆不到一百公里的江津也是火炉，南京的炙热是额头上面冒汗珠，江津的炙热却是脚板底下起水泡。那年盛夏，中午时分，我赤脚从操场的一头跑到另一头，由于跑得慢了，脚底居然出现了面积不小的烫伤。

皮肉之苦也许算不了什么。

那时江津没有自来水，有了以后被人称之为机器水，机器水的管道却不可以铺往老百姓的家中，接通的只是街道侧旁的供水站。人们需要带着木桶或铁桶去那里排队接水，然后或提或挑把水倒进自家的水缸里。我家住在政协机关附近的黄荆街，相隔最近的供水站却有不近的距离，这样的体力活自然非我莫属，母亲夸我懂事，便是从肩挑第一担机器水开始的。奈何机器时有维修，供水间或中止，这样的时候就需要到江边挑水。那是一个夏天，江水猛涨，水流湍急，我用木桶打水的时候，一不小心滑落江中，瞬时卷入漩涡，身体下沉，除了两耳嗡嗡作响，别的什么也不知道了。

等我苏醒过来，发现自己躺在江边的沙滩上，四周围了一群人，见我睁开眼睛，他们有人鼓掌，有人说话，虽然我不知道当中谁是我的救命恩人，但是滑落我脸上的，除了额头的水珠，还有感激的泪花。我是小孩，小孩可以掉泪，母亲是大人，大人不可以掉泪，所以这件事情我从来没有告诉她，否则的话，母亲会把挑水的扁担放在她的肩上，穿街过巷，爬坡上坎，一天要走几个来回。

我的母亲邱行珍，江苏溧阳人，嫁给父亲以后，就一直随军生活，不管父亲在国民党军队还是在共产党军队。母亲原本是大家闺秀，读过私塾，也上过新学，典型的江南女子，性情温和，说话温柔。她写得一手娟秀的蝇头小楷，我的书法根底，便是从母亲那里继承过来的。

母亲不曾参加过工作，到了江津的第二年，迫于生活压力，她主动去一家废品收购站，戴着手套，做一些废铜烂铁的清理。有时放学回家，我会绕道去看看母亲，可是每次母亲都很生气，她说这里环境污浊，空气不好，要我赶紧回家做作业去。以后从别人嘴里知道，母亲不想我去看她，是因为不想儿子看到自己这样没有出息。母亲这辈子唯一从事的职业却没能坚持下去，至于原因，我是从她与父亲吵架时听出来的，父亲说，家庭经济困难，这并不是丢人现眼的事情，可是母亲这份下贱的工作，却让他的脸面在家乡父老面前荡然无存。

父亲在江津的确是位公众人物，他在国民党军队任职的时候，曾经率部驻守过江津的西门，所以解放以后，直到从共产党军队转业回到原籍，仍有一些老者以黄师长称之。又由于他在江津县政协担任驻会委员，所以还有一些老乡叫他黄委员或者黄先生，在我童年的记忆里，还没有听到有人直呼其名的。父亲人缘好，与他的忠厚老实有关，他说话谦卑，行事低调，除了有时与母亲争吵，我从未发现他与任何人红过脸。正所谓一方水土养一方人，父亲自从回到江津，南京的愁云渐渐离他而去，他不再沉默寡言，遇到值得庆幸的事情，他也会开怀大笑。我是在小学快要毕业的时候才第一次见到父亲的笑容的，由于事发突然，我有些害怕，甚至想哭。

只不过，笑容很快就从父亲的脸上消失了，代而存之的是深陷的皱纹。那日读高三的大姐从学校拿回一张表格，说是高考之前学校要考生登记，以备政审。表格中有一栏叫作家庭出身，大姐在这一栏填上了"革命军人"四个字，理由是父亲参加了中国人民解放军，可是这四个字被班主任否定了，班主任说家庭出身是根据父亲在解放前的职业确立的，因此应该填写"伪军官"三个字。大姐感到委屈，她哭着对班主任说，那你再给一张表格，我先去问问父亲，父亲也同意你的说法的话，我就立马改写。父亲同意了，同意得顺从，同意得服帖。这是大姐事后告诉我的，因为同一个父亲，同一个家庭出身，不能不关系到我今后的升学。只是由于喜欢读点闲书，也许我比大姐更能理解、更能谅解父亲，因为书里有句话叫作"败军之将，何敢言勇"。

大姐学习成绩优异，在南京一中的时候排名前十，在江津一中的时候排名前五，可是由于家庭出身的缘故，她在填报重点大学和军事院校的时候受到了限制，于是报考了普通大学和师范学院。她的第一志愿是上海师范学院，她认为大地方的眼光与小地方的眼光应该有所不同，从而能够让她的发展空间有所改变。不言而喻，在那个讲究阶级斗争的年代，事与愿违已经成了我们这类家庭的常态，最后录取大姐的大学没有远在天边，而是近在眼前的重庆师范专科学校。大姐未能远走高飞，却能离开被她称作"鬼地方"的江津，于她而言，也算是不幸中的万幸了。

大姐考上大学那年，正是我小学毕业升中学的时候，江津一中是当地的名校，四川省的重点中学，父亲当年就是从这所学校毕业，然后去广州报考黄埔军校的。黄埔军校有一位叫作聂荣臻的教官，以后成了中华人民共和国的元帅，他是江津人，也是从这所中学走出去的。那么，作为愿望甚至理想，我能走进这所中学吗？

3

显然由于政审不过关的原因,我没能走进江津一中,甚至没能走进德感镇的江津二中、白沙镇的江津三中这样的公办学校,我走进的是城关镇民办中学。这所中学规模不大,只有初中,没有高中,是利用城内一座破旧的祠堂改建的,地处繁华街道的背后,倒是隔我家很近。直到进了校门,我才发现距离和安全感没有任何关系。同学之间的交流,讲的自然是江津话,我因为从小在南京长大,南京话应该是我的"母语",虽然由于父亲只能讲江津话的缘故,我从小也能在家中用家乡的方言与父亲对话,但,那种口音是不纯正的,南腔北调而已。初来江津,我不自觉地对语言进行了修正,两年下来,成效不大,还是时不时会冒出几句南京口音。这样,班上的同学便给我取了一个外号,叫作"下江人"。这个外号倒是没有侮辱的性质。抗战时期,南京沦陷,江浙一带大量难民涌入四川,成都有,重庆有,江津也有,陈独秀先生的晚年便是在江津城郊度过的。当地人把他们统称为"下江人"——江津地处长江上游,他们来自长江下游。虽说如此,我却因为被多数同学视为异乡客而受到排挤,选举班干部的时候,有次有幸被提名,但少数服从多数的结果,我连组长也没有当过。

好在我也有朋友,一位姓任,一位姓雷,这两位同学因为与我有共同的书法爱好而走在了一起。任姓同学的父亲原是重庆大学教授,前两年在反右斗争中划成右派被清除出教师队伍。他教不了别人的孩子就教自己的孩子，买回好些魏碑拓片、柳体字帖，让任姓同学专攻书法；雷姓同学的情形与我相似，虽有任姓同学的兴趣，却无任姓同学的根基，我们主要是受长辈影响，耳濡目染，喜欢写写画画而已。雷姓同学的家庭出身比我和任姓同学好，他父亲是专刻私章的自由职业者，只是受到坏人利用，伪造了几枚公章拿去银行贷款，结果东窗事发，他父亲作为同犯，被法院判了几年，好在雷姓同学进入民办中学的时候，他父亲已经从监狱里出来了。

学校有一块黑板报，竖在校门侧旁的墙壁上，黑板报每周一期，由各班级轮流主办，轮到我们班上的时候，考虑到任姓同学、雷姓同学和我在书写方面的特长，班主任便把任务交给了我们三人。这是我们三人最光荣最神圣的时刻，粉笔不同于毛笔，但是任姓同学写出了笔锋，我写出了楷体，尤其是雷姓同学的仿宋字，老师们都说像是机器印在黑板上的。由于黑板报就在路边，过往行人都可以看见，于是每当我们的作品面世时，总会有人驻足良久，啧啧赞叹不已。此事惊动了县教育局，他们组织了三所公办中学相关人员前来学习观摩，并且对我们三人实施了奖励。

奖品是文房四宝，装在一个还算精美的盒子里，估计经济价值不高，但是适用价值还是有的，然而雷姓同学很快把它卖了，得来的钱又拿去买烟。他是我们班上唯一抽烟的同学,用他自己的话说,抽烟从小学三年级就开始了,而且当时家里有钱,抽的都是几角钱一包的好烟,现在家贫如洗,能够抽上八分钱一盒的经济牌烟,都算是心满意足了。任姓同学一直讨厌雷姓同学抽烟。特别是雷姓同学故意把烟雾吐在他的脸上的时候,他不止讨厌,简直是愤怒,一把抓住对方的衣领,疾言厉色地吼叫道,你买点什么不好,偏偏又去买烟,哪怕买上两斤牛皮菜,也可以让你妈妈吃上一顿饱饭了!是的,任姓同学言之有理,那时正逢自然灾害,食物短缺,营养不济,每人每月粮食与肉类的供应量,远远跟不上自身的生存之需。尤其像我们这些吃长饭的,每日都感到腹中空空,饥饿难忍。

那日中午放学回家,按照父亲的吩咐,我要顺路去政协机关食堂,把供给每家一钵的牛骨汤端回来。根据当时的生活状况,这就是只有县级机关干部才能享受的待遇了。我肩挎书包,手端热汤,小心翼翼地穿街过巷,殊不料手上愈是小心,脚下愈是容易大意,忽地一个趔趄,我人仰马翻,热汤洒落满地。汤中除了油珠,还有点儿骨渣肉末,眼见得几位路人一拥而上,或捧或舔,把那钵牛骨汤处理得干干净净。剩在我脚下的,是一摊破钵的碎片,碎片刺痛了我的心,让我的脑海里瞬时浮现了两幅画面:一幅是我随父亲进政协机关食堂,我进去是为了洗手,父亲进去却是为了趁无人之际,把灶台旁洗净了的生白菜，大口大口地往嘴里塞；另一幅是母亲在家中为我舀稀饭，落进我碗里的，是满满的大米的颗粒，而盛进她碗里的，则是并不黏稠的米汤。回到家里，我两手空空，满脸沮丧，父亲却没有责备我，反而说那牛骨汤有股异味，前几天喝下肚，至今感到不舒服。母亲关心的，只是我无鞋可穿的脚，她问我脚底是不是被瓷钵的碎片划伤了，不然的话，走路怎么有点儿歪歪斜斜的。

堤内损失堤外补。我主动约了任姓雷姓两个同学，在接下来的星期天去城郊的山上挖芭蕉头，撬折耳根，采野生菌，拿回来掺着主食充饥。于我而言，虽然家境贫寒，但较之那些生活在社会最底层的劳苦大众来说，亦可谓比上不足比下有余，所以上山挖野菜的事情，我还是第一次经历。那日收获惨淡，芭蕉头早已被别人挖尽，草丛中的蘑菇却因为色彩鲜艳而不能食用。然而，日落黄昏时分，正当我们垂头丧气准备打道回府的时候，我竟在土坡的背后发现了一只野兔！野兔已经死了，横躺在灌木林里，从头部已经干涸的血迹来看，它是昨前天被人用铁砂枪击中的。我大喜过望，赶紧抱起野兔，然后高举过头，惊呼：这下有吃的东西啦！

上山打猎，见者有份，我建议任姓同学雷姓同学随我回家，共享这上天恩赐的美味。可是他们拒绝了，理由是和我全家人坐在一起，他们会感到紧张，手脚都不知道该放在哪里。"这样好不好？"雷姓同学对我说，"如果你们全家没有吃完，你就把剩下的兔子脑壳留给我。"我点点头，然后告诉任姓同学："我给你留一条兔子的大腿，明天一起带到学校里来。"当晚全家如同过年，母亲烹制的满满一瓷盆红烧兔肉，咸中带甜，江苏风味，父亲还特意喝了半杯苕酒，二姐吃得欢天喜地，弟弟吃得手舞足蹈，我则狼吞虎咽，吃得眼冒金星，当我突然想起兔子的脑壳与大腿时，但见盆底朝天，连兔子的骨头也荡然无存。翌日上学，愧对同窗，口福事小，失信事大，为了表达歉意，我送给任姓雷姓同学每人一支包装得很好看的圆珠笔。

这两支圆珠笔是哥哥送我的。

哥哥前时回过一趟家。他从南京大学地质系毕业后，被分配到重庆煤矿设计研究院，报到之前来到江津小住了几天。离开南京的时候，他特意去了我家曾经居住过的南捕厅15号，为的是寻找昔时的记忆，寄托对这个院子的眷恋。哥哥告诉我说，院子已经人去楼空，与父亲同事的伯伯叔叔们全部转业走了，只有我家屋后的古槐树还生长在那里，被风吹落的满地槐花，仿佛在向他诉说着一个个故事。有一个故事我是忘不了的，那时外婆离开溧阳老家来南京居住，她在屋后的园子做针线活的时候，正欲用牙齿将线头咬断，天上突然掉下一把小剪刀，不偏不倚地落在她的脚下。外婆拾起小剪刀仰面望去，原来东西是从那棵古槐树上掉落的，树丫深处有一个鸟巢，两只喜鹊正在那里筑巢建窝。

哥哥的思绪引发了我的情绪，我不由自主地想起了小学同窗杨小青。杨小青有个姐姐就读于南京一中，她的同班胡姓同学恰好是我二姐就读于该校时的同班同学。二姐回到江津后，一直保持着与胡姓同学的通信联系，所以通过胡姓同学，也知道了杨小青的信息。从小有着音乐天赋的杨小青，如愿以偿地进入了南京一中这所江苏省的重点中学。当二姐知道了杨小青所在的班级之后，便鼓励我给她写信，并且把这种联系保持下去。我立即拒绝了二姐，说得出的理由是，我若是给她写信，她却是没有回信，那我岂不是自讨没趣；说不出的理由是，人家读的是重点中学，我进的是民办学校，相形见绌，自惭形秽。

我的这种自卑，没有想到大姐也有，当然，那是以后才知道的。大姐在南京一中读高二的时候，该班班长、一个品学兼优的男生暗恋她，直到我们全家离开南京的前夜，这位男生向大姐表白。大姐虽然也喜欢对方，但是她的表态是，等我们考进同一所大学再说吧。报考院校时，他们分别在南京和江津，填写了相同的学府，甚至选择了相同的专业，可是这男生如愿以偿，考上了北京大学哲学系，而录取大姐的，则是我前文提到的重庆师专地理系。诚然，大姐的情况又与我不同，那时她已是情窦初开的大姑娘，我却是不谙世事的小孩子。

4

维系情感的，也许只是缘分，威胁生命的，依然是持续了将近三年的饥饿。关于这个话题，与我同时代并且与我都相识的两位女作家均有过作品，比我大两岁的遇罗锦在作品里写，"谁给我馒头，我就陪谁睡觉"。比我小十五岁的虹影，处女作也是成名作的标题就是《饥饿的女儿》，该书出版后，由我当介绍人，她成为了重庆作家协会会员。当然，这是很久很久以后的事了，几十年以前的当务之急，便是如何活下去。

饥饿与贫穷原本是一对孪生兄弟，为了填饱肚子，母亲又外出干了一份差事，这份差事比起她前时在废品收购站的职业来，虽然要自由一些，但是要辛劳得多。西门外有个养猪场，大量收购猪饲料，母亲得知消息后，上街买了一个竹背篼，但凡有点儿空闲，便去西门外的山坡上打猪草。猪草的收购价格低廉得可怜，按斤两计算，满满一背篼也不过几分钱。母亲从未使用过这种用竹条编织的背带，为了每天能挣得两三角钱，她的双肩竟被勒破了皮，渗出了血。看在眼里，疼在心头，我也是一个不大不小的男子汉了，于是请母亲再去买个竹背篼，每逢学校不上课的日子，不管是数九寒天还是三伏酷暑，我都会跟在母亲身后打猪草赚钱。

打猪草是江津的方言，打就是扯就是拔，野草丛中既有荆棘刺手，也有意外的收获。那日拔着拔着，在野草中扯出一根青藤，然后顺藤摸瓜，果然在不远处发现一个黄澄澄的大南瓜！第一时间，我把这个天大的喜讯告诉了母亲，可是正准备把它摘下来然后放进竹背篼的时候，却被闻讯赶来的母亲制止了。她不但不准我摘，而且疾言厉色地警告我说，我们是来打猪草的，不是来偷东西的。那时我年龄还小，既没有听说过"瓜田李下"的故事，也没有读到过"志士不饮盗泉之水，廉者不受嗟来之食"的句子，只是从母亲的言传身教中，感受到了她人穷志不穷的生活勇气。

　　记得这件事发生前不久，我们在西门外的养猪场卖猪草，过秤的时候，母亲在磅秤底下捡到一个塑料皮包，她没有打开，直接交到过秤员手里，请他转交给失主。过秤员从皮包里取出三斤粮票、半斤油票，连同两张五角钱的人民币，激动得语无伦次地说，灾荒年辰，这些东西可以救活一条人命，我会尽快找到失主的，不然的话，他会急疯或者急死掉的！从此以后，过秤员对母亲特别客气，从别人的竹背篼里，他总会在猪草中找出一些泥土和石子，然后边扔边骂，你龟儿子怎么不找块砖头放在猪草下面，那样可以多出好几斤呢！而只要是母亲和我的竹背篼放在磅秤上，他就会在报完斤数后让我们直接倒进饲料堆里，然后补上一句：你们下江人的猪草是免检产品。

　　挑水是我学会的第一个活儿，打猪草是我学会的第二个活儿，而上山砍柴，则是我学会的第三个活儿。暑假期间，大姐从重庆回到江津，闲着也是闲着,我便学着邻居的样子,来个全家总动员,动员大姐二姐随我上山砍柴。那时自然没有天然气,也少有蜂窝煤,家里煮饭,基本上用的是柴火。柴火是需要花钱买的,能够不用花钱只用花点力气就能够做到的事情,也可以算作一条顺畅的生计。只是背着空背篼出门,再背着满满一背篼柴火回家,其间的路途并不顺畅。江津城外没有大山,我们需要赶在天亮之前尾随砍柴大军到江边乘坐第一班轮渡,轮渡半小时一班,若是去得晚了,就有可能搭不上天黑不久的收班船。上岸之后便开始急行军,先走十几公里沙石铺就的公路,再走十几条弯曲而泥泞的田坎,继而上山砍柴。力气大的男人们跑在最前面,他们把松树枝叶用竹条扎成两捆,然后砍一根树干作为扁担。当他们闪闪悠悠挑起柴火,像兔子那样飞奔下山的时候,我唯一的期盼,便是希望自己快快长大。大姐二姐不曾用过背篼,几十斤的柴火,便磨破了她们的肩头,深更半夜回到家里的时候,大姐哭了,她伤心的不是自己,不是二姐,而是我。我因为打赤脚的缘故,脚板底下不知何时嵌进去一根长刺,几十里山路走下来似乎并无感觉,直到大姐用针将刺挑出来,我才看见血流如注,顿觉疼痛无比。

开学未久,学校有一项课外活动叫作"支农",也就是放下书包,拿起镰刀,到农村帮助农民割麦子。我去的地方恰好距离父亲的老家不远,于是午饭前给老师请了假,特意去了那边的亲戚家里。亲戚是父亲的弟弟的妻子,我叫她五婶。五婶好客,虽然是灾荒年辰,却不让我吃野菜粗糠,而是弯下腰身,在坛子里舀出了最后一盅大米。她煮的是牛皮菜稀饭,盛在她儿子碗里的,只是沾了点米汤的牛皮菜,盛在我碗里的,却是从稀饭里捞出来的干饭。由于盛得太满,有几颗饭粒掉在桌子上,她便用手捡起饭粒顺势塞进她儿子的嘴里。她儿子比我小几岁,大概在上小学三年级,也是长身体的年龄,我自然不能独享这碗珍贵的米饭,于是提出来要与堂弟分而食之。

五婶生气了,她提高嗓门对我说,你要是吃不完,就把剩下的带回去给你妈妈吃,前时见到你妈妈,她已经有些浮肿了!是的,母亲偏瘦,不知为什么,她近日渐渐有些发胖,可能是喝水的原因,因为我发现她肚子饿的时候,老是喜欢喝水,糖是没有的,她老是在水里放盐。想到这里,我对五婶说,我把这碗米饭带走,等会儿再吃,学校那边去得晚了,老师会批评的。离开五婶家,我没有回到"支农"所在的生产队,提着五婶送的半篮子牛皮菜,连同用布口袋装得严严实实的这碗米饭,径直回到相距不到十里路的家中。那段路铺的全是青石板,既平且直,我连走带跑回到母亲身边的时候,这碗米饭居然还保持着出锅不久的温度。

我让母亲趁热吃,母亲却说已经吃过午饭了,我说吃过可以再吃,只有饿死的,没有撑死的。母亲见我欲哭无泪的样子,答应把这碗米饭吃了,米饭还是生米时足有三两，煮熟后足有半斤，但见母亲狼吞虎咽，不一会儿工夫，竟把米饭吃了个碗底朝天。我不曾见过母亲有这么难看的吃相，可是心里美滋滋的，一种愿望的满足，早已填饱了我饥肠辘辘的肚子，让我感到了从未有过的幸福。当天晚上，母亲把我为她送饭的事情告诉了父亲，翌日清晨，父亲说我已经长大了，他还告诉我，原本以为举家迁回江津而不留在成都是他错误的决定，现在看来，一方水土养一方人，艰难的环境恰恰能够磨炼人的意志，他为此感到欣慰。当然，还有一件更为重要的事情，也是父亲那天告诉我的。

这件事情我当时听得似懂非懂：中国与印度在边境线上发生军事摩擦，中国政府决定展开一次自卫反击战，父亲接到电话，聘请曾在南京军事学院教过地形的他担任前线指挥部的军事顾问。父亲告诉我此事的时候，他已经奉命参加过体检了，如果没有变化的话，他将在十天左右离开江津。孔子说："君子谋道不谋食。"这自然是我以后才从《论语》中读到的，如此看来，父亲是君子，而我是小人，因为当时明白无误的事情是，父亲当兵吃粮，他那每月定量的二十八斤粮票就可以留在家里了，我家需要谋食，有了这些额外的粮食，母亲就不再浮肿，弟弟就不再体弱多病，而我，就不再为生存心力交瘁。

父亲如期走了，可是不到半年，他又回到江津。以后得知，那时自卫反击战并没有结束，父亲却因为在高原地区患上肺气肿，不得不回到内地治疗，他痊愈得很快，不过申请重返战场的时候，战争停止了。这场战争让他想起了那场战争。这场战争他是主动的，正如他为自己取的"剑夫"这个名字，他是扬眉剑出鞘；然而那场战争他是被动的，被动挨打，被迫投诚，没有被擒被俘，沦为战犯，已是天大的福分。提到战犯，父亲第一个想起的便是他的黄埔同学邱行湘。

解放战争时期，国民党青年军整编二十六师少将师长邱行湘，担任着洛阳战役战场最高指挥官。那场被毛泽东主席称之为解放第一座大城市的攻坚战，是由共产党中原野战军第四纵队司令员陈赓亲自指挥的。数日鏖战之后，邱行湘被俘，同为黄埔校友的陈赓为其饯行，从而开启了他漫长的战犯生涯。

新中国成立十周年，国家主席刘少奇颁布特赦令，在十位获赦的前国民党将领中，父亲惊喜地在《人民日报》所公布的名单里，看见了邱行湘三个字。第一时间，父亲把喜讯告诉了母亲，母亲则在我放学回家的时候迫不及待地说，你四舅舅出来了！先前我只知道五舅舅，他叫邱行槎，是一位画家，在南京的时候，家里面挂着他的山水画，解放前夕，他举家去了台湾，至今杳无音讯。现在方才知道，我还有一个叫作邱行湘的四舅舅，他是一位战犯，劳改释放人员，老实说，他的出现与否，似乎与我的生活并不关联。

5

我想错了。

初中三年级下半学期，中考在即。虽然是民办中学，发下来的报考表格倒是正规的，除了姓甚名谁，家住何方，还有家庭成分，政治面貌。我不太明白的是社会关系，于是请教了老师，老师曰，父系方面，包括叔叔伯伯，母系方面，包括舅父姨爹。我心头一紧，这下糟了，家庭成员栏目里，需要在父亲的后面填写"国民党"，社会关系栏目里，又需要在四舅舅的后面填写这三个字。就像写毛笔字那样，一笔写下去，嫌墨汁太淡，于是再蘸浓墨，非要让字黑得烁眼才是。也可能是做贼心虚，那时候对于地主、富农、反革命、坏分子以及右派，还没有"黑五类"的称谓，但是一提到家庭出身和社会关系，我就会毛骨悚然，不寒而栗。

这样的心理压力，开始在我的心底储存起来，自卑是肯定的，但是我没有自暴自弃，因为我有一个懂我的初中语文老师。他叫林天泉。与南京的小学语文老师沈锡贞一样，他也喜欢我这个学生，虽然沈老师喜欢我的是开朗的性格，而林老师喜欢我的是忧郁的内心。他开导我说，家庭出身没有办法自己选择，人的命运却完全可以由自己决定，只是由于先天不足，需要付出比别人更多的努力而已。以后得知，林老师的成分也不好，好在他总是用这种积极的而不是消极的思维来教育学生、勉励自己。我还知道，这位老师喜欢写诗，经常投稿，可是所有稿件悉数退还之后，最终发表的载体，便是我们这所民办中学的黑板报。我依旧和任姓雷姓两位同学一起，负责黑板报的编排与组稿。每当他把诗稿交给我们的时候，都会实言以告，这是哪家报纸哪家杂志的退稿。他说他不以为耻，反以为荣，因为他已经努力过了，他为自己的奋斗进取感到骄傲。

虽然这是一种无功而返的努力，但是从林老师那里，我学会了不问收获，但求耕耘，正是这种对于生活的态度，让我在中考的考场上集中精力，从容以对。分数很快公布出来了，我的成绩名列全校第三，全县第十，从而以分数的优势被正规中学的高中部录取。由于家庭出身依然是我的劣势，所以重点学校江津一中没有录取我，录取我的是隔江而望的江津二中。记得收到录取通知书的时候，母亲激动得哭了，她当天就把省吃俭用攒下来的一点钱，给我买了一双新球鞋；父亲兴奋得露出难得的笑脸，他拉开抽屉，送我一支旧钢笔，笔虽陈旧，却是派克牌子，那是他当年在国民党军队当团长时，在台儿庄会战中从一个日本军官身上缴获的战利品。

就在我被正规中学高中部录取的翌日，弟弟也收到了江津二中初中部的录取通知书。小学升初中，不用考试，弟弟虽然未能就近入学被江津一中录取，但在当时贯彻阶级路线的背景下，他没有像我那样被分配去民办学校念书，已经是不幸中的万幸了。知足常乐，父母亲为了庆贺我和弟弟的升学，还特地拿出存放已久的定量供应的肉票，让我们打了一顿牙祭。只不过，完美并不属于我的家庭，高中毕业的二姐，却没有考上大学，莫说本科，就连大姐就读那样的专科也将她拒之门外。二姐大哭一场之后，反而笑了，她对父母说："没有考取还好些，不然像大姐那样分到天远地远的山沟沟，我才不干呢！"

是的，大姐已经毕业，被分配到川东达县地区的万源县，在城关镇小学当老师。填写分配志愿时，她希望能够留在重庆，理由是江津距离重庆不远，方便照顾父母亲。这种理由如果可以成立的话，父母亲得是劳动模范，或是革命军人，所以大姐必须要去边远山区，这是她无法改变的命运。二姐却不愿意向命运低头，高考落榜之后，她在家中自学了一年，翌年再考，大有成效，成绩超过了录取分数线。然而发榜之时，她依然名落孙山，成分的原因，不言而喻。还有一个原因，她事后方知，那就是由于缺乏老师的指导，她报考了不应该报考的学校，比如说哈尔滨军事工程学院，以及属于军队的重庆通信学院。

识时务者为俊杰，二姐放弃了大学梦，开始寻求就业。那时虽然还是使用油票、肉票、糖票、粮票以及布票的年代，但是饥荒渐远，民可聊生，好些行业开始招人。二姐自然想找到一份体面的工作，就她的容貌与气质而言，条件当属上乘，父亲又是本地人，兼之性格谦和，为人诚恳，在这个不大的县城里，有着很好的人缘。然而，关于二姐的就业，没有人主动关心，热情推荐，处于被动的父亲，不得不求助朋友，八方打听。一位工商界的县政协委员告诉父亲，你是统战对象，不妨通过组织，解决女儿的问题。明知在那个阶级斗争为纲的岁月，统战系统也讲究一个战字，可怜天下父母心，父亲还是硬着头皮，找到了县委统战部的负责人。

这位负责人正在办公室看报纸，父亲进来以后，他放下报纸，还算客气地嘘寒问暖，询问父亲有何贵干，得知父亲的来意之后，他环顾左右而言他，讲的竟是报纸上的事情。他说黄先生，在向你女儿推荐工作之前，我先向你推荐上了今天《人民日报》头条的一个人，她叫邢燕子，天津人，比你女儿大两岁，高中毕业后，放弃就业机会，离开城市生活，毅然下乡务农，组织起"燕子突击队"，数年如一日地忘我劳动，在我们国家农村经济最困难的时期，作出了重要的贡献，所以，毛主席接见了她，周总理接见了她，她成为了影响一代人的青年标兵。这位负责人又说，我们江津也开展了学习邢燕子，建设新农村的活动，各行各业都有青年踊跃报名，如果黄先生的女儿也申请下乡的话，那么她将成为我们统战系统的第一个，这是你们全家的光荣，也是我们全县的骄傲呵！

不知道出于什么样的考虑，父亲把统战部负责人的谈话告诉了二姐，也不知道出于什么样的原因，二姐居然一口答应下乡务农，唯一向组织提出的条件，就是希望离家近些，最好能够早出晚归，以便照顾日渐体弱的母亲。承得组织的关怀，二姐落户的地点就在西门外的柑园村，这里连我都十分熟悉，前些天和母亲一起打猪草卖钱，走遍了这个村的每一道山梁，每一片洼地。地下的距离确乎很近，天上的距离果真很远，自从二姐的城市户口迁到了农村，她就成为了真正意义上的农民，农民并不可怕，可怕的是这种身份的变更，叠加上那不可变更的成分，在现实生活中，势必会影响她的一生。当然，这是以后的事情了。

眼下的事情，就是尽快找到任姓雷姓两位同学，同窗三年，各奔东西之前，无论如何得聚聚才是。是的，这两位同学都没能考上高中，而我们就读的民办中学，只有初中没有高中，也就是说，他们已经失学。在校读书的时候，听老师们说，学校要建立职业高中部，可是至少在我们毕业的时候，这只是一个传说。任姓雷姓两位同学的住址我都知道，到了任姓同学的家里，才知道他已经离开江津，去四川与云南交界处一个叫作米易的地方了。他爸爸告诉我，他很懂事，考虑到家里经济拮据，宁肯失学也不肯失业，于是千里迢迢去那边的砖瓦厂当学徒工。雷姓同学家住长江边上的一个棚户区，我去了两次，柴门中间都挂着一把生了锈的老锁，忍不住向邻居打听他的去向，一位老者告诉我说，他因为打架斗殴被派出所抓了，大概伤人伤得不轻，又被送到看守所去了。我问，他爸爸呢？老者反而问我，他爸爸犯法去蹲大牢，难道你不知道？我说那是过去的事情，他爸爸早就放出来了。"放出来就不能捉进去吗？"老者盯了我一眼，"他爸爸二进宫啦，犯的还是私刻公章罪！"我心里一沉，忍不住又向老者打听他的妈妈，因为朋友一场，他从来没有对我提到他的妈妈。老者又盯了我一眼，然后叹了一口气："他爸爸头回坐班房，他妈妈就离婚改嫁到贵州山里去了，你的这个同学现在成了孤儿，唉唉，命苦呵，造孽呵……"

为了任姓同学，我辗转反侧，为了雷姓同学，我彻夜未眠，我们是一根藤上的三个苦瓜，现在处境稍好的反而是我，我为他们多舛的命运感到心痛与惋惜。

6

江津二中虽然不是四川省的重点学校，但是抗日战争时期，它却是安徽国立九中的所在地，因此纵有风云变幻，它那古朴而厚重的校门，精致而宽敞的走廊，尤其是操场边上那两株有着百年树龄的玉兰，至今还散发出翰墨的气息。我是从设在一个宗庙祠堂里的民办学校走出来的，所以进二中校门的第一天开始，我就感觉到了这里的庄严与神圣。那时候还没有校服一说，为了表达自己的心情，新生报到的时候，我穿了一身整齐的中山服。

　　我被分到高六六级一班。

　　班里的同学大都穿着随意，不甚讲究。尤其是那位周姓同学，上衣五粒纽扣，掉了三粒，裤腿一高一低，等他拉平的时候，才发现裤腿里面卷着一个窟窿。原来，他来自农村，而且父母双亡，靠着吃救济粮的爷爷奶奶把他拉扯长大。上天总是公平的，他失去了亲人，却赢得了造化，在这次中考中，他考了全县第一名。江津一中录取他的时候，被他断然拒绝了，他要求到地处德感镇的江津二中，因为这里距离爷爷奶奶很近，他方便回去照顾他们。包括周姓同学在内，我们全部都是住校生，一间寝室里面住十个人，当然，睡的都是上下铺，至于谁与谁共用一张床，谁睡上面谁睡下面，都得由寝室室长事先把名字写在纸上，然后揉成纸团让大家抽签。我与周姓同学抽到同一张床，他拍拍我的肩膀说，我俩就不用抽来抽去了，你睡下铺，我睡上铺，你们城里人讲究斯文，我从小爬树，灵活得像只野猴似的。

　　周姓同学品学兼优，我为自己能在新的学校结识新的朋友感到庆幸。老实说，在我的小学同学、初中同学以及现在的高中同学当中，还没有人比他更值得我尊重。因为如此，在他当选班长的时候，我为他热烈鼓掌，在他当选学生会主席的时候，我向他衷心祝贺。诚然，尊重是彼此的，要说是我对他稍有不满的话，大概就是觉得这方面还稍嫌不足。那是在寝室聊天的时候，一位同学用羡慕的口气对我说，还是你们城里人好，当工人，旱涝保收，衣食无忧。我尚未作答，周姓同学便抢先一步说，他不是工人家庭，他爸爸是伪军官，当过国民党的军长哩！周姓同学没有说错，可是他当着满满一屋子同学这样说话的时候，我承受着完全无端的侮辱。

友谊来之不易，为了这件事情，我主动与他交换了意见，倘若他能向我表达一丁点歉意，那么我肯定与他和好如初，他依然是我心目中的完人。可是，没有想到，他采取了完全相反的态度，他抱怨我说，你想加入共青团，随便找个团员作为介绍人都行，你偏偏要来找我，在团支部讨论你的申请时，翻出了你的家底，知道了你的出身，你入不了团没有多大关系，关键是我，你搞得我下不了台，害得我脸面全无，威信扫地。

话都说到这个份上了，我自然无言以对，自此，虽然在别的同学眼里，他依旧是我最好的朋友，但是我对他只能敬而远之。有道是惹不起躲得起，殊不料天地太小，我居然没有藏身的缝隙。那是高二上半期的时候，全年级举办作文比赛，作文的命题是《读朱自清的〈背影〉》，初选结果，周姓同学与我都进入前十名。学校把这十篇作文张贴在走廊侧旁的阅报栏上，供全校师生参与最后的审评。周姓同学的作文我看了，写得催人泪下，从朱自清的父亲写到了他的爸爸。他爸爸原本是生产队的保管员，三年困难时期，眼见他妈妈因为饥饿全身浮肿，也没有动用过粮仓里的一米一粟，为了摆脱困境，挣钱救命，他爸爸下煤窑替人挖煤，却不料瓦斯爆炸，死于非命。我的作文自然不能写我的父亲，只是从文学的角度，剖析朱自清的父子情深。作文里这样写道，作者只是用最简单的笔法，勾勒出父亲的背影，但是呈现在读者面前的，却是父亲最慈祥的面容，最深沉的内心。我的这几句话，有人作了眉批：父子情深，如果背离了无产阶级的原则，那就是资产阶级的人性。这两行眉批写得歪歪斜斜，对于我这个稍微懂点书法的人来说，不管如何故意遮掩，一眼便认出了这是周姓同学的笔迹。事既如此，作文比赛的结果不言而喻，我的作文当在淘汰之列，而在获奖的三篇文章当中，周姓同学拿了第一。

　　校园生活虽然不能尽如人意，但是总体是欢乐的，特别是知道了南京小学同学杨小青的消息后，我竟有了一种喜出望外的惊奇。消息是二姐告诉我的，这些年来，她一直和南京的同学保持着联系，同学的同学当中，有杨小青的姐姐，姐姐在告知自己的妹妹考上了南京一中高中部的同时，还向人打听过我的消息。我很感激杨家人，不管是杨小青本人，还是她的父亲母亲以及姐姐妹妹弟弟们。整整六年过去了，他们还记得我，即便出于礼貌，我也应该主动地与他们取得联系。

我决定给杨小青写信。

老实说，读民办中学的时候，我没有这个勇气，她在大城市，我在小县城，我们生活在两个不对等的世界里。所谓的青梅竹马，两小无猜，早已被倾斜的现实颠覆殆尽，我想唤起的，不过是儿时的记忆，我想寻找的，不过是做人的尊严而已。这样想时，我觉得我与她不分高低贵贱，我与她依旧是一种平行的同学关系。

第一封信却不知从何写起，想来想去，我想到一个我们共同关心的话题，那就是关于升学。我问她将来报考工科还是文科，若是文科，我这里有历年高考语文、政治、历史、地理试题的汇编，可以寄给她以作参考；若是工科，我则爱莫能助，工科对外语要求甚高，而我进了高中才接触这门功课，所以不敢问津理工大学，也就没有相关的课外辅导资料。信寄出去了，开始还心安自得，随即就叫苦不迭，因为我说漏嘴了，露馅了，江津二中初中就开设外语课，南京一中的初中更不用说，那么我是读的什么学校才如此短斤少两呢？杨小青绝顶聪明，要么她并不在意，不会刨根问底，要么她内心纠结，顾虑重重，直接影响到是否给我回信。

回信来了，而且是一封航空信！见字如见人，我恍若回到南京，回到孩提时代，脑海里面顿时浮现出与她出入小红花艺术团的情景。当然，这只能是我的感觉，至于她收到我的信又有什么感觉，她并没有告诉我，信中最主要的内容和我的去信一样，那就是关于升学。她说她决定报考文科大学，北京大学中文系是她的终极目标，她正在为此拼搏。她专门提到外语，并十分慎重地提醒我说，外语对于工科重要，对于文科同样重要，据她所知，如果报考翻译专业，外语的成绩特别突出的话，大学可以不考虑分数线而直接录取。看得出来，这位小学同学胸怀大志，呈现在她面前的，是一条铺花的路，小红花的芬芳还在散发，大红花的光环又如影相随。相比之下，无论从气度从眼光从格局，我都自愧弗如，有道是士别三日当刮目相看，分别多年的她，足以让我踮起脚尖，也无法望其项背。

我在第一时间给杨小青复了函，为了顾及起码的脸面，我在信中没有过分的赞扬，也没有过多的感叹，只是为了表达某种自己都说不清楚的心意，我在白色信封的左上角，用钢笔勾勒出十二生肖当中的一个图案，这个图案画的是猪，她与我同岁，猪是我们的属相。这个属相不知道在生肖排位中属于第几，但是我希望在白色信封的左上角，生肖图案可以依次排下去，第一轮排完了，就排第二轮。谢天谢地，杨小青让我如愿以偿，而且，她依然寄航空信，也不管江津这个地方有没有飞机场。有所变化的是我们通信的内容，除了升学这个主题，还出现了与高考无关的副题，比如说，她说她喜欢宋代词人秦观的东西，并且抄录了这样几句：柔情似水，佳期如梦，忍顾鹊桥归路，两情若是久长时，又岂在朝朝暮暮。我则回信说，宋代词人，大家若云，我偏爱的却是李之仪，因为他的句子在为我量体裁衣，比如：我住长江头，君住长江尾，日日思君不见君，共饮长江水……

7

哥哥结婚了，嫂嫂却不是最让他动心的女人。最让他动心的女人是宜宾川剧团的一个演员，哥哥回江津的时候，曾经给我看过她的照片，照片是黑白的，但是遮挡不住这个女人天然的姿色。我为哥哥感到庆幸，因为他英俊潇洒，才华出众，佳人与才子，本应生活在一起。

这张照片父亲也看过，看完以后，父亲叫哥哥把照片撕了，理由很简单，用父亲的话说，小偷可进，戏子莫入，这是老祖宗定下的家规，不能让其毁在他的手里。父亲是孝子，哥哥不可能是孽障，于是忍痛割爱，遵旨而去。哥哥认识这个演员，是他出差去宜宾在剧院看戏的时候，戏里扮演秦香莲的，正是这个演员，哥哥与她分手之际，她非但没有责备哥哥是陈世美，反而出面充当媒人，把自己的妹妹介绍给了我的哥哥，就这样，她的妹妹成了我的嫂嫂。更为凑巧的是，哥哥所在的重庆煤矿设计研究院地处大坪，嫂嫂任教的那所中学也属于相同的地区，两个单位的直线距离，还不到五百米。

当时的婚礼不仅简单，而且简陋，哥哥嫂嫂分别约上三朋四友，在大坪的路边店点了几个热菜，喝了几杯喜酒，就算大婚告成，幸福美满。嫂嫂的娘家没有人来，适逢刚放寒假，父亲母亲便派了我去，作为贺礼，他们叫我抱去了一只大公鸡。这是我第一次到重庆，虽然这座大城市远不如南京那样宏伟，但是在小地方生活久了，也觉得眼前一亮，别样风景。哥哥的住房不大，是单位分给他的，他以前住单身宿舍，如果没有结婚的话，他还将住在那里。哥哥现在的职务是勘测工程师，可是住房条件比单身宿舍好不到哪里去，一间屋，一张床，哥哥不能容忍他和嫂嫂睡在床上，我睡在冷冰冰的地下，于是与我坐在窗前促膝谈心，从鬼叫谈到鸡叫。

这是我与哥哥第一次长谈。他长我十岁，并不存在代沟，可是不知怎的，有好多事情都谈不到一块去。当他得知我准备报考文科大学时，先摇了摇头，后叹了叹气，说什么学好数理化，走遍天下都不怕，还说什么文科大学是为那些成绩不好的考生准备的；不知他从哪里知道了我与南京女同学开始通信的消息，他用警告的语气对我说，虽然没有进入高三下学期，但是高考已经进入倒计时，在这个节骨眼上，绝不能有半点分心，必须集中全部精力；最后他用自豪的口吻说，他已上交了入党申请书，而且单位的党支部书记专门找他谈了话，他认为书记讲得很对，那就是在贯彻阶级路线的时候，政策上是有成分论而不是唯成分论，对于家庭出身不好的人，重在表现，重在立场，重在能否与家庭划清界限。我想了想说，哥哥，你要想与家庭划清界限，今后就不要回江津了。他觉得我在说气话，苦苦一笑道，回还是要回去的，尽量少回去就行了。

哥哥言行一致，从此近在眼前，远在天边。大姐身居大巴山腹地，不能常回家看看。我与弟弟住校，只有周末才能从镇上回到县城。倒是二姐早出晚归，每天都能生活在父母身边，那日回家，听母亲说二姐的腿肿了，肿得很厉害，用手指头轻轻一按，就能按出一个小窝。母亲又说，她去咨询了老中医，说是由稀泥蒸发出来的粪毒所致，于是母亲拿了钱，让我去百货公司给二姐买一双胶皮的筒靴。这样的筒靴我也想要，苦于受经济条件所限，拿不出同时买两双的钞票，便在筒靴尺码上打起了我的歪主意，比二姐的脚稍长，比我的脚稍短，这就是我买回家的那双可以让二姐和我共穿的胶皮筒靴。我穿过一次，嫌其太紧，二姐经常穿，嫌其太松。每当我看见二姐像穿拖鞋那样行走艰难的时候，我就觉得心里难受，后悔不迭，自责不已。事隔很多年以后，那时二姐和我都成了老年人，我一次给二姐买了四双鞋子，除了胶鞋，还有布鞋、球鞋和皮鞋，二姐莫名其妙，大惑不解，我告诉她说，这都是我在年轻的时候欠你的。

哥哥嫂嫂有了宝贝女儿那年，我进入了高三备考阶段。这是一个分秒必争的时刻，晚自习被提前了半个小时，延后了半个小时，星期天也需要进教室上辅导课。我已经有整整一个月不曾回家了，那个周日的中午，我正准备去食堂吃饭，母亲突然出现在我的眼前，她手上提着一个篮子，篮子上面盖着一条毛巾，掀开毛巾看时，但见一盏黄鱼干，一碗蒸鸡蛋，一盅豆腐蔬菜汤，还有我最喜欢的两个狮子头。母亲煮饭容易，送饭艰难，她需要提着篮子步行几里来到江边，然后上趸船进轮渡。关键是进轮渡，因为江津到德感，渡船需要逆水行舟，长达半小时之久，于是乘客们蜂拥而至，争抢座位，不惜人仰马翻，头破血流。母亲说她走在最后面，站在船舱角落，一手扶着栏杆，一手提着篮子，这样才能确保那盅豆腐蔬菜汤不被掀翻。上岸以后，还得走半小时，汽车穿梭,尘土飞扬,母亲走在外侧,篮子提在里侧,以免我在吃饭的时候吃到沙粒。

学习虽然紧张,但是我被亲情的关切包围着,所以并不彷徨,并且,除了亲情,还有友情,甚至爱情。那年五月一日,我收到了杨小青的生日贺信,能在生日当天接受她千里之外的祝福,让我倍加惊喜!然而,惊喜后面却是惊奇,她在信中提到了报考学校的事情,她的第一志愿是北京大学,这是她早就告诉过我的,但我迟迟没有回应,这让她万分着急,她用命令的口吻告诉我,我的第一志愿也必须是北京大学,她期待着四个月之后,也就是新生报到那天,她能够在这座最高学府的门口与我久别重逢。老实说,每次收到她的来信,我都会激动好几天,可是这次我却激动不起来,与之相反的是,我开始彷徨,开始不安,开始忧虑,毋庸讳言,她是感性的,我是理性的,她是浪漫主义,我是现实主义,这封贺信造就了我对她的发现,从而产生出来自内心深处的隔阂。

静而思之,虽然早在小学三年级,就有同学在教室的黑板上写下了"黄杨合好"四个大字,但是她并不了解我,更不了解我的家庭。解放军叔叔站在教室门口接我种牛痘,她看到了这个情景,却给她传达了错误的信息,南京军事学院的金字招牌,院长刘伯承的元帅军衔,全国的老百姓无人不知,她却不谙站在讲台上的教官们,好些都是像我父亲那样的国民党将领。当然,这不能怪她,小时候的她,如同小时候的我,我们什么都不懂,可是长大以后,关于阶级斗争,关于家庭出身,她不可能全然不知，虽然她的成分被称作职员，但比起工人和贫下中农来，只是比上不足，比下有余。我觉得她应该有自知之明，不应该觉得自己生活在社会的真空里，但凡越是美好的理想，倘若缺乏真实的依托，那么就越是容易失去。这，便是我当时的心境。

殊不料时隔半月，一场被称为"无产阶级文化大革命"的风暴，震撼了三山五岳，席卷了大江南北，连我所在的川东小县也未能幸免，于是一切的一切，包括心境，包括处境，也包括环境，都发生了不可逆转的改变。学校宣布停课，但不是放假，当时的口号是"停课闹革命"。革命的对象是走资本主义道路的当权派，四川的对象是省委书记，江津的对象是县委书记，那么江津二中呢？这里的校长，这里的班主任，统统都在打倒之列。革命的主体则是穿着军装戴着袖套的红卫兵，这支庞大的队伍最先由首都的大学生们组建，到了后来，红卫兵花开各地，呼风唤雨，对于没有大专院校的江津来说，几所中学的红卫兵们就成了这场"史无前例"运动的主力军。

江津二中成立起造反司令部，总司令不是别人，正是我们班上的周姓同学。以后司令部发生内讧，由于观点不同，分为造反与保皇两派。我则不属于任何派别，因为家庭出身的原因，我不具备参加红卫兵组织的资格。当然，成分不好的人不止我一个，本班就有，外班也有，我们这七八个成分不好的同学也联合起来，成立了一个名叫"井冈山兵团"的组织，与造反司令部一样，刻蜡纸，编小报，张贴大幅标语，传达最高指示。

8

那日上午，一张大字报不仅贴在大街的墙上，而且贴在学校的门口，我定睛看时，原来被革命群众揭发并且要求严惩的，不是别人，正是我的父亲。

按照大字报的说法，父亲有三个罪名，其一是在县政协小组讨论会上，恶毒攻击"无产阶级文化大革命"，说什么如果刘少奇是叛徒、内奸、工贼，那么与他共事多年的人又在干什么呢？其二是站在国民党反动军官的立场上，多次诽谤我们国家的各项政治运动，说那是神仙打仗，凡人遭殃；其三是每月工资是县委书记的三倍，普通工人的十倍，这样的收入太不合理，应该立即取缔。写大字报的革命群众来自县政协机关。机关内部也成立了造反派组织，据说这个组织隶属于江津一中的联合指挥部，而江津二中的造反司令部，仅仅是这个指挥部的分支。指挥部负责发现敌情，然后发起攻击，一声号令，满城风雨。

担心家里出事，我在第一时间乘船过江，赶回县城。在趸船等轮渡的时候，我发现自己从来没有如此孤独，这般无助。恰好在候船的人群里看见了教我们政治课的陈老师，于是便有意向他靠拢，如果这时他能够安慰我几句话，即便把课堂上关于出身不由选择，道路自己决定的话再重复一遍，我都会感激他一辈子。可是，他一句话也没有，我每上前一步，他便退后一步，仿佛我是一个张牙舞爪的魔鬼，他不得不退避三舍。

回到家里，情况比我想象的稍好，父亲虽然被指挥部的红卫兵押去东门广场，在批斗县委书记、县长、县人大主任、县政协主席的万人大会上当了陪斗，胸前挂了吊牌，头上戴了尖尖帽，但是没有被拳打脚踢，脸上，还有衣服上的污秽，不过是革命群众的口水和口痰而已。母亲的处境似乎比父亲还要温和，父亲被拉出去游街的时候，她只需要走在前面鸣锣开道，当然，家里没有铜锣，红卫兵让她左手提个脸盆，右手拿把锅勺使劲乱敲。我在家中住了几日，虽然知道我没有保护父母免遭欺辱的能力，但是，倘若红卫兵敢于在他们身上动刀动枪，我就会义无反顾地豁出我这条并不值钱的性命，这，我确信能够做到。几日下来，风暴似乎已经过去，父亲被指挥部勒令扫大街，母亲被居委会限时去那里报到。他们对我说，你还是回二中去吧，既然是学生，怎么可能不回学校，再说要是突然通知高考，你不复习一下功课怎么得了呵。

回到学校不久，红卫兵串联开始，我们学校也几乎人去楼空，留在寝室的，是我这样家庭出身不好的同学。我们没有资格参加红卫兵，没有军装，没有袖章，只有眼睁睁抑或眼巴巴地看着那些天之骄子周游各地，尽显风光。那日待在寝室无聊，我只身一人去校门口东侧的集市闲逛，回头再经过大街的时候，迎面走来一位陌生的同学。我之所以称他为同学，是因为年龄相仿，学生模样，身穿夹克，比本地同学稍显洋气，当然，最能吸引我眼球的，是他佩在胸前的校徽：南京二中。我主动问他，是从南京来的？怎么跑到江津来了？他告诉我说，他是参加大串联出来的，利用这个机会到一趟从没有去过的四川，他已经去了成都，现在要去重庆，却不料火车行至江津发生故障，检修时间长达七八个小时，这样，他便下得车来，随意逛逛。听到纯正的南京话，我恍若沐浴久违的甘露，情不自禁地也用儿时的方言与他对话，他却笑了，说我的口音已改，南腔北调的，不如就说四川话让他听个明白。我请他进学校看看，然后进寝室坐坐，当他在我枕头旁边发现有张油印小报《井冈山之声》，而且上面有篇我的文章的时候，他说他把这张小报带回南京，以作纪念。

半个多世纪过去了，这位徐姓朋友在整理他的书籍时，居然翻到了那张已经发黄的油印小报，他把我的文章拍摄下来用微信发给我，让我惊讶不已，感叹唏嘘。权且当作那个岁月的记忆，我把这篇题为《论谣言》的文字摘录几句："思想的反动，内心的空虚，精神的崩溃，人格的卑劣，是制造谣言的机器。戈培尔这个西方资产阶级政客，是以无赖出名的，也是以造谣为我们所知的，他总是渴望用谣言去骗取胜利，却不知道谣言永远是失败的影子。就说我们学校的造反司令部吧，他们的报纸新近发表了一篇社论，题目叫作《革命无罪，造反有理》，在堂而皇之的旌旗下，搜罗了来自阴沟里面的几个假消息……"不想再摘录了，对于无聊的文字，摘录起来也是无聊的，我还是把话题转到故事的继续吧。

徐姓朋友起身告辞之际，突然问我，你一个人待在这里，连我都感到寂寞和压抑，你何不参加革命大串联，到全国各地走走？我实话以告，我出身不好，不是红卫兵。徐姓朋友急了，说，我也不是红卫兵呀，想不到你们这个地方消息这么闭塞，现在大串联早就放开了，只要有学生证，乘火车坐轮船都不用买票，而且吃什么住哪里，都由当地的接待站负责,你不要把这千载难逢的机会错过了,不然的话,你会后悔一辈子的!我有些动心,又有点犹豫,主要是担心父母亲,虽然我明知这种担心是徒劳的。徐姓朋友拉着我的手说,走吧,跟我一起回南京,见见你的老师,见见你的同学,拾回你那么期待的记忆,那么渴望的重逢!用现在的话说,我居然在那样的岁月,就完成了一次说走就走的旅行,当然,促成我下决心的,除了南京这座城市,还有杨小青这个同学,只是万万没有想到,一切来得这么突然,这么迅猛,让我好生措手不及。

学校距离火车站很近,上了成都到重庆的列车,看见拥挤得足以让人变形的串联大军,他们大都佩戴着校徽,北京大学的,清华大学的,上海八中的,天津九中的……徐姓朋友"南京二中"的校徽似乎没有刚才那样光彩照人了,但是他依然端端正正地佩戴着,在人群中为我逢山开路,遇水搭桥。出于无知的自卑与退缩,我悄悄把自己佩戴在胸前的"江津二中"摘了,顺手放进中山服的上衣口袋里。重庆小住三日,与徐姓朋友一道,去了渣滓洞、白公馆,还有朝天门缆车。因为害怕受到阻挠,我没有去大坪哥哥嫂嫂家,而一到南京,与徐姓朋友握手道别后,我便直奔位于洪武路上的闺奁营27号。

杨小青不在家,她串联去上海了。

她的父母见到我,显然比见到他们的女儿回来还要激动。她的父亲依旧说话不多,但是对我说的那句话他重复了两遍:"乖乖隆地咚,一眨眼的工夫,你都长成大人了,好结实,好帅气!"她的母亲瞪了她父亲一眼,"啰里八嗦的,他从小就长得帅气，不然的话，江苏京剧实验学校会让他留在南京不走吗？"她的妹妹见到我，先是"哇"的一声，然后伸出手指对着我的鼻子直呼其名，她的母亲厉声批评她的妹妹没有礼貌，并且叫其马上改口，以哥哥相称。她的弟弟这时回来了，可是脚未站稳，就被他的母亲打发骑自行车上街，去夫子庙买只大点的盐水鸭回来。

当晚，我住在杨家，没有去在江苏省政协当文史专员的舅舅邱行湘那里，早听父母说过，邱行湘在首批获赦后，承得组织关怀，给他介绍了一个年轻美貌的女人，结婚以后，喜得贵子，而我这次远道而来，要是两手空空地去拜望舅舅、舅娘连同表弟，也觉得不大合适。改天再说罢，我想。

我睡在杨小青的单人床上，不到两米，是她父母的双人床。当夜无眠，我和她的父母隔空聊天，通宵达旦。他们问及了我的父母，是不是别来无恙？我说他们都挺好，工作顺利，身体健康。倒不是我在撒谎，不告诉他们那些令人伤心教人愤怒的事情，是不想引起她的父母的担忧与烦恼。也许是为了转移话题，我问了问她爷爷奶奶的情况，这两位老人我都认识，小时候随杨小青去过老人的家，给他们送去了观看小红花艺术团演出的门票。从她父亲那里得知，她爷爷也受到了"文化大革命"的冲击，虽然现在是工商界人士，但是毕竟当过资本家，所以红卫兵三番五次地找上门来，要么殴打，要么罚跪。她父亲在讲话的时候，流露出对政治运动的抵触与不满，她母亲则感激我的到来，说我驱散了家里的愁云，让她父亲露出了难得一见的笑脸。

9

杨小青从上海回来了。下榻表姐家的时候，是她母亲用加急电报让她回来的。我与她久别重逢，只是握了握手，并没有特别惊诧的感觉，原因很简单，在我们的书信往返中，彼此都附上了各自的近照，"内有照片，请勿折叠"，这八个字在信封上的使用频率，我们都有增无减。杨小青从照片走下来，显得比照片还要水灵，还要光鲜，她从小就长得漂亮，何况女大十八变，越长越好看。与书信稍有不同的是，文字偏短，说话偏长。

她告诉我已去了北京，参加过毛主席站在天安门城楼对红卫兵的第三次接见；已去了天津参观了周总理当年就读的南开中学；已去了沈阳，瞻仰了"九一八"事变后，中国人抗击日本侵略者的地方；还因为火车拥堵，改道去了洛阳，除了朝拜石窟，还品味了牡丹的国色天香……见我插不上话，她稍有停顿，然后问我去过哪些城市，我说一个也没有去过，我不远千里而来，只是为了见一个人，她满脸通红，扭头便走。

我在南京待了五天，每天都食宿在杨小青家里。尽管她的父母热情款待，与全家人相处甚欢，但是我不可能长此以往，乐不思蜀。出于对父母的担忧，我决定向他们告辞，尽快回到江津，虽然知道这里是我的天堂，那边是我的地狱。

见我归心似箭，她的父母不再挽留，只是在我动身的前一天，他们给我准备了两份礼物，一份让我给家住德新里江苏省政协宿舍大院的舅舅、舅娘送去，一份让我带回老家，送给我的父母亲。就在我收拾行装准备启程的时候，杨小青当着全家人的面,突然高吼一声:"我也要去!"众人尚未反应过来,她的外婆先说话了,去吧、去吧,丑媳妇迟早是要见公婆的。她的父亲接着说,也好、也好,两人一起走,路上安全些。她的母亲没有说话,转过身子,打开衣柜,为她准备行装去了。

我们回到江津,正是中午时分。

推门进屋,映入眼帘的不是往日的椅子和茶几,而是比这两样东西还要高的一堆土,土的旁边则是一个坑。哦哦,莫非是我带错了路,推错了门,这不是我的家呀!土堆后面蹲着一位正在做饭的老人,灶是用砖头拼凑起来的,锅是平常用的洗脸盆,柴火将熄,烟雾弥漫,让我看不清老人的脸。哦哦,这不是我的母亲,如果是的话,满头青丝怎么突然变成了白发?倒是杨小青上前一步,双手扶起老人,喊了一声:伯母!哦哦,她没有喊错,这位老人正是我的母亲,这间屋子正是我的家。

母亲拉着杨小青的手,苦苦笑道,对不起了。杨小青回话说,没得关系,这种情况我们南京也有。我问母亲,父亲呢?母亲说三天前父亲被公安局用手铐带走了,逮捕证上说他是现行反革命,两天前十几个红卫兵进来抄家,说是我们窝藏武器,翻箱倒柜不说,还要挖地三尺,走时他们打了我一耳光,说是挖到了十发子弹。昨天居委会的造反派也来了,砸了铁锅,扔了锅铲,连汤匙也丢进厕所,说是他们摧毁了地下兵工厂,我们再也生产不出任何武器了。我不愿意听下去,又问母亲,弟弟呢?弟弟从小体弱胆小,医生说他有神经上的问题,我不愿他是目击者,以免产生更大的刺激。还好，母亲说他这几天都不在家，随同学步行串联，大概已经走到贵州的遵义了。杨小青对我说，她想去看看我的二姐，母亲对我说，也好，你就带她去吧，那边有吃的，也有住的，你二姐这段时间春耕大忙，好长时间没有回过家了。

我和杨小青出了西门，到了二姐的生产队，这才知道她已经去了成都附近的龙泉山。生产队原本就出产柑橘，但是口味偏酸，为了改良品种，队长派她去龙泉山那边学习果树接枝，大概还有几天才能回来。站在农村茅屋的门口，杨小青对我说，要么我今天就回南京，你也跟我一起走。我想了想回答她，你走吧，我就不去了，家里出了这么大的事情，我需要留下来照顾我的母亲。她走了，我把她送到江边的码头，当轮渡缓缓离岸的时候，我忍不住潸然泪下，向她挥了挥手。

杨小青回到南京不久，给我写了一封信。信中说，她没有把我家里的事情告诉她的父母，但是告诉了她的一位闺密。闺密是同班同学，江苏淮安人，闺密的父亲在南京军区担任后勤部长，因为与周恩来是老乡的缘故，每次去北京开会都要见见总理。杨小青要我把父亲的情况写成材料寄给她，她交给闺密，然后由闺密的父亲直接交到周总理手里。她在信里说，周总理拯救了很多不应该被打倒的人，她相信我的父亲也是无辜的。杨小青自然是好意，但是在我的思维里，连国家主席刘少奇都难保自身，我父亲作为国民党反动军官，能够受到拯救的概率几乎为零，这样想时，虽然我及时回了信，但是只有表达谢意的几行字。

我和弟弟整日待在家里，却避免不了参加造反派之间武斗的嫌疑。那日深夜，几个头戴钢盔手拿皮鞭的红卫兵破门而入，把我从梦中惊醒。其中一个指着我的鼻子说，你参加了东门广场的武斗，还打伤了我们的红卫兵战士。另一个对准弟弟的胸口就是一拳，说，还有你，走，你两个狗崽子跟我们走指挥部去。母亲欲加阻拦，却被他们猛力一搡，倒在地下。我和弟弟被他们押到江边，他们命令我们脱掉衣服，说是要让我们知道无产阶级专政的厉害，说完挥鞭便抽，抽得我脸部出血，抽得弟弟嗷嗷大叫。叫声引来了另外几个红卫兵，走在前面的那位手拿电筒，对着我的眼睛晃了晃，说了声原来是你。我定睛看时，此人不是别人，正是我的周姓同学，江津二中造反司令部的总司令。他有些得意，拍拍我的肩头说，你成绩比我好，不会不记得毛主席的名言吧：革命不是请客吃饭，不是做文章，不是绘画绣花，不能那样雅致，那样从容不迫……好了，好了，看在同学的份上，今天饶过你两兄弟一回，现在你们可以滚蛋了。

回到家里，母亲却要我们赶紧走，她说夜长梦多，那些人找回来又如何是好。这样，天刚放亮，我就带着弟弟离开江津，乘火车去了重庆。在哥哥嫂嫂那里待了半月之久。他们不但不允许我们出门，而且不断带回来好些令人生畏的消息，比如说，大坪地区一天就死了两个人，一个是知名的作家、《红岩》小说作者之一的罗广斌，他被造反派囚禁在一座军事院校的时候，跳楼自杀；一个是不知名的挑菜进城的农民，他在过马路的时候被流弹击中，当场毙命。是的，重庆武斗远远甚于江津，这里用的不是钢钎和棍棒，用的是枪支和大刀。哥哥告诉我说,他路过杨家坪兵工厂的时候,看见坦克车都开出来了。

我和弟弟像逃难那样,又从重庆逃回江津。弟弟精神状态每况愈下,有时候会平白无故地傻笑,有时候会莫名其妙地骂人。母亲带他去看了中医,医生开了几大包中药,要母亲去找子夜时分的芭蕉水,作为不可或缺的药引子。这样的差事自然不能让母亲干,母亲拿出药罐放在微火上的当夜,不管是刮风还是下雨,二姐和我便要去西门郊外的那块洼地,我们先要找到一棵体形稍大的芭蕉树,然后用竹管斜插进树干的半腰,当竹管出水的时候,就需要用带去的瓶子将其接住,芭蕉水流得极慢,把瓶子接满的时辰,已经是翌日的早上了。

那天需要药引子的时候,二姐和我都没有去西门郊外,因为当天晚上,得到父亲已经去世的消息。消息是江津看守所的两个狱警前来告知的,告知之余,他们向我们全家宣布了三条规定:不准哭,不准戴孝,不准送葬。母亲有些站不稳了,但是神态非常清醒,她问狱警,人是怎么死的?六十二岁的年龄,身体又好,总不会是得了什么不治之症吧?一个狱警回答说,就是病死的,看守所还送去医院抢救过,你的意思,难道是我们迫害致死不成!另一个狱警警告母亲不准乱说乱动,造谣生事,否则的话,后果严重,然后通知母亲,明天上午到看守所领取遗物。母亲第二天告诉二姐和我,她见到了父亲的遗体,然后交由父亲的一位本家亲戚土葬在西门郊外的荒地,而我见到的,是父亲的钢笔,父亲的怀表,以及一件浸有血迹的军大衣。

# 10

关于父亲的死因，半个世纪以后，我在百度上看见一个资料，说父亲是抗议非法羁押而后绝食身亡的。我无意深究这件事的真伪，因为人死不能复活，一切努力都毫无意义，用母亲的话说，过去的就等它过去吧，眼前的事情才是最要紧的。那是父亲走后不到一个星期，母亲给我交代了两件事情，第一是尽快给杨小青写信，原原本本地告诉她家里发生的事情，不能有半点隐瞒，不能耽误这个可爱的女孩的青春，第二是尽快自食其力，父亲走后，家里中断了经济来源，哥哥嫂嫂那边，挣钱只能养活自己，大姐倒是每月给母亲汇款，可是十来块钱对于家里的几张嘴巴来说，只是杯水车薪，无济于事。其实，这两件当务之急的事，在母亲提醒之前，我就想到了而且付诸实施了。给杨小青写信，事情简单我也写得简单，在告知家庭变故之后，我说鉴于心情的原因，如果没有特别的事情，请不必回信。第二件事情就要复杂得多，我一个白面书生，很少接触社会，更没有挣钱的本事，正在一筹莫展之际，二中井冈山兵团的团长找到我，说是他正在学校附近大山背后的一家工厂打工，这家工厂是从上海搬迁过来支援三线建设的兵工企业，现在尚未投产，生产的是将在海军服役的水陆两栖登陆艇，而他来找我的目的，是介绍我去该厂宣传部门，当几天书写标语口号的美工。

我欣然应允，当日上班。

母亲还为我能去工作，给我换了一身干净衣服，穿了一双至少有八成新的胶鞋。

那是在党的第九次全国代表大会召开前夕，所以厂房上的标语，工地上的口号都与这个内容有关。该厂宣传部门的负责人对我说，内容既重大，书写要庄严，建议我用仿宋体，我在心里笑了，草书行书不敢夸口，仿宋体正是我的拿手好戏。这里的书写字形巨大，我从来没有写过一个标点符号比我身体高出两倍的仿宋字，好在有人搭楼梯，有人提油漆，我只管用排笔在白色的木板上挥洒自如，展示才艺。两天下来，负责人对我的工作高度满意，他说标语牌在工地上竖起来的时候，几百个工人集体鼓掌，赞扬我的字像是印刷出来的。可是第三天，我上班刚走进宣传部门的材料库，准备拿起排笔继续干活的时候，负责人突然出现在我的面前，铁青着脸，冷冰冰地说，你回去吧，到财务室把工钱结了，赶紧离开这里。我一头雾水，不知所措，他索性放开嗓子，实话实说：你真是把我害惨了，昨天有人来厂里反映情况，说你是现行反革命兼历史反革命的儿子，怎么混进兵工企业来了？虽然你是临时工，但是我们是保密单位，莫说是人，就是一只苍蝇飞进来也需要政审，也怪我疏忽大意，活该被厂长骂得狗血淋头！

乘兴而来，败兴而归。井冈山兵团团长事后告诉我，举报我的是本校造反司令部的人，一位贫下中农出身的同班同学，举报的目的是他也会写仿宋字，他也想接这个活，于是找了个最为理直气壮的理由，把我取而代之。事既如此，我自然无话可说，只是在心里想，这是阶级斗争，也是生存斗争，不管什么斗争，都无法动摇我的活命哲学！这样想时，我竟横生出一股与命运抗争的勇气，就像毛主席说的那样，与天斗、与地斗、与人斗，其乐无穷，我愿意接受最为严峻的人生考验，最为激烈的战斗洗礼，因为除此而外，我将无路可走。

内心变得强大，一切就变得渺小了。

我找到初中好友雷姓同学，向他讨教生存之道。他说前时他在江边筛石子，每吨售价五元钱，每天进账两三块没有问题，可是风头之下，人满为患，码头两侧，全是黑压压一片筛石大军，稍微去得晚了，一把簸箕大小的铁筛都放之不下，放不下也得放呀，于是吵架，于是打架，几天下来，他已经筋疲力尽了。你来得正好，他对我说，现在还有一个找钱的路子，那就是到江对岸拉沙，过去我是一个人，上坡绝对拉不动，而今我们两个人，一个推一个拉，养家糊口不在话下。我点点头，问，那么板车呢，箩筐呢，还有洋铲呢？雷姓同学笑了，你们这些知识分子读书读到牛屁股里面了，没有的东西可以租呀，只要有钱，别人的老婆都可以租用几天。

这样，我开始了卖苦力的生涯。

我有晚上不睡早上不起的习惯，可是从这段生涯的开篇，我就做到了准时起床，不误清晨五点半的头班船。雷姓同学喜欢在轮渡上打瞌睡，这位不知疲劳的同龄人，只有在这三十分钟的时间内，才暴露出无可救药的疏懒。按照高中课本里的说法，我们的生产资料集中在镇上供销社的库房，距离江边不远。空车拉到江边，洋铲铲满河沙，三个箩筐的载重量起码在五百公斤以上。拉车走在沙滩，双脚深陷，车轮压过鹅卵石，紧握车把，最费力的还是通往马路的那段陡坡，雷姓同学力气大，他拉中杠，我要么拖边绳，要么推车尾，拖边绳时两手触地，推车尾时双肩齐上。最要命的却是两个不愿意见到的地方，一个是二中的校门，这是我们的必经之地，你可以不看他们，他们不可以不看你，遇到同学的指指点点，冷嘲热讽，已经成为了我的家常便饭。前时出于脸面，我还戴了一顶草帽，也就是鲁迅说的"破帽遮颜过闹市"，可是后来，一切都习惯了，我不偷不抢，用不着害怕谁的目光。另一个地方是我被撵出来的那家兵工厂，河沙是为他们拉的，从江边要拉到他们的工地上，虽然工地尚未划入警戒的厂区，但是瓜田李下的滋味，让我变成了一只提心吊胆的缩头乌龟。

上午拉两趟，下午拉两趟，中午讨杯开水，咽下自带的干粮，劳苦固然劳苦，可是报酬还算丰厚。当时的人均工资不过二三十元，我们每天除去租金，到手的钞票不多不少有五块"大洋"。雷姓同学拉中杠，出力多，理应分得三元钱，可是他执意只要两块，用他的话说，我吃饭、抽烟、喝酒，有时候还玩玩女人，这点钱完全够了，你跟我不同，你家在落难，除了养活自己，还要养活家人。只是，月底的时候，我们拿两天不分钱，把十块钱给任姓同学寄去，恐怕你还不晓得，他在米易生病了，月底要动手术，手术费砖瓦厂不报销，要靠自己出。我说十块钱可能不够，我们干脆寄一百元去，二十天拉沙不分钱就行了，你说好不好？雷姓同学连说了两个好，他又说，为任姓同学能够免除疾苦叫好，为你这个同学能够两肋插刀、拔刀相助叫好。

和雷姓同学一起，我拉了整整半年的板车。一次在讨开水的路边店，看见一本杂志，翻到一张漫画。漫画的标题叫作《重》，是一位印度画家画的，画面上，瘦骨嶙峋的拉车人斜背拉绳，双手触地，板车上的货物累积如山，压得拉车人喘不过气来。我对画上的拉车人说，我羡慕你，你的重在肩头，我的重在心里。不是吗？母亲在夜里的呻吟，二姐在枝头的泪水，弟弟在睡中的噩梦，以及杨小青的杳无音讯，凡此种种，无一不在我心中萦绕，召之即来，挥之不去。

大姐那里，倒是有个让人欣慰的消息，哥哥嫂嫂出面，为她介绍了与哥哥同在重庆煤矿设计院工作的郭姓男士，这位男士是广东潮汕一个渔民的儿子，相当于贫下中农出身，兼之又是名牌大学毕业，大姐在见面之后便答应了这门婚事。

当然，大姐嫁给郭姓男士，还有另外一个重要的原因，那就是她想离开大巴山区，她所在的万源县，是川陕根据地的核心区域，她教书的小学背后，曾经有过一场反"围剿"的激战。山区的贫困生活，她渐渐适应了，可是革命根据地的政治氛围，对于一个原国民党将领的女儿来说，却显得有些格格不入。大姐知道，要离开这里，通过工作调动是不现实的，捷径只有尽快地把自己嫁出去。大姐告诉过我，她在告别山区的时候，也很痛苦，也很挣扎，面对几十个前来送行的小学生，她深深地向他们鞠了一躬。大姐在重庆安家以后，因为大姐夫根红苗正的关系，她的工作也调至设计院，虽然专业不对口，她学的是地理，哥哥学的是地质，但是他们成为了同一个科室的同事，而且，在单位分房的时候，他们又成为邻居。

11

那年春节，是父亲走后的第一次阖家团聚。哥哥嫂嫂带着他们的宝贝女儿回来了，大姐和大姐夫也回来了。尤其是那个已经学会走路的宝贝女儿，举手投足，龇牙咧嘴，给这个沉寂已久的家庭带来一丝欢笑。小孩子太调皮，乘人不备，去了屋后的小院，抓过邻居晾晒在那里的被单用来揩鼻涕，邻居见状，大吼一声，紧接着朝小院的地坝倒了一盆脏水，小孩子赶紧跑回家中，一头扑在嫂嫂的怀里。哥哥要出去与这个邻居老太婆论理，却被母亲拉住了，母亲小声对哥哥说，老太婆是居委会的积极分子，我们惹她不起呵。大姐夫火冒三丈，大声武气地说，居委会又怎么了，我家是三代渔民，难道还怕她不成！你们都不要去，我去教训教训这个老东西。母亲把大姐夫拦住了，说，你今天倒是出了口气，但是从明天开始，你还要不要我们过日子？大姐瞪了大姐夫一眼说，你只晓得说大话，屁股一拍，溜之大吉，你能不能说点实际的东西？说者无心，听者有意，这时候哥哥说话了，他说江津是父亲的老家，虽然我们几兄妹都没有出生在这里，可是这里是我们的根，我们的天堂，当天堂就要变成地狱的时候，我建议大家都要想办法离开这里，水往低处流，人往高处走，反正我就是一句话，离开江津，就是胜利！

哥哥这句话，对我起了作用。

让我明白了树挪死人挪活的道理。

适逢轰轰烈烈的知识青年"上山下乡"开始了，我们从停课闹革命，苦苦等了三年，没有等到复课闹革命，等到的却是全国的大专院校停止招生，而我们高中毕业后的唯一去向，便是到农村接受贫下中农的再教育。既然是毛主席的号召，党中央的决定，我自然热烈拥护，踊跃报名，那时下乡务农有多种选择，可以随学校集体落户，可以不随学校，自己选择定点挂钩，甚至还可以像疏散人口那样投亲靠友。我决意离开江津，眼下正是机会。至于要去哪里，我给杨小青写了一封信商量。

已经有两年时间不曾与她联系了，自从前函告诉她，如果没有什么特别的事情，请不必回信，她很听话，很懂得我的心境，所以果然让我安安静静地度过了那段艰难的时期。现在，人生又一个重大的命题出现了，我必须与她共商对策。我在信中说，南京方面的"上山下乡"想必也开始了，不知你们学校划定的区域是苏北还是苏南，不管在哪里当农民，即便是盐城农村的沼泽地，我都愿意随你而行，插队插到你们生产队。信中还说，鉴于时间紧迫，我们这边已经着手登记造册了，请她把她的决定尽快告诉我。

几周之内不见回信。江津的邮递员我都与他从生人变成熟人了，他每日上午十点钟左右骑辆自行车从我家路过，每到这个时间段我都会出现在家门口翘首以待，而每次见到我的时候，他都会说上一句没有你的信，然后向我挥挥手。功夫不负有心人，那天我站得腰酸背痛正欲回走之际，杨小青的大札到了，当我双手从邮递员那里接过来的时候，如获至宝，全身发抖，忍不住向这个熟人声声道谢，连连鞠躬。拆开信封，信笺上不见熟悉的笔迹，却是陌生的英文书写。是的，我从来没有见过她的这种联系方式，像是在从事某种地下工作，生怕别人看到似的。好在我也读过英语，虽然不及她的水平，但是借助《英汉词典》还是能够译成中文的。

信的开头，她在我的名字后面加了"同学"两个字，然后说，也许我们只能做同学，不能做恋人，道理很简单，倘若你是瞎子，我可以扶你一辈子，倘若你是跛子，我可以背你一辈子，但是，你都不是，你是政治的残废者，而政治是不可以儿女情长的，我的这个说法也许让你感到痛苦，可是，请你想想，倘若我们生活在了一起，当我们的孩子在众多的孩子面前抬不起头来的时候，我才知道，你才知道，我们犯了一个怎样的错误。信的结尾，她说让我们的爱，就此别过吧。

看完她的信，我读到了我与她的遗书，好生悲哀，好生愤怒，当悲与愤、爱与恨交织在一起的时候，我有些站立不稳，晃了晃身子，然后猝然倒地。

二姐赶紧把我扶起来，慌忙要去看看这封信，我没有让她看，但是把信的大意告诉了她，而且稍加点评说，杨小青没有说错，有一句话叫作识时务者为俊杰，她的头脑依然清醒，她的决定完全正确。二姐没有读到杨小青的信，却看见了这封信的信封，信封上面没有落款的地址，邮票上面盖着当地邮局的邮戳。二姐沉思片刻，把她的发现告诉我说，邮戳标明的地点是刊江，这个地方距离南京不远，杨小青就在这里落户，知道地点就好办了，明天我就去刊江找她，这么好的女孩我不能让别人拿走！母亲叹了口气，告诉二姐说，不要去了，不要为难她了，她是我的救命恩人，在家里被挖地三尺的时候，全靠她对我说的那句"没得关系"，才让我能够支撑到今天，给了我活下去的念头和勇气……

接下来的几天时间里，任何情绪都无法替代我对何去何从的焦虑。按照学校的规划，我落户的地方应该是四川与贵州接壤的蔡家山区，山区我不怕，怕的是蔡家的行政区划归属江津，江津是如来佛，我是孙猴子，纵有天大的本事也逃不出佛祖的手掌心。就在这心急如焚的时刻，哥哥来了一封信，信里说，嫂嫂任教的重庆五十七中下乡的规划出台了，路程遥远，问我是否愿意作为跨校生，随嫂嫂学校的学生一起去。我当即回函称，不仅愿意，并且乐意，希望走得越远越好，同时告知哥哥嫂嫂，如果弟弟愿意的话，我想带着他一起远走高飞。

弟弟却不愿意走，为了不走，还和我吵得脸红脖子粗的。开始我不知道其间的原因，以后在母亲给我的信中，才知道弟弟从不外露的心思。

信中说，自从我离开江津后，家里的体力活全由他大包大揽，水缸每天都是满满的，墙角堆积着小山似的蜂窝煤。但是，这一切都是权宜之策，弟弟必须下乡，倘若不从，就是对抗毛主席的最高指示，这样的罪名，莫说我们"黑五类"子女承受不起，就是"红五类"的天之骄子们也是吃不完兜着走的。根据学校的安排，弟弟去了较之我去的山区还算富裕的江津吴滩区，这里是开国元勋聂荣臻的故乡，他的故居距离弟弟的茅舍仅仅隔着三根田坎，弟弟以此为荣，以此为幸。

我是从重庆出发前往威远县的，火车站的月台上，挤满了知青的家长和学校的老师们，为我送行的是嫂嫂和大姐，嫂嫂把她的一个王姓学生介绍给我说，你们两个分在一个生产队，希望彼此能够加强团结，互相帮助。王姓学生是初三年级的，比我整整小了三岁，他望了我一眼说，那好，我在家里从来没有煮过饭，今后你就管我吃饱吃好行吗？我没有回答，心里却在骂，你是个什么东西，我连自己的弟弟都没法照顾，哪里能够轮到你！见我低头不语，他哈哈大笑道，我爸爸是高级干部，我是高干子弟，你只要对我好，今后就有你的好果子吃。

大姐帮我提着木箱，木箱是她送我的，里面装着几件换洗衣物，这便是我的全部行李。大姐声音有些哽咽，她说看见人家的大包小包，还有路上吃的零食，心里很不是滋味，怪来怪去，她说只怪自己没有能力，无法尽到当大姐的责任。我安慰她说，箱子里面有书，这比什么都重要，大姐夫的那本《堂吉诃德》我没有看完，也装进去了，你不要只看到箱子现在是空空的，有朝一日我会把它装得满满地带回来。

除了大姐夫那本外国名著，我还带走了国内的一些好书，比如长篇小说《红岩》《红日》《红旗谱》《创业史》《烈火金刚》等，不一而足，这些书都是我花钱买的。除了小说，我还喜欢诗歌，所以把家中的几本《诗刊》杂志也带走了，其中有一本登了郭小川的《林区三唱》。这首诗朗朗上口，情真意切，整整半个世纪过去了，我仍然可以一口气把它背完。有人说诗歌是文学的塔尖，但是我觉得诗歌是文学的基石，但凡酷爱文学创作的人，大都是从诗歌的韵律中开始的，比如说我。

12

我所在的威远县太和公社共有六十几个知青，分到三个大队，我所在的凤凰大队共有二十几个知青，我和那位王姓知青分到一个生产队。除我而外，他们都是初中生，除我和一位女知青以外，他们都是重庆人。这位女知青也是跨校来的，她来自上海，据说她父亲是复旦大学的教授，被定性为反动学术权威后畏罪自杀，而她的姨父随江南造船厂内迁到了重庆，她便以投亲靠友的方式落户到了太和公社，分在凤凰大队的第四生产队。一队靠水，四队靠山，一队是四队赶集的必经之地，这位杨姓女知青才貌出众，性情孤傲，平日里不多与人交谈，每逢赶集归来，却喜欢在我们这里坐歇几分钟。

我和王姓知青住在一个叫上沙坝子的院落里，两间土房，隔墙而居，走道上的那个灶台，便是我们共同的厨房。每当杨姓女知青到来，王姓知青都显得有些手忙脚乱，他烧水沏茶，煮饭熬汤，非要请她吃顿便饭不可。杨姓女知青道了谢，在过道旁的小板凳上屁股还没有坐热，便起身告辞，时间依然没有超过十分钟。那日赶集，又从我们茅舍前走过，人不留客天留客。一场瓢泼大雨让这位女知青在我们这里待了两个小时。吃过午饭，她谢过东道主王姓知青，却抬起脚步迈进了我的屋子。房门本是开着的，她进来以后，我故意把房门大大敞开。男女授受不亲，我懂得这个规矩，还有一点更重要，那就是不要因为她影响到我与王姓知青的关系，一种惹不起但躲得起的关系。

好在杨姓知青进屋以后，王姓知青也跟着进来了，他进来的使命是为她端茶送水,因为我与她的交流,他基本上插不进嘴。这是你写的吗?她抬眼看了看挂在土墙上的那幅篆字问我。我点了点头。她说请你帮我写一幅,也写大篆,挂在我那间屋子的墙头,我也喜欢毛主席诗词,你写的是《沁园春·雪》,我要的是《蝶恋花·答李淑一》。我有些吃惊,我写的是大篆,属于甲骨文、金文以及籀文那样的古代象形文字,不要说进过屋的农民,就是看过字的知青,她也是分得清大篆与小篆的第一人。有了这样的语言环境,伴着她悦耳的上海口音,我本想问问她的爱好,她的经历,可是话到嘴边,我戛然而止了,因为我们虽然面对面相识,却是背对背相知,关于她父亲的情况,是太和公社党委雷书记来重庆接我们的时候,在路上悄悄告诉我的。我们的档案,都锁在公社党委的保险柜里,有的鲜红,有的黝黑,倘若哪壶不开提哪壶,那就是自讨没趣,损人而不利己。

下乡不到两个月,春节将至,王姓知青约我赶集,说是要买两只老母鸡带回重庆。集市上人流如织,卖鸡的农民特别多,不知道什么原因,王姓知青偏偏去买一位老大娘的鸡。老大娘从篓子里提出两只老母鸡,先用稻草拴住腿,然后倒挂在秤钩上,报了八斤四两的总重量。王姓知青抱过鸡,说老大娘的秤杆有问题,要去市管会摆在门口的公平秤上重新过过磅。老大娘想与王姓知青一起去,但是脚下有鸡篓,身边还有我,于是叫他快去快回。我站在原地等他,等了二十分钟之久,仍不见踪影,突然想起他刚才慌里慌张的表情,撒腿就跑的动作，我意识到他已经把我当成人质，扣押在这里了。三十六计，跑为上策，趁老大娘不注意，我转过身子，扭头而去，迅速消失在茫茫人海里。回到生产队，王姓知青已经先我到家了，我气急败坏，他笑脸相迎，说是要分给我一只老母鸡。我说还是留给你自己吧，只不过吃了这样的东西，会遭天打五雷轰的。那好、那好，他嘻皮笑脸地说，你不吃，我不伛，你要吃，我不够。

生产队陈队长走来了，他是来找我的。

原来，为了配合县上、区上以及公社对凤凰大队的调研与检查，陈队长要在他们路过的地方写几幅口号与标语。"你是高中生，生产队数你文化最高，"他对我说，"这个任务交给你，我让记分员给你多记十分工分。"我需要工分，更需要表现，何况这差事正是我的拿手好戏！只是农村没有排笔，生产队也无钱购买油漆，于是在陈队长的指挥下，把山上的茅草根碾平，用篾条把它捆绑成形，这就是我手中的笔，至于涂料，将石灰倒入水里，加进白矾不断搅拌，直到浓度均匀为止。我用仿宋字体，在河边的岩石上，写下了"备战、备荒、为人民"，而在最为显眼的峰顶，写下了"把无产阶级文化大革命进行到底"。口号和标语被各级干部看到了，他们在交口称赞之余，于翌日在我们生产队召开了现场观摩会，号召全县全区全公社，向凤凰一队的政治宣传工作看齐。

自此以后，陈队长对我刮目相看，公社雷书记对我关爱有加，尤其在遴选知青代表的事情上面，他们堪称我的贵人。县里召开首届知青先代会的文件下达了，按照文件所分配的名额，太和公社的代表只有一人。公社把这个名额给了凤凰大队。作为推荐单位，陈队长在大队党支部书记那里拿走了这个名额，然后叫我填写表格，报经公社党委审批。雷书记二话不说，抓起公章就盖，继而向我发放了知青先进代表的会议通知。我反倒疑惑了，公社党委是知道我的家庭出身的，雷书记感情用事，会不会惹火烧身，铸成大错？见到他的时候，我把我的想法和盘托出。他笑了，笑得理直气壮，他说对于成分不好的人，现在有两个鉴定标准，一个是可以教育好的子女，一个是不可以教育好的子女，于我而言，当属前者无疑，又说我这个典型，是他亲手培养出来的，这是他的工作，也是他的政绩，要我继续努力，不要辜负五千人的期望。听到最后这句话，我忍俊不禁了。前几天公社广播站的高音喇叭里，我听见了这样的快板词："太和公社五千人，里面有个黄济人……"

县城开会，载誉而归，回来不到半月，公社与大队发布了一项人事任命，那就是由我担任凤凰一队队长，原来的陈队长担任副队长，我分管政治，他分管生产。很久很久以后，我写了几本书，书的扉页除了印刷头像，还有作者小传，那时我还担任过更高的职务，但是我始终保留的，便是这个生产队队长。当年我的职责，主要是参加会议，公社的会议，多如牛毛，区上的会议，每月必开，这样的月会又被称为"三干会"，亦即公社、大队、生产队三级干部悉数参加，用区委黄书记的话说，这是全区十万人政治生活的一件大事。大事要参与，小事要处理，在我年满二十三岁的时候，碰见了这样一件涉及隐私的事情。生产队的保管员和记分员是小学同学，两家人住在最为僻静的深沟里，那个年代没有电灯，更没有电视机，倘若没有知青落户，他们就是生产队的高级知识分子。每到天黑，寂寞难耐，知识分子又肯动脑筋，想来想去，他们想到了一个古老的游戏，那就是换妻。倘若他们不来找我，我相信这件事情只有天知地知。找我的目的，是保管员觉得他的老婆长得漂亮，记分员的老婆奇丑无比，换妻换了半年，他觉得吃了大亏，于是拉上记分员来我这里寻求公平合理，得到处理意见。我沉思良久，最后说了三个字：补差价。殊不料他们两人一致赞成，只是在金额上讨价还价，争执不休。我说我们都是穷人，本队的十分工分，也不过两角钱左右，那就补点粮食吧。见两人频频点头，我立下了补偿标准，一百斤水谷子。生产队地处山区，土多田少，红苕要当半年粮，能吃上大米实属不易，一百斤水谷子晒干后有七十斤干谷子，七十斤干谷子去掉糠壳有四十九斤大米，保管员用口袋扛回家，也够两口子吃些时辰啦。

不觉间我在农村已近两年，那日到公社开会，雷书记给我看了份文件，文件说，根据国民经济发展的需要，将保送一批知青上大学，作为免除高考的工农兵学员，又将一批知青招工返城，投身于社会主义建设。雷书记悄悄对我说，上大学你没有可能，因为工农兵学员当中，没有可以教育好的子女名额，那就等着招工吧，即便第一批招工在我们太和只招一个，公社党委也会全力推荐你的。

13

第一批招工果然开始了，太和公社果然只招一个，但是这个人不是我，而是与我同在凤凰一队的王姓知青。当我得知这个消息的时候，王姓知青已经到区医院参加体检去了。雷书记在公社作了"大战红五月"的动员报告后，特意把我留在公社食堂吃饭，以示安抚。我对雷书记说，我的家庭情况你是知道的，在江津头不敢抬，气不敢出，可是到了威远，到了太和，承得你的关心，社员的关照，我居然得到了大家的认可与尊重，这已经够了，心满意足啦！稍有片刻，我又说，至于王姓知青招工返城，这是他的好事，也是所有知青的好事，再说他是高干子弟，父辈对革命有那么大的贡献，获得这么点回报也是应该的。雷书记冷冷笑道，狗屁高干子弟，他哄得了你，瞒不过我们党组织，他父亲原本是木材加工厂的工人，当了造反派头头，被提拔为车间主任，官位不大权力不小，特别安排了一个指标交给招工组，指名点姓地要把儿子召回城市。雷书记告诉我说，这种情况叫作特招，由招工组自主安排，公社党委无权过问，等我们有权过问的时候，请你放心，第一个名额仍然是你的。

离开生产队的前夜，王姓知青来到我的房间，借着那盏炼油灯昏黄的光亮，敞开心扉，与我彻夜长谈。我比他痴长三岁，但不知怎的，那一夜我觉得他突然成熟起来，比我干练，比我稳重，不再是那个一脸坏笑的毛头小伙子。而这种印象的由来，完全基于他那晚的谈话，他告诉了发生在我身边而我却浑然不知的秘密。

他说四队的杨姓女知青，也就是来自上海的那位大姑娘喜欢我，而他喜欢她，在前年返城过年的路上，他们在内江火车站不期而遇，从而开始了他对她的追逐。王姓知青告诉我，起先杨姓知青并不理睬他，可是好像想起了什么事情，才主动和他说话，她问王姓知青，那天过路去了一队，进了我的屋子，除了墙上的篆字，她还看见了篆字旁边有一张女孩子的照片，当时她不便打听，现在想询问王姓知青，知不知道那个女孩子究竟是谁？他说我不曾告诉他关于我的私事，所以他也不知道那个女孩子的来历，于是便想当然地回答杨姓女知青说，那是黄姓知青的女朋友，你也不想想看，能够把照片挂在床头上的，不是他的女朋友又是哪一个？

　　王姓知青说对了一半，墙头而不是床头上的那张照片，正是昔时同学兼女友杨小青。虽然明知她已经离我而去，但是出于一种刻骨铭心的惦念，我下乡的时候带走了那张照片。照片是在读高三时她装在信封里面邮寄过来的，笑得甜美，笑得纯真，是她所有照片里面我最喜欢的一张，奈何尺寸太小，不便张贴，于是利用在县里出席知青先代会的机会，去相馆放大并且作了化身处理，远远望去，像是一幅淡雅的素描作品。王姓知青说错的一半，则是我与杨小青的心理距离，已经越发遥远。

　　与南京方面的联系，我从来没有中断过，通过带我去串联的那位徐姓同学，我联系上了府西街小学的张姓同学，这位同学虽然没有考上一中，但是下乡落户的地点却恰好与杨小青同在刊江。他时常与我通信，有一次他在信中说，你要我多多照顾杨小青，恭敬不如从命，我与她既不同公社也不同大队，但还是挑着箩筐，给她送过几回瓜果蔬菜，只是我想告诉你，今后我不必再去照顾她了，因为她的身边已经有了一个关心她生活起居的异性，如果我没有猜错的话，这个人应该是她新交的男朋友。

看了张姓同学的信，虽在情理之中，却在意料之外，不觉顿感失落与悲戚，连续几天萎靡不振，茶饭不思，再看杨小青的照片，笑得虚伪，笑得势利，后悔不该把她的笑容如影随形，带到我这个茅屋里来。尽管如此，我没有从墙上取下她的照片，正如鲁迅说的那样，"为了忘却的记念"，纪念我的幸福，我的痛苦，以及我的坎坷之路。然而，我没有想到，那张照片是一堵墙，让好些在我茅屋里坐歇的女知青们望而却步，就像四队的杨姓知青那样，进了一次屋后，就再也不到我这里来了。

更没有想到的是，这位上海大姑娘与王姓知青的交往，却因此而频繁起来。即将返回重庆当工人的王姓知青，似乎没有必要再向我隐瞒什么，于是按捺不住满心的喜悦，把他和她的故事向我娓娓道来：与杨姓知青结伴而行，乘火车到达重庆，已是深更半夜，在王姓知青的坚持下，他把她送到了她的姨父家。作为见面礼，他还送给姨父一只老母鸡，姨父不收，姨母笑纳，把杨姓知青当作自己亲生女儿的姨母，还拉着王姓知青的双手说，眉清目秀的年轻人，我家姑娘就交给你啦！王姓知青受宠若惊，旁观杨姓知青，却是满脸镇定。好在功夫不负有心人，返回农村以后，他仿佛落户的不是一队而是四队，隔三差五地去找杨姓知青，或挑水，或做饭，大献殷勤。特别是去年初冬，四队红苕喜获丰收，每人分得两千多斤，农民有地窖，不怕腐烂，知青只好切苕片，晒干以后卖给粮站，王姓知青帮着杨姓知青切，速度太快，用力过猛，一不小心把小拇指切脱半截，眼见血流如注，杨姓知青撕碎衬衣，赶紧包扎，然后一头扑倒在王姓知青怀中，大哭不已。

王姓知青讲完他的故事，眼眶有些发红，我听完他的故事，眼神有些发呆。不知为什么，我想起了杨小青。这位小学同学与我，曾被班主任沈老师称为金童玉女，可是细想起来，金玉其表，败絮其中，我们的神话在现实面前，是那样的不堪一击。那么王姓知青与杨姓知青呢？凭借我的了解与理解，他们原来是两条平行线，倘若没有生活的变异，抑或现实的扭曲，是不可能走到一起来的。物竞天择，适者生存，我终于读懂了达尔文的进化论。

王姓知青招工返城离开生产队，搭乘班车前往县城的时候，汽车站里，只有两个人为他送行，一个是我，另一个是杨姓知青。陈队长先安排了两个社员给他提行李，一个是保管员，一个是记分员，可是遭到他们异口同声的拒绝。保管员的理由是，王姓知青在浇灌自留地的蔬菜瓜果时，偷舀了生产队的粪水，被保管员发现后，不但不赔礼道歉，反而恶语伤人；记分员的理由是，王姓知青在干活时出工不出力，锄头高高举起，轻轻落下，挖的尽是"猫盖屎"，记分员接到反映后要扣他的工分，可是他不但不承认错误，反而大打出手。我告诉陈队长，他们不去送行也是对的，人活一张脸，树活一张皮。我又说，农民与知青的关系，我们生产队还算是好的，有的生产队说，我们像当年欢迎红军那样欢迎知青，可是要不了多久，漫山遍野都响起了打土匪的声音。

陈队长点点头说，知青受罪，农民遭殃，我希望全公社的知青尽快返城，但是，最好你不要走。

我走的希望却迅速来临了。

招工组给了太和公社一个名额，工作单位是重庆大溪沟发电厂，工种是锅炉工，唯一的附属条件是男性，毫无疑问，公社把这个名额给了我。表格填好了，可是迟迟不见体检通知。那日去公社开会，雷书记告诉我说，政审通知下来了，招工组以政审不合格为由，收回了太和公社的名额，转交给本区的青云公社了。

雷书记好言相劝，我却无言以对，心里在想，招工组防患于未然，他们害怕我这个锅炉工在铲煤炭的时候，把一颗炸弹也铲进锅炉里面去了。我想走而没有走成，这似乎是我个人的事情，但名额转交的消息不胫而走，立刻引发了本公社本大队知青对我的公愤，他们说我浪费了宝贵的指标，耽误了他们锦绣的前程，更为不幸的是，他们对我没有走成的原因进行了研判，从而让我这个历史反革命兼现行反革命的家庭出身暴露无遗。然而，就在我成为众矢之的、孤立无助的时候，生产队的社员们对我友善如初，甚至格外照顾。忘不了上沙坝子同院的邓幺娘，只要见到我在吃烤红苕，她就会给我送来热米汤；忘不了下沙坝子并不同院的放牛娃，他闲时喜欢在坡上捡狗粪，宁肯不拿去兑换工分，也要统统倒进我的自留地。有感而发，我在以后的文章里写了这么一段话：农民是伟大的现实主义者，他们不管出处，只管去处，只要你吃苦耐劳而不偷奸耍滑，你就是个好人。

14

好人有好报。

我这里说的好人，是凤凰三队的马姓知青，他是东北人，随父亲所在的沈阳重型机械厂内迁，几年前来到重庆。都说东北人生性幽默，而且说幽默的原因是东北寒冷，尤其是在黑土地上，要在家中蜗居半年之久，不找点乐子就无法生存。马姓知青是个例外，也许是重庆炎热的缘故，他害怕交际如同害怕出汗，整日低头不语，郁郁寡欢。但，他又是一个身高一米八的帅小伙，全县几百个知青公认的美男子，外区外公社的女知青们为了一睹风采，不惜翻山越岭，徒步几十甚至上百公里。马姓知青的邻居姓杜，他叫她杜孃孃，凤凰三队的人叫她杜寡妇。他性格内向，她性格张扬，性格上的反差恰好成为他们的互补，于是从相识走到了相知，日久生情，终于从相知又走到了相爱。消息既出，舆论大哗，女知青们捶胸跺脚，杜寡妇的儿子咆哮如雷，若不是大队支书赶来得及时，马姓知青有可能被打成残废。杜寡妇的儿子离开三队后，马姓知青来到一队找我，要我给他出出主意。我说为了避免惨遭皮肉之苦，你需要和她结婚才是。他说结婚是肯定的，不是为了什么，杜寡妇是他生命中最值得珍惜的女人，我说我佩服你的决定，但是你也应该珍惜自己，因为知青返城有一个上了红头文件的规定，那就是已经在农村结婚的，不在招工的范围。他说这个规定他知道，杜寡妇也知道了，正因为这个规定，杜寡妇不同意和他结婚。她对他说，有了招工指标，你就安安心心回重庆吧，那边有你的父母，你要替我好好地孝敬他们，至于我肚子里面的孩子，也请你放心，我会把他抚养成人的。

就这样，没过多久，马姓知青也走了，虽然走的时候与杜寡妇挥泪而别，一步三回头。凤凰四队除了杨姓知青，还有一位女知青姓何，何姓知青是初中一年级还没有毕业就下乡的，是全大队知青当中最小的一位，杨姓知青在王姓知青的帮助下，也顺利拿到重庆木材加工厂的招工指标，在离开生产队的前一天，她在何姓知青的陪伴下来我这里告别。她送了好些东西给我，有蚊帐，有棉被，有枕头，还有没有吃完的大米，以及已经晒干的苕片。临走的时候，趁何姓知青上茅厕的机会，她对我说何姓知青喜欢我，我苦苦一笑，自然没有当成一回事。事隔不久，轮到何姓知青招工返城了，要去区上的医院做体检的时候，她希望我能够陪她一起去。我知道，她没有别的意思，因为去区上没有公路，没有汽车，需要步行二十公里，翻过几座荒山，她不怕走路，怕的是荒山中的野物，而全大队的男知青除我而外统统返城了，她来找我，不过是没有办法的办法而已。我答应了，而且顺利地走下山来，上了一条现在被人称作机耕道的马路，此地距离区医院还有几公里，见她已经走得筋疲力尽，我央求路边的手扶式拖拉机司机捎我们一程，她坐在司机旁边，我站在拖拉机车厢，眼见得就要开拢医院门口的时候，司机一个急转弯，把我抛出车厢，摔落在地。这样，她进医院体检，我进医院就诊，她身体合格，我跟骨骨折。

开始只是有些疼痛，但勉强可以走路，回到生产队的第二天，脚腕由细变粗，肿得发出了光泽。公社有家卫生院，虽然距离生产队不远，但是我已站立不稳，行走不便。这个时候，何姓知青来了，手里拿了根向别人要的拐棍，我杵着拐棍，身体倒是站直了，但是依旧迈不开步子。来，我来背你，何姓知青说，今天必须到卫生院包药才行。我说我年龄比你大六岁，体重比你多六十斤，你怎么背得动我？她不再说话，弯下腰背起我就走，一直走拢上沙坝子对面的太平桥，才放我下来歇口气，她的汗水把她的背心打湿了，却把我的内心点燃了。她说我比她想象的要轻得多。以前柴烧完了她去背煤炭，背了二十斤都嫌重，重得她气喘吁吁，泪流滴滴。她说不晓得今天哪来这么大的力气。后来我每次换药都由她背，一直背到我的跟骨痊愈为止。我说你真是个傻女孩，伤筋动骨一百天，等到我的脚好了，你也就被招工单位以无故旷工的理由开除了。她嘴巴一努，瓮声瓮气地说，开除就开除，在哪里不是吃饭穿衣过日子。我知道她是一时兴起，说着玩的，尽管如此，我还是对她充满感激。

何姓知青很快返城了，她被分在重庆一家汽车修配厂铸造车间当工人，而且同样很快的，我收到她的一封信。恕我直言，我从来没有见过比这封信更为糟糕的书写，鬼画桃符不说，并且错字连篇，好在耐心读完之后，发现意思的表达还是清楚的。她说了三个内容，一是感谢我，我的脚因她而骨折，她内疚之余，知恩图报；二是崇拜我，她文化水平不高，因此佩服有学问的人，看见了我的仿宋字，便认定我是她的偶像之一；三是喜欢我，喜欢不需要理由，所以尽管听别的知青说我家庭出身不好，墙上还挂着别的女孩的照片，但这一切的一切，都不关她的事。人如其文，看完何姓知青的信，我更加认定她是一个单纯的女孩，头脑简单，心地善良，有个性无共性，有追求但无知，倘若她把我认作是她的兄长，我倒是愿意接纳这个小妹妹的。至于喜欢，它不是爱情的同义词，既然何姓知青不至于无知到向我表白，我也就姑听无妨，任其言之了。

凤凰五队的两位女知青也先后离开了生产队，她们因为家庭出身的原因，都不在招工之列，所以采用了嫁人的方式远走高飞，一位嫁到了新疆，一位嫁到了西藏。看来她们的心思和我完全一样，那就是离家越远越好，用距离战胜分离，用空间换取时间，从而为自己的命运赢得另一片广阔的天地。凤凰大队的知青都走了，太和公社的知青都走了，当几百名知青只剩下我一个人的时候，我学会了抽烟，学会了喝酒，只是没有学会如何才能抵御这前所未有的寂寞与孤独。煤油灯下，伴着门外稻田里的蛙鸣，我给母亲写了一封信。自从二姐结婚去了北京通县以后，家里只剩下她一个人，所以我常常会给老人家写信。

二姐的对象是一位安徽籍的大嫂介绍的。这位大嫂毕业于重庆的西南农学院，被分配至江津的柑橘研究所，一干就是二十年。由于工作关系，她经常去二姐的生产队采集标本，与二姐成为朋友之后，便想发展为亲戚。她拿出自家弟弟的照片给二姐看，二姐看其相貌英俊，年龄适中,便问及大嫂其弟的详情。大嫂倒是实话实说,称其弟文化不高,在通县一家工厂当技工,收入也不高,但若与其弟结婚,户口可迁入北京,当然,城市户口是不能指望的,在通县近郊的农村落户,一点没有问题。二姐不假思考地说,那好,他把户口迁移的手续办好,我就跟他结婚,大嫂说没有结婚手续,人家凭什么给你办户口迁移,你就相信我的话吧,我陪你一起去北京。

就这样,二姐在事前没有见过二姐夫的情况下,两人在通县结了婚。用二姐以后告诉我的话说,二姐夫比照片上要苍老许多,但待人极好,只有你想不到的,没有他做不到的,能够离开江津,找到这样的归宿,也算是心满意足了。二姐落户的地点在小圣庙村,距离通县县城,骑自行车十多分钟即到,二姐正是在村头的土路上学会骑自行车的。为了防止她摔倒,二姐夫自行设计,在自行车两个轮子的中间,又加了一个小轮子,像是三轮车又不是三轮车,所以二姐去县城的时候,经常有人问她车是哪里买的。

我常常收到母亲的回信,她只会使用毛笔,那一手漂亮的蝇头小楷,常常会让我想起她的端庄、善良与豁达。她对我说过的最多的一句话是,一切都过去了,明天早上会出太阳。这句话熏陶了我,所以在我的每一封信里,都充满了阳光。母亲却更相信阳光之前必有风雨,所以她在回信的时候说,你说你生活得很好,我就知道你生活得不好,不好的时候要学会熬,熬过天黑就是天亮,熬过雨季天空就会晴朗。母亲说的是真理。

15

此时对于我来说，有两条路可走，一是沉沦，二是奋起。沉沦是我自己就可以决定的。前几天，生产队唯一的地主的儿子回来了，他在四川与云南交界的金沙江畔挖瓢，满手的茧疤，换来了盆满钵满。他本想把赚来的钱拿回家修房子，可是一夜之间便输了个锅底朝天。他好赌、酗酒，而且吸毒，他希望我能够随他一起回到那个天地人三不管的地方，用他的话说，你不要看我成天和树子打交道，收工回来，遍地都是女人和钞票。而奋起，却不是自己能够实现的，尤其像我这种家庭出身的人。用杨小青的话说，我是政治上的残废者，我不想高耸入云，不必借助别人的云梯，我只想不要跌倒，倘若有人递给我一根拐棍，那么这就是我命中的贵人。

第一位贵人无疑是公社雷书记。

我这辈子的第一份工作，太和小学代课老师，便是他一手安排的。这所小学是全公社的最高学府，初小也罢，高小也罢，任教人员十几位，全部是师范学校毕业出来的公办老师。他们也知道公社聘用了几个代课老师，但是代课老师也蹭民办老师的工作地点，只能是在各个大队简陋不堪的村小，而非太和小学这样窗明几亮的完全小学，所以我的到来，至少引发了该校校长的不快。诚然，这不能怪校长，有些知青偷鸡摸狗的行为，已经让他对知青感到头晕，有些知青不学无术的交谈，更让他对知青感到目眩，尽管雷书记在介绍我的时候赞扬了我的仿宋体，但是校长居然当着我的面，说了一句小菜一碟，雕虫小技。

我对这位校长的意见，来自在我毫无准备的情况下，安排我在高小讲语文教学课。教学时者,听课的除了全年级学生,还有全学校老师,更有甚者,校长把公社领导班子也全部请过来了。根据教材,我这堂课讲的是革命样板戏片段《打不死的吴清华我还活在人间》,好在高三语文辅导材料中,我读过这个片段,不过那时读之无味,没有感觉,此时此刻,此情此景之下,我的感觉来了,我就是吴清华,既然打不死我,我就豁出去了!悲壮处,我讲得慷慨激昂,悲伤处,我讲得声泪俱下,伴随着窗外下课钟声的敲响,一片喝彩,全场鼓掌。第一位鼓掌的不是那个公社雷书记,而是这个老资格的小学校长,他本来想给我个下马威,殊不料正是他,亲手把我扶上了马。从此他对我关怀备至,照顾有加。泥泞路上,山道弯弯,考虑到我早出晚归,他特意在学校给我安排了宿舍,只是宿舍隔音不好,邻居又是新婚夫妻,反而不如在生产队的茅屋里,能够让我睡个好觉。

我仍然是生产队的农民,因为代课的关系,我不再担任生产队长,根据公社雷书记的交代,我虽然没有出工,但是工分照拿,用陈队长在社员大会的话说,我们的娃儿都在他那里读书,每天十个工分,已经委屈他了。陈队长有所不知,我在学校代课,每月有六块钱的补贴,金额虽然不大,但是可以丰衣足食。我把第一个月的补贴寄了五元钱给母亲,作为我在农村生活得很好的证明。吃饱喝足以后,就想做点事情,像其他公社完全小学那样,我组织起文学社团,开辟了学习园地,而其间要做的大量活路,交由酷爱文学能够写诗作画的刘姓老师主持,因为,我在做一件其他公社完全小学不曾做过的事情。

事情是悄悄进行的。我下乡的时候，除了文学类书籍，箱子里面还有我的英文教材和《英汉字典》。我的英语不好，高中的时候学过三年，据说这玩意只要停顿十天半月，就统统还给老师去了，所以把它们带来，原本是想温故而知新，却不料这样的想法与生活毫不沾边。现在，既然从事教学，我的念头就"死灰复燃"了。根据教材，对照字典，我编写了一册有几十个页码的基础英语课本，在公社找来钢板和蜡纸，刻写完后油印出来，继而将几十本课本装订成册。完成这样的准备之后，我告诉校长，我要在太和小学开设基础英语课，而今万事俱备，只欠东风。校长睁大的眼睛慢慢变小了，当小成一条缝的时候，他大声笑道，我是东风，我支持你的革命行动！

穷山沟里有了英语课，农民的孩子唱起了字母歌，这样的消息不胫而走，立刻成为轰动全区的头条新闻。区委黄书记在区教育局局长的陪同下，专程来到太和公社小学。在旁听完我的基础英语课后，四川外语学院毕业的局长对我说，你的发音不够准确，语法的讲解也有一些错误，当然，你作为知识青年，具备这样的精神和热忱，我是给予充分肯定的，至于基础英语教学，由于教材与师资没有到位，所以建议可以停止。我满脸通红，局长泼下的这盆冷水，浇得我无地自容，于是连连道歉说，我正因为英语不好，想一边教学一边补习，不料聪明反被聪明误，教学相长一场空，误了人家子弟……区委黄书记打断我的话说，言重了、言重了，从专业的角度说，局长批评了你，从工作的角度来说，我却是来表扬你的，现在我们先吃饭，饭后我有事情单独找你。

在太和小学窄小的宿舍里，身材瘦削的黄书记展现了他心胸的宽大与厚实。他说我们都姓黄，一笔写不出两个黄字，但是这不重要，重要的是我希望通过落实政策，把你带入属于我们共同的社会主义的家门。这位担任过威远县委党校副校长的黄书记又说，有成分论但不唯成分论，这是党的政策，可是由于极"左"思潮的影响与破坏，地方上大搞一刀切，忽略了可以教育好的子女的政治表现，这是作为基层党委，值得我们引起重视并且需要纠正的。好了，大道理我不讲了，我只想问你，重庆不要你，江津不要你，如果威远要你，你是不是愿意留在这里？我不必多想，也不必迟疑，于是干干脆脆地回答了"愿意"两个字。

这两个字看似简单，其间经历的复杂过程是我以后才知道的。区委黄书记在县里开会的时候，就我的工作问题专门向县委书记作了汇报。造反派头头出身的县委书记不予认可，并且警告黄书记不能陷入封建的裙带关系，同姓同宗不起作用，关键要属于同一个阶级。黄书记又找到县教育局，当过中学校长的局长未置可否，只是说现在有民办教师转公办教师的指标，我给你们区里划拨一个名额，至于这个名额落在谁人的头上，那是你们的权力。就这样，我成为一个正式的小学老师，有固定的单位，有固定的编制，还有固定的工资，像板上钉钉那样，在苍茫的大地上，终于有了我的立锥之地。

别的知青参加工作，叫作跳出农门，我参加工作，并没有离开农村。离开生产队的时候，陈队长、保管员、记分员，还有好多社员前来送行。他们从起点送到终点，迈过几条田坎，再走一截山路，便是位于半坡的太和小学。校长为我准备了欢迎午宴,可是他站在校门口,见到我的随行者如此众多,便赶紧通知把已上桌的鸡鸭鱼肉撤下来,藏到灶台后面的簸箕里面。按照他的想法,午宴虽然丰盛,但是这些农民兄弟一俟入席,顷刻之间便会一扫而光的,用他告诉我的话说,他给了我的面子,就是毁了他的心意。那天星期日,学校不上课,这顿饭从中午吃到下午,从太阳当顶吃到太阳落坡。公社雷书记显然喝醉了,关于祝贺我的话,他说了整整五遍,而且每遍的内容相同,措辞也相同。酒醉心明白,唯独有一句话,我是听进去的,那就是雷书记说他只是我的朋友,而黄书记才是我的贵人。接过话题的是刘姓老师,他喜欢咬文嚼字,而且不会放弃任何一个施展才华的机会,他说雷书记口中的贵人,应该被理解为恩人,而恩人与贵人是两个完全不同的概念。他拍了拍我的肩头,又说,比如说黄老师,他江津二中毕业,我荣县师范毕业,论文凭,我与他不相上下,论水平,我与他天壤之别,尤其是他在文学方面的才情与空灵,让我佩服得五体投地,他还在当代课老师的时候,我就从他那里学到了东西,现在成为同事了,学习的机会一大把,学到的东西一大筐,他,不是我的恩人却是我的贵人……

聊天尚在继续,夜幕已经降临,隐隐约约间,半坡上来两个人,校长用手电筒远远照去,一个是中午来过的陈队长,一个竟是远道而来的何姓知青!当然,她现在不是知青而是工人了,专程从重庆赶来看我,却不知道我已经不是知青而是教师了,所以在上沙坝子的茅屋里扑了空,这才由陈队长送到学校来的。

16

窄小的宿舍里，我与何姓姑娘伴着孤灯，面对面地坐在仅有的两个木凳上。我问她，既然要来，何不先来封信，我也好去区上的汽车站接？她说信要走三天，人只要两天就到了。我又问，你离开重庆，家里的人知道不？她说不知道，只是告诉了父母，她在厂里加班，这几天都要住在厂里的单身宿舍里。我接下来准备继续提问的时候，被何姓姑娘一个暂停的手势打住了。她说，她来看我，是有事情要来问我，而不是我无话找话要去问她的。我笑道，那么你问吧，她没有笑，抑或是笑不出来，稍有片刻，她鼓足勇气问了一句：你愿不愿意和我结婚？见我一时无语，她补充道，我没有耍过朋友，不晓得啥子叫作恋爱，也没有什么文化，不晓得啥子叫作浪漫，反正有话就说，有屁就放，至于你究竟愿不愿意，那是你自己的事，和我没得任何关系。

我在答复何姓姑娘之前，再次看着她的眼睛，做了一番认真的打量，老实说，她长得不丑，但不漂亮。漂亮与否是需要参照物的，我的参照对象不是别人，正是已经离我而去的杨小青。除了外表，还有内心，如果说善良是她们共同的属性，那么相比之下，前者是这样的聪慧与精明，后者是这样的单纯与愚钝。再而细想，她们之间已经失去了可比性，前者再好，也是五彩缤纷的泡沫，后者再不好，却是真诚与真实的存在。

何姓姑娘突然问我，你在想什么？

我说不敢相瞒，我想的事情很多很多，而最重要的顾虑，就是我的家庭出身。基于对她的责任的担当，对她的信任的回报，我讲了我的父亲，讲了黄埔军校，讲了国民党将领的起义与投诚，当然，讲到最后，我绕不开的话题就是"无产阶级文化大革命"。她听得很认真，但是似乎没有完全听懂，听到最后，她忽然笑着说，其实你不晓得，我才不在乎这些，我能接触你这样优秀的男人，是我的运气，我的福分，至于你的家庭怎么怎么样，那些都不关我的事，我嫁的又不是你的成分，我要的就是你这个人！她边说边把木凳移到我的身边，然后一头倒在我的怀里。

我吻了她，接着向她提出一个问题：你的父母亲能够同意吗？何姓姑娘猛一抬头，回答我说，我没有父母亲，我是一户姓何的人家收养的！细问之下，我才知道了她的身世。还不满两周的时候，她被人用棉被包裹着，放在了重庆长江边上一家住户的门口，棉被里夹着一张纸条，上面写着她的出生日期。这家住户的户主是一位码头上的搬运工人，虽然家境贫寒，仍义无反顾地收养了这个可怜的弃婴。那时她的养父养母年岁已经不小，孙女的年龄与养女相差无几，他们盼只盼养女快快长大，在他们的有生之年为养女找个好的婆家。就在何姓姑娘招工返城不久，她的养父养母得到一个消息，说是她的亲生父母已经从新疆回到重庆，想来看她，并且希望把她接走。何姓姑娘的第一反应是嚎啕大哭，第二反应是咬牙切齿，她对养父养母说，你们叫带话的人再带一句话，我坚决不见，让他们滚蛋，当初他们抛弃了我，现在我要报复他们。

我虽然出身不好，但是没有她那样比我似乎更悲惨的身世，其间的爱恨情仇，我无法理解，我只能从她激昂的语气中，领悟到她对建立属于自己的家庭的渴望与期盼，因为如此，对于她接下来更为骇人听闻的建议与打算，我也就不足为奇了。她说由于我是农民，她准备从重庆调到威远，按照户口管理条例，从大城市到小城市没有问题，到了威远自然就回太和，因为她是工人，就在公社农机站上班，这样一工一农，永世不穷。现在我成了老师，她说原计划可以不变，而且比原计划更为便捷，农机站到学校的距离，比到生产队整整近了三公里。老实说，我被她感动了，只有招工返城的，没有务工返乡的，为着最好的明天，她作出了最坏的打算。

当夜，我吹熄油灯，与她同床共眠。

好在隔壁已是老夫老妻，没有什么动静，难怪她早上起来，边伸懒腰边说，农村就是好，空气新鲜不说，还一点不喧闹。

何姓姑娘在太和待了三天，有一天去了公社，联系在农机站工作的事情，雷书记开始说万万不可，问明事由后表示热烈欢迎。另外一天去了凤凰四队，她送给每家社员一袋水果糖，还有两条洗脸的毛巾。就在她离开太和不到一个星期，我也告别了生活了整整五年的这里，调到区上的中学任教去了。在区委办公楼里，黄书记开门见山地对我说，关于你的工作调动，是我一手安排的，出于公心，出于党性，我觉得组织上要对你负责到底。太和小学任教，这是你的第一步，越溪中学任教，这是你的第二步，至于你的第三步，我的想法是调到县里去，县里什么单位，我现在也无法确定，因为这需要与有关方面沟通才行。

我在区上又整整生活了一年。

我的编制在越溪中学，也上过初中和高中的课，但我的工作主要在区委宣传部，用黄书记的话说，毛主席指示的抓革命、促生产，我们区上还落实得不够，生产指标、粮食产量没有问题，但是在宣传鼓动方面，我们还缺乏得力的帮手。区委宣传部交给我一支毛泽东思想宣传队，由我带领二十三个新来的知青，在田间地角唱样板戏，跳忠字舞，而贯穿节目的所有台词，表彰先进的所有文稿，均来自我这个宣传队长之手。这样的生活是愉快的，又是艰辛的，可是我没有想到，有时竟是危险的。那次去白果公社演出，翻山越岭赶回区上的时候，因为天黑迷路，被困在一条深沟里面不知进退。好在前面不远有个瓜棚，为了防止瓜果被盗，农民会不分昼夜地守卫在里头，这就给了我们问路的机会。可是刚刚走拢，一个农民突然亮起手电筒，朝着自己的下巴往上照，龇牙咧嘴，边照边叫，活脱脱子夜时分的孤魂野鬼。这个农民的本意是给我们开玩笑，可是这个玩笑开得有点大了，女知青们吓得面如土色，厉声尖叫，男知青们则冲进瓜棚，把躲在里面的这个农民拖将出来，一顿暴打。殊不料里面还有一个鼾声如雷的农民，那个农民从梦中惊醒，见势不妙，冲出瓜棚，拔腿便跑，跑回生产队报信去了。生产队的黄桷树上挂着一口钟，伴着钟声骤响，但见农民们手持锄头与扁担，从四面八方冲下深沟，直奔我们而来。抱头鼠窜之际，我们误打误撞地跑进了一个石油部门的钻井队，倘若没有一位石油工人把他的铝盔戴在我的头上，我的脑袋大概已经被锄头劈成两半了。

对于越溪而言，这是全区一个不大不小的事件，开玩笑的农民被打成重伤，断了三匹肋骨，跑得慢的知青因伤致残，被扁担砍掉了一只耳朵，区医院无法治疗，当夜被救护车送去了县医院。只不过这位知青因祸得福，下乡不到一年，便根据政策规定招工回了重庆。而我带领的这支宣传队，由区委宣传部出面宣布暂时解散，各位队员回到各自的生产队，我则回到越溪中学继续给学生上课。我教高三的语文，刚刚讲完鲁迅的《孔乙己》，便开始考试，继而开始放假了。暑假长达二十天，我必须回一趟江津，看望又有半年不见的母亲。自从参加工作以后，我每月会给她寄点钱，能让她更开心的，当然还是我们母子的见面。另外，去一趟重庆，这也是必须的，与何姓姑娘的关系，现在生米已经煮成熟饭，而我尚未见过她的养父养母以及哥哥嫂嫂，只知道姓甚名谁，不知道家住何方。关于先回江津还是先去重庆，我在与何姓姑娘的通信中有过争执，她希望我先去她家，见过她的家人以后，我再带着她去见我的母亲。争执的结果，她服从了我的决定，只是问了问这先来后到的理由，我告诉她说，这样的行程顺风顺水，用不着来回折腾，尤其是返回威远的时候，方便我乘坐火车，而没有告诉她说，母子之间的私房话，即便是儿媳妇也不能够听见的。

17

母亲为我做了一道最拿手的江苏菜：红烧鸡蛋。她就是在红烧肉的基础上，把鸡蛋煮熟剥开，然后在每个鸡蛋上划出对称的几条深沟，倒入锅里与红烧肉一起焖。入了味的鸡蛋香气十足，嫩滑无比，当着母亲的面，我一口气吃了五个。她希望我多吃，又害怕我过量，我笑着对她说，你尽可放心，我在生产队干农活的时候，有过连续吃了八个红苕窝窝头的历史。

她也笑了。

但是，当我把与何姓姑娘的事情告诉母亲的时候，笑容从她的脸上消失了。我知道，她心里只有杨小青，虽然她清楚这个可爱而且可敬的女孩，永远成为不了她的儿媳，但是不知道为什么，当她听到了别的姑娘的名字，情绪上就立刻出现了抵触的本能。稍有一会儿，母亲平静下来，她既不问何姓姑娘的长相，也不问对方的工作与年龄，仿佛男大当婚女大当嫁，她的儿媳只要是个女人就行。好在母亲终于说话了，她先叹了一口气，然后告诉我说，我们这样的家庭，人家不嫌弃就是万幸，我们没有任何选择的余地和权力，所以，你要像喜欢杨小青那样喜欢她，当母亲的，祝你和她能够幸福。我点了点头，站起身来，向母亲鞠了一躬，感谢她对我们婚事的赞同与祝福。然而，就在我重新落座希望看见她的会心一笑时，她却摇了摇头，继而潸然泪下，自言自语地说，家庭的变故，原来以为只会影响你们这一代,如果真是这样,我会挺起胸膛,熬出头来的。现在看来,事情比我想象的严重得多,严重到能够影响你们的下一代!母亲看了我一眼,又说,就说你吧,从小聪明懂事,我和你的父亲都看好你,可是到头来,自己理想的婚姻都保不住,还得像叫花子那样,靠别人施舍,哦,哦,不要再说这件事情了,你们的婚姻是我的伤口,提起它,我的心在滴血……

我理解母亲,更懂得母亲的深沉与伟大,但是这毕竟是抽象的,甚至是虚无的,我应该正视现实,回到属于我的生活里去。

何姓姑娘在重庆九龙坡车站接到我,给我说的第一句话是:今天晚上我们结婚。我有些蒙了,完全反应不过来。她又说,不结婚我爸我妈是不会同意我们住在一起的。我说我可以住在大坪哥哥嫂嫂家呀,本来我就是这么安排的。她生气了,对着我的耳朵吼道,怎么,你后悔了?不过我要告诉你,你后悔也来不及了,晚上的饭菜都准备齐当,云南的表哥都专门赶过来了,他身材高大,比你整整高出一个脑壳,你要是想跑,他会像老鹰抓小鸡那样,一把就把你逮回来了。她突然又笑起来,哈哈,没有吓倒你吧,今天的事情是我自己决定的,我想给你一个惊喜!

何姓姑娘的家,就在火车站附近,位于长江边上一个叫作滩子口的棚户区。她的养父养母,一对忠厚的老人，她的哥哥嫂嫂，一对朴实的夫妇。倒是那个被她称作表哥的中年人，长着两只三角形的眼睛，操着浓重的云南口音，劈头盖脸地向我提出问题：听说你在乡下教书，每月工资少得可怜吧？作为表妹的家里人，我对你要求不高，只希望你能够尽早离开农村，尽快回到城市，把表妹和她的家人照顾好，告诉我，这么点事情你做不做得到？我没有回答他，只觉得这个中年人说话没有礼貌，来历令人可疑。我悄悄问过何姓姑娘，这人真是你的表哥吗？她说她也不知道，只是听养父养母说，有个远房的姑妈和姑父在云南工作，知道自己要结婚，就派了他们的儿子来贺喜，还给了两百块钱的礼金哩。这笔礼金就当时来说，无疑堪称巨款。另外，我发现何姓姑娘的鼻子，与她表哥的极为相似，于是便在心里产生了一个大胆的猜想，这表哥是她的亲哥，那姑妈和姑父，就是她的亲生父母。可怜天下父母心，女儿不愿意认他们，他们却愿意疼女儿，于是想了这么一个办法，看看女儿是否找到如意郎君，是否有个殷实婆家。我没有把我的猜想告诉何姓姑娘，因为一旦我没有猜错，那么首先吃亏的就是我，我也许是个合格的教师，但不会是个及格的上门女婿。

喜宴只有两桌，有张桌子是向邻居借的，桌子并排摆在棚户区紧靠污水道的院坝里，头顶蓝天，脚踏黑土，倒也是顿融入码头文化的露天饭。主桌上坐着我的哥哥嫂嫂、大姐和大姐夫,他们是我通过公用电话请来的,两家人各出五十元钱,合成一百块装进信封塞在何姓姑娘的衣袋里。哥哥好酒,三杯下肚,滔滔不绝,他是学地质的,指了指依稀可见的长江说,江下的地质结构非常牢固,上游中游以及下游,全部是花岗岩岩层,如果从水下挖隧道修一条铁路,那么重庆到上海至少缩短五百公里的路程。云南表哥听得如痴如醉,何姓姑娘听得头昏脑涨,我却听得大喜过望,谢谢哥哥,你为弟弟挣回了面子。

洞房只有四平方米,刚好放得下一张双人床,我没有半句怨言,相反心存感激,因为这个面积是她的家人从崖壁上挖出来的。为了防潮,地下铺了三合土,为了防雨,屋顶盖了两层油毛毡。只是没有通风设备,更无电扇、空调之类,重庆炎热,门外河风拂面,进屋大汗淋漓。虽说如此,这是我的家,我的立身之地,我将来的一切,都需要从这里出发。

我的户籍,此时却远在威远县越溪区,所以我与何姓姑娘的结婚证,是她随我去区上补办的。区委黄书记的办公室里,何姓姑娘,哦,我们已经在民政部门登了记,她现在是我合法的妻子,妻子告诉黄书记说,她不愿意与我两地分居,过去的想法是调去太和,现在的想法是调来越溪,务必请黄书记给予帮助,尽快能够玉成此事。我没有说话,因为她的想法已经不是我的想法,而且我婚前的想法也不再是我婚后的想法。按照政策规定，孩子的户口要随母亲，我愿意匹马单枪闯荡江湖，却不愿意孩子生活在深山老林。当然，我对谁也没有说过，我认为父亲当年不留在成都，而把全家人带回江津，这或许是一个错误的决定。吃一堑长一智，我没有回天之力，但是我应当吸取教训。想到这里，我对黄书记说，我们不能再给你添麻烦了，在你和雷书记的帮助下，我的处境已经发生了很大的变化，相信在不久的将来，通过自己的努力，我们的问题是会迎刃而解的。

我虚晃一枪，为的是安慰妻子。

黄书记笑了笑，他说的是大实话：小何呀，你的心情我可以理解，因为这是人之常情。你的要求我也可以办到，因为这不违背政策。问题是小黄的工作地点还有变化，我把你调来越溪，岂不是一波未平一波又起，仍然解决不了你们的分居问题。黄书记话中有话，想不到作风严谨的这位领导，竟然向我们卖起了关子。妻子赶忙问，你又要把他调到哪里去？黄书记纠正道，这不关我的事，这是组织部门的决定，县教育局的调令昨天就到区上了，小黄的新单位是威远县教师进修学校，在语文教研组担任教师。妻子又问，啥子叫教师进修？黄书记解释说，公社区上的老师需要提高教学水平，分期分批地到县里这个学校集中培训，就是说，你的丈夫小黄，现在成了老师的老师啦！妻子看我一眼，不无自得地说，全公社的知青都说你不会有出息，偏偏就是我一个人看好你！黄书记向妻子竖起了大拇指，不无感叹地说，是呵，愿意嫁给小黄的姑娘是需要本事的，要么眼光独特，要么不谙世事。

我想，妻子应该属于后者。

我开始在县里工作了。县城不大，繁华程度远远不及我的老家江津，但是走在街上，没有人向你投来鄙夷的目光，更没有人敢把口水吐到你的身上，你的人格，得到了敬重，你的尊严，得到了捍卫，而这一切，正是我梦寐以求的。知恩图报，我唯一的愿望就是在这块我热爱的土地上，不问收获，但求耕耘。教师进修学校坐落在县教育局侧旁，学校不大，老师更少，在语文教研组的四位老师当中，我年龄最小。年龄有时候是优势，有时候也是劣势。那天新学期开学新学员报到的时候，一位比我年长七八岁的学员走到我的面前，向我打听他的班级以及他的老师。我手上的学员资料显示，这位吴姓学员原本初中毕业，后保送到重庆大学马克思列宁主义系就读，成为该校的首届工农兵大学生，毕业之后遵循"哪里来哪里去"的分配原则，现在是本县回龙区沙湾公社小学的一名语文老师。年长为尊，我恭恭敬敬地告诉了他的班级，以及我就是他的老师，殊不料这位有着大学文凭的学员，冷冰冰地丢下一句话来："老师？我还以为你是勤杂工呢……"

18

实话实说，吴姓学员虽然出言不逊，但是他却不是不学无术之辈，他研究马列，精读《资本论》，颇有些年分，也颇有些心得，经常写些理论文章，在威远县党校的内刊上发表。我看过其中的一篇，讲的是党的基层组织的建设，总的印象，理论修养不错，但是表述枯燥无味，倘能多读文学，多读哲学，多读历史，那么他的文章是有可能愈加深刻，也愈加鲜活的。可是我却无法把自己的想法转告给他，他一有空就往党校那边跑，听我讲课的时候，也总是心猿意马。

学员进修的时间通常是两个月，两个月过后，吴姓学员走了，刘姓学员来了。这位见面就与我拥抱的学员不是别人，正是我在太和小学教书的同事刘老师。刘老师待人热情，为人谦虚，他说过去他是我没有拜过师的徒弟，现在我是他名正言顺的老师。那日课后，他来到我的寝室，从书包里拿出厚厚一叠手稿，让我过目，以求校正。这是一部叙事长诗，他用了五千多行诗句叙述了自己从一个贫农的儿子成为一位人民教师的故事，故事曲折，感情真挚，既有中国诗人贺敬之《回延安》的韵味，也有俄国诗人普希金《自由颂》的风格。这本已经装订成册题为《故乡行》的长卷扉页，写下了一行字：献给敬爱的领袖毛主席。看到这里，我忍俊不禁道，我写过一部叫作《致威远》的诗稿，扉页上也写下了与你一模一样的一行字。说着说着，我情不自禁地背诵起来："呵，威远，我并不认识你，告诉我，你是否有鹅岭的山茶，和那长江两岸的稻米？哦，不必回答呀不必，纵然林深苔滑，我也爱你，爱你沧海横流，方显出革命知识青年的业绩……"诗没背完，掌声已起。我对刘老师说，你不要瞎起哄了，这部诗稿是我下乡后躲在生产队的茅屋里写的，写得狗屁不通。可是不知天高地厚，还作为投稿寄到《重庆日报》副刊去了。诗稿很快被退了回来，里面夹了一张副刊部的纸条，说是今后投稿，需要加盖公社的公章。我想，盖了公章也没有用，因为我的家庭出身不好，"黑五类"子女的身份，是再红的印泥也抹不掉的。刘老师没有作声，只是同情地看了我一眼，我握住他的双手说，你的先天比我强，你的后天比我好，你的诗稿一定要寄出去，不说争名争利，能够给父母争光，也是回报的方式。他点点头，从我的寝室出来，直接去了邮局。事后得知，他把诗稿投给了《四川日报》副刊，副刊部在退稿的时候，也夹了一张纸条，上面写的是：你把无产阶级的主题，写成了资产阶级的情调。

好事多磨，磨多事好。

我在威远县城工作刚刚一年，临近放暑假的时候，收到重庆家人的电报，告知妻子顺利分娩，于是提前回家，左手提着一只重达五斤的乌皮鸡，右手提着凭票供应的三斤白砂糖。电报是妻子哥哥拍的，来火车站接我的也是他，他在重庆钢铁公司当工人，为了接我，还专门请了半天事假。见面之时，他的表情与他的父亲一样木讷，一句话不说，只是等待着我的问话，而我的问话是他早就预料到的，这句"是男孩还是女孩"刚刚问完，他便迫不及待地回答说是女孩。在我和父母的观念中，并没有男尊女卑的意识，所以我说："那好，那好，我有了一颗掌上明珠。"回到滩子口那座歪歪斜斜的房屋，当我从妻子手里接过孩子的时候，我发现她生下的是儿子而不是女儿，她导演了一幕现代版的狸猫换太子，为的是给我一个意外的惊喜。妻子从来没有这样高兴，她说："你哥哥家生的是女儿，你大姐家生的是女儿，只有我给你生的是儿子，这说明什么？说明你讨我当老婆是不会错的。"

儿子的名字，我很快就想好了，我姓黄，妻子姓何，儿子的大名叫黄河，至于小名，妻子建议取个卑贱的称呼，据说这样容易带活。我想了想说："就叫金狗儿吧，别人说我是狗崽子，崽子的崽子一定是狗儿，但是我们不是黄狗儿不是黑狗儿，而是一条闪闪发光的金狗儿！"金狗儿幼时好哭，说来奇怪，只要我的母亲也就是他的奶奶把他抱在怀里，他的哭声就会戛然而止。那时哥哥、嫂嫂连同大姐、大姐夫已把母亲接来重庆，大坪距离滩子口不远，所以母亲除了照看孙女和外孙女，也时常过来瞧瞧孙子。金狗儿三个月的时候，妻子请了探亲假，偕同母亲一道，抱着孩子来到威远，要给孩子办百日宴。那时也兴上馆子，奈何囊中羞涩，没有这个经济条件。我从市场上买回一只老母鸡，母亲提起开水烫鸡毛的时候，妻子抱着儿子过来看热闹，殊不知鸡未断气，翅膀扑腾，将雨点般的开水洒落在儿子的手臂。儿子大哭，呼天抢地，莫说妻子爱莫能助，就是母亲也无能为力，虽急送医院包扎，但哭声未绝，直至天明，妻子急了，冲着儿子吼道，哭，哭，你哭的日子在后头哩。

同年九月，也就是家人从威远返回重庆两个月之后，晴空霹雳，举国同悲，人民的领袖毛泽东主席与世长辞。妻子担心威远消息闭塞，不知道惊天噩耗，便在第一时间把电话从厂里的铸造车间，打到我们语文教研室。电话里面，她没有提到我，没有提到自己，只提到我们的儿子，她边哭边说，毛主席都死了，不晓得金狗儿活不活得成呵，我们那个苦命的儿子！怪只怪我在威远的时候说错了话，我说他哭的日子在后头哩！妻子自责，我亦压抑，那几日的威远，天天有雨。雨过天晴，转而普天同庆，打倒"四人帮"的消息，则是我第一时间电话告诉妻子的。她说早就晓得了，敲锣打鼓的游行队伍已经走拢工厂大门了。我说，不忙放电话，我还要告诉你第二个消息。

　　这个消息于我而言，也是没有想到的。

　　内江地区为了庆祝粉碎"四人帮"的胜利，特地筹备了革命故事调讲会。威远县隶属内江地区，所以根据规定，必须在两周内拿出一个参会的故事脚本。经过原越溪区委黄书记现威远县党校黄校长的推荐，这个故事脚本的撰写任务，将由我来完成。于是，又经过县教育局和文化局的协商，我被借调至县文化馆，参与故事创作、故事员培训以及故事调讲的全部流程。进修校是旧楼，文化馆是新院，馆长为了我的写作，专门腾出一套环境幽雅的居室，盼咐任何人不得向我靠拢，以免影响我的工作。这样的情态之下，我反而枯竭了文思，折断了想象的翅膀。好在主题已有规定，我冥思苦想，闭门造车，终于按时交出了一个取名叫作《戏说白骨精》的故事。

内江地区的革命故事调讲会上，我认识了一位名叫周克芹的乡土文学作者，他来自地区所辖的简阳县红塔区，成都农业技术学校毕业后，就职于该区的农机站。他带来的故事脚本取名叫作《又见四姑娘》，写的是一个农村女孩悲欢离合的经历。他的写法是侧面描写，通过人物的命运，跌宕的情节，以春秋笔法揭示和鞭挞了"四人帮"的倒行逆施，而不是像我那样，拼凑几个自以为能够引人入胜的段落，然后直奔主题。周克芹的作品在调讲会上一举夺冠，我的故事则名落孙山，不在获奖作品之列。虽说如此，我口服心服，因为从周克芹那里，我学到了写作，又从写作那里，窥探到了文学的奥秘。文学是需要起步的，我的内江之旅，不虚此行。

回到威远，文化馆长没有责备我，相反，为了鼓励我，他把那篇《戏说白骨精》发表在自己主编的内刊《威远文艺》上面。这是我的文章第一次用铅字印刷出来，虽然明明知道不入流，但是居然有了一点儿成就感，而成就与成功对于我来说，毕竟是个可遇而不可求的稀罕物。文化馆把借调我的时间延长了，因为"四人帮"的垮台，意味着"文化大革命"的结束，即将开始的，是拨乱反正、治国安邦的中心工作。文化馆组织起由专业和非专业文艺工作者组成的毛泽东思想宣传队，由我带队去各区演出。舞台上虽然也唱革命样板戏，但是更多的是讨伐"四人帮"，肃清其流毒。征得周克芹同意，我把他的《又见四姑娘》改编成为快板词，因为讲的是农村，接的是地气，倒的是苦水，喝的是甜蜜，故而所到之处，大受欢迎。

19

前脚回到文化馆，刘老师后腿就跟进来了，他说现在不当我的学生，要当我的同学，和我一起复习功课。国家恢复高考的消息，不是他第一个告诉我的，但是他是第一个动员我参加高考的人。虽然他和我都参加了工作，都得到了工资，但是同样符合大学招生的条件与规定，如果上了分数线，就可以带薪学习。

刘老师有备而来，除了报了名，还向太和小学请了假，而且带来了高中三年级所有的课本与教材，白天与我轮流阅读，晚上与我抵足而眠。我们报考的都是文科，填写志愿的时候，他问我想考哪所大学，我想了想说，四川大学中文系。之所以要稍有思忖，是因为粉碎"四人帮"给我传达了一个信息，这几个恶人的要害是极"左"，是打着红旗反红旗，那么现在拨乱反正，恢复高考，兴许在家庭出身的问题上，会比过去有更精准的认识，甚至有更宽松的规定。刘老师不会思考这个对于他来说完全不存在的问题，不过听了我的回答之后，他也想了想说，我报考西南师范学院中文系。我问理由安在？他说事情是明摆着的，成都的川大录取线分数偏高，你的基础扎实，又懂英语，能够考上是没有问题的，我的水平就要差很多，重庆的西师分数稍低，能够被这所大学录取，我家的祖坟就算冒烟啦。

那年高考的作文是写读后感。试卷上印好了一篇描写矿工生活的文章，老实说，文章并不感人，语言也不生动，激发不了什么写作的灵感，但，这是命运攸关的考试，即便是言不由衷的东西，也要把试卷填写得密密麻麻的。以我为例，读后感的开篇，便是"受益匪浅"，便是"感触良多"，我相信像我这样满纸套话的考生，绝不只有我一个。刘老师却是难得的例外，读后感原本属于夹叙夹议的散文体，可是他写成了一首诗，一道长达数百行的抒情诗，用他告诉我的话说，试卷上对文体并无规定，所以我想写什么就写什么，想怎样写就怎样写，反正唯有的想法，就是充分发挥我在写作上的优势。

由于政审仍在继续的原因，那年高考的分数是不对外公布的，考生若被录取，可以到所属的高校自行查询。在等待录取通知书的那段难熬的日子里，我和刘老师常在一起研判彼此的考分，因为他的外语考试交了白卷，所以从综合分数来看，我有可能比他高出这么一点点，论单科成绩，那就不好说了。我把我的判断直言以告，要么你的作文得最低分，要么得最高分，完全取决于招生阅卷老师们的认定。没有想到，这句话居然被我说中了，就在录取通知书开始发放的前几天，《四川日报》副刊全文登载了刘老师写在试卷上的长诗，从而对他，对我，对全体考生发出了一个强烈的信号：这首长诗力挫群芳，横扫千军，刘老师当属全川文科状元无疑。

这件事情轰动了威远县城，居然引发了街谈巷议。由于《四川日报》在发表长诗时虚拟了一个笔名，于是人们纷纷把赞叹的目光投向我，认为我就是那个"威远考生陈小明"。哑巴吃黄连，有苦说不出，我明明知道那个考生是谁，却被迫冒名顶替，招摇撞骗，真正是尴尬已极，悲催已极，甚至是狼狈已极。好在录取通知书发放了没几天，该报副刊在评论这首长诗时，点到了刘老师的名字，于是真相大白，风平浪静。殊不料又过了几天，浪虽静，风又起，闲言杂语如同股股寒流向我袭来，让我在盛夏时节不寒而栗。有人说，知青出身的人，偷鸡摸狗才是他们的看家本领，有人说，不要看他平时人模狗样的，到现在都没有接到录取通知书。话丑理端，他们说的是真话，道的是事实。刘老师早早就收到了入学通知书，录取他的大学正是他想去的西南师范学院，虽然分到的专业不是文学而是历史，但是既然得到了西瓜，就不会抱怨丢掉了芝麻。他心想事成，春风得意，离开文化馆回太和小学办手续的时候，他说你春节回家过年，我们在重庆相见！

是的，刘老师没有把话挑明，可是我知道了我高考的失败。就在他启程入学报到的时候，我还不曾收到过任何学校的录取通知书。有句话叫作困兽犹斗，我过去是一只困兽，犹斗了十几个年头，我现在还是一只困兽，徘徊在威远县城的十字路口，不知东西南北，不知何去何从。然而，另一句话显灵了，那就是天无绝人之路，就在我伏案爬格子，想在《威远文艺》上发表第二篇稿子的时候，我收到了内江师范专科学校中文科的录取通知书。据县教师进修校的老师讲，这所师专的前身叫作内江行政干部学校高师班，此番恢复高考，为了扩大招生才进入了大专院校的行列的。我在想，师专就师专吧，大姐读的是重庆师专，我读的是内江师专，像我们这样家庭出身的人，容不得好高骛远，容不得挑肥拣瘦，能够有个接受高等教育的机会，就应该心满意足，知足常乐了。用现在的话说，理想是丰满的，现实是骨感的，那么，就让我从骨感出发，向着丰满的目标，再做一次困兽，再犹斗两年罢。

内江师专是地区的最高学府，恐怕也是全国最简陋的高等院校。教室是仓库改的，寝室是民居扩的，半坡上有个极不规范的球场，除了做早操，篮球、排球、网球、足球，甚至羽毛球和乒乓球等运动都只能在这里进行。如同球场那样，学生的年龄也不是整齐划一的，有不到二十岁的应届高中毕业生，有我这样正逢而立之年的老知青，还有比我们更早下乡已经在农村安家的新农民。我们班上有这样一对母女，母亲是我二姐那个年龄的人，与女儿一起参加高考，双双被录取到这里的中文科，于是两人又成了同学。我们的班主任匠心独运，把她们安排在同一张课桌，希望母女二人相互帮助，共同进步。

我教过书，教过小学和中学，我的编制还在教师进修校里，然而，对于眼下的校园生活，我感到陌生。陌生偏偏又是文学所需要的东西，陌生的题材，陌生的画面，方才能够引发读者的兴趣，况且，没有陌生就没有发现，我隐隐约约地觉得，这里不是我读圣贤书的地方，这里是我的创作基地。

这样思考问题的时候，我觉得有些对不住我的老师。酒好不怕巷子深，没有想到川南一隅的内江师专，集合了一批忧国忧民的饱学之士，他们原本就是国内名牌大学的教授，大都因为政治问题失去了工作，丢掉了饭碗，有的被划成右派，有的服刑劳改，直到"四人帮"垮台，他们才恢复了自由之身，重新走上了讲台。我在想，今年扩大招生，又何尝不是扩大招师，而在这扩大的背后，似乎隐躲着什么惊天的秘密。

秘密的揭晓发生在我们入校的第二年年底，党的十一届三中全会的决议里说，全会停止使用"以阶级斗争为纲"的口号，决定将全党的工作重点和全国人民的注意力转移到社会主义现代化建设上来，提出了改革开放的任务与目标。有史学家把这次会议称作历史的转折，我们乘坐在中国这艘巨轮的甲板上，果真感受到了船身的摇晃，教室里的课桌，不再四平八稳，窗户外的蜡梅，也争芳斗艳，尽情绽放。

现在对不住老师的不是我一个人了，全班上百名同学，有八九十人开始提笔写作，他们和我一样，都有话想说，有东西要写。写作占据了上课时间，占据了自习时间，甚至占据了吃饭与睡眠时间。

推波助澜的，则是省外省内大批文学杂志的复刊，举国上下大批文学作品的出版。我在《人民文学》里，读到了刘心武的《班主任》，读到了何世光的《乡场上》，在《诗刊》里，读到了舒婷的《致橡树》，读到了傅天琳的《红草莓》，在《红岩》杂志里，读到了叶辛的《风凛冽》以及他的知青题材的系列长篇。对我影响最大的，当属叶辛无疑，因为他也是知青，与我有相同的经历。写作上有一个常识，那就是写自己最熟悉的生活，我在威远长达八年，而且有过别的知青不曾有过的生产队队长的体验，所以我已动手的作品，写的就是知青、农民以及知青与农民。我相信叶辛笔下发生在贵州农村的故事，四川农村也有发生，除此而外，我的故事也许叶辛没有，比如保管员与记分员，又比如杜寡妇与马知青。

20

教我们政治课的老师是新来的，他走进教室，刚刚在讲台上站定，我就把他认出来了，他不是别人，正是我在威远县教师进修校教过的学生，那位以研究马列见长的吴姓学员。他也认出了我，不知道出于什么动机，讲课伊始，他点到我的名字，当然是直呼其名，不可能沿袭过去的称呼叫我黄老师，他让我回答一个小儿科的问题，即资本家是通过什么方式剥削工人阶级的。我站起身，正准备回答"剩余价值"四个字，可是抬眼之时，他的眼睛笑成了一道缝，缝里面钻出的不是刁难而是嘲讽，而是羞辱，如果我没有理解错的话，这是我万万不可以接受的，于是不假思索，立即把我的回答变成对他的问话。我说，你提的这个问题，好像我在教你的时候也问过你，换个别的什么问题好吗？

全场大笑。

我非但笑不出来，而且想想十分后悔。有道是赠人玫瑰，手留余香，我这是赠人荆棘，手有倒刺，这根刺插在我的右手，当我提笔写作的时候，心里总不是滋味。这就影响了我的情绪，迟缓了我的进度，更要命的是，自从班长把我上第一堂政治课的表现告诉了班主任，班主任在批评我以后，让我作出保证，现代汉语课、古典文学课以及文艺理论课都可以请假，唯独政治课不得缺席，如若缺席三堂课以上，交由学校作退学处理。这样一来，我有几个同学的长篇都快杀青了，我的书稿才写完二分之一，因为他们通常会利用上政治课的时间躲在寝室写作，而我必须端端正正地坐在那里。为了将功补过，我还得经常举手，主动回答吴姓老师的问题。

吴姓老师却似乎不愿意放过我。那晚熬夜，我躲在蚊帐里，打着手电筒，草拟着长篇小说下一个章节的初稿，入睡时分，起床钟声已经响起，可是我鼾声如雷，哪里听得见什么钟声、铃声、喇叭声。这日值班的正是吴姓老师，他冲进寝室，撩开蚊帐，手提扩音器，对着我的耳朵大喊大叫，起床，起床，到操场上去做早操！我从梦中惊醒，满眼血丝，全身发抖，跌跌碰碰地随他去了操场。上千名同学已经做完早操，可是还整整齐齐地站在那里，事后得知，是吴姓老师不准他们走。他命令我走上土丘似的看台，伴随着高音喇叭里重新响起的节奏，单独做一次第五套广播体操。我做了，做得严肃认真，同学们笑了，笑得前仰后合。事后吴姓老师问我，看你一丝不苟的样子，我都想笑，你为什么还沉得住气？我回答说，因为我想起了西汉大将军韩信，他不惧胯下之辱，我又怕什么台上练兵。

　　写作是件很神奇的事情，我从来没有在公开刊物上发表过作品，即便是报纸副刊上那种豆腐块文章。但是，我和我的几个同学都不太相信写作课李姓老师的话，他说写小说要从短篇开始。就我读到的几位中外名家的短篇而言，我觉得他们都有精雕细刻的本事，他们的作品是一件件镂空的象牙工艺品，这样的功底，这样的笔力，是我们望尘莫及的。而长篇则不然，只要有生活的素材，有编故事的能力，即使结构上出了毛病，在洋洋几十万言当中，也大有回旋的余地。当然，因为初试牛刀，作品有可能粗糙，粗糙得哪怕像一坨采石场滚下来的连二石，滚落在江水里的时候，也要让岸边的人们吓一大跳。

冲着这样的想法，我们踏上了"爬格子"的征程。我们当中一位写作最为亡命的同学告诉我，倘若他的长篇小说能够在毕业之前出版，那么就可以有效地改变自己的命运。是的，我们学师范的，毕业以后大都会分配去当老师，像我们这种专科学校的，通常去当小学老师，如果你不愿意生活回到原点，那么就必须寻找别的什么法子。

完成自我突破的人终于出现了，没有出现在我们班上，却出现在比我们低一年级的中文系校友里。这位付姓校友显然听了李姓老师的话，写作从短篇开始，他的短篇小说发表在《四川文学》头条位置，第二条才是我认识的简阳乡土文学作者周克芹的作品。付姓校友的崭露头角，在内江师专的校园里引发了全校的轰动。据说四川大学中文系的学生在刊物上发表作品已经屡见不鲜，习以为常，觉得没有什么值得大惊小怪的，但在我们学校却完全不同，有人问付姓校友收入了多少稿费，有人打听他在杂志编辑部是否有亲戚。特别是当他加入了四川省作家协会以后，有人从他手上拿走了会员证，然后开始传观，从他们班上传到我们班里。当然，付姓校友收获得最多的，还是学校方面的鼓励，中文系校友的祝贺，以及笔耕者们的嫉妒与羡慕。我们班上那位写作最为亡命的同学看了付姓校友的短篇，不无沮丧地对我说，技不如人，命中注定，我不打算再写了，然后问我，你呢？我说，不同的题材，没有比较的余地，也就没有自愧弗如的感觉，反正他写他的，我写我的，写作本来就是个性化的东西。

嘴上这样说，心里却不是这样想的。我想的是那位同学不想写，我想写而又写不下去。思路中断的原因有千种万种，于我而言，最主要的一种就是文学作品阅读不够，知识积累不多，书到用时方恨少。

我在我的长篇小说里写了这样一个故事，在我们太和公社的深山老林，有个富农的儿子为了发家致富，不惜以身试法，铤而走险，在人迹罕至的密林深处，种了几百株罂粟。花开季节，但见蜜蜂成群结队，不是飞飞停停，而是直奔花蕊而去。公社治保员正是通过蜜蜂不同寻常的行为发现案情，从而最终破获这起非法种植案的。这个故事倒不是生编硬造，是治保员亲口告诉我的，但是，其间有好些学问，比如罂粟花为何娇艳无比，其花蕊为何奇香无敌，由于我一无所知而难以下笔，根本谈不上什么环境的烘托，人物的刻画，以及情节的发展。写作是痛苦的，这我知道，我不知道的是，我的写作显然是因为准备不足的缘故，一开始就陷入了进退维谷的境地。

就在这样的时候，我收到一封电报。

电报是哥哥用加急的方式拍来的。

上面只有八个字：父亲平反，速回江津。

这八个字我读了好几遍，读到最后一遍的时候，我发现压在肩头上而且压了好多年的那块巨石，突然滑落在地，我亲耳听见了巨石擦过后背时所发出的"嗤嗤"的声音！但是，我没能马上轻松下来，相反，我骤然感到了紧张，我想大喊，我想尖叫，而情绪慢慢平定下来，最终躲在寝室的门后潸然泪下。父亲得到平反，恢复革命军人的名誉，这对他是公正的，对我们是公平的，从这一天起，父亲不再是历史反革命兼现行反革命，我们不再是"黑五类"子女，我们获得了这辈子梦寐以求的平等与尊严。

当天请了事假，当夜回到江津。

家里面从来没有这样热闹过，哥哥嫂嫂、大姐大姐夫、二姐二姐夫、弟弟连同我，全都回到母亲的身边。母亲是全家人的精神支柱，越是艰难的岁月，越能彰显顽强、奋进与乐观。她的口头禅是"明天早上会出太阳"，现在太阳出来了，不知怎的，她却似乎显得有些疲倦，她告诉我说，外地来了几位客人，住在县政府招待所里，他们是专门过来参加你父亲平反追悼会的，你去帮我好好接待他们。

客人当中，有两位是父亲在国民党军队带兵时的部下，解放以后，他们以卖苦力为生，此番前来，却为母亲带来人参鹿茸之类昂贵的礼品；有一位是曾跟随父亲多年的勤务兵，他告诉我，母亲在北京王府井北帅府胡同生我的时候，就是他开车去协和医院接送林巧稚大夫的；另一位客人是个解放军军官，他是成都军区副司令员韦杰将军的儿子，他对我说，家父在中央军委开会，不能亲临现场悼念在南京军事学院进修时的老师，深表歉意。又说，家父有份书面发言稿，让他在平反追悼会上代为宣读，说完，他从文件袋里取出发言稿，让我先睹为快。发言稿里，韦杰将军高度赞扬了父亲，他说听了黄教官的地形课，才知道自己打了半辈子的仗，到头来是怎么打赢的；他还高度评价了父亲，说在中印边境自卫反击战中，黄教官作为地形顾问，驻扎边境，深入前线，为捍卫国家领土完整，做出了重要的贡献。

21

父亲的平反追悼会在江津县政协召开的当天，最后一位远道而来的参会者是我的舅父邱行湘，原国民党青年军二〇六师少将师长，兼洛阳警备司令部司令。解放战争中，被毛主席称为夺取城市的第一场硬仗的洛阳战役中，国民党守军的最高指挥官便是他。他与我父亲是黄埔五期步兵科同班同学。同班中还有一位叫陈肃的同学，他们三人相交甚笃，以致发展到了除了同学关系还有亲戚关系，邱行湘把妹妹邱行珍介绍给我的父亲，陈肃则把妹妹许配给邱行湘。不料邱行湘完婚不久，妻子病故，乃至于当年赴洛阳作战，战败被俘，在战犯管理所改造了整整十年，他都是只身一人，直到获赦出狱，在江苏省政协担任文史专员后，组织上才介绍了张姓女子与他结婚，组建起自己的家庭。此番他从南京来江津参加父亲的平反追悼会，途中绕道去了贵阳，因为他的前妻是贵州人。陈肃作为国民党交警总督察随蒋介石去了台湾，他们的双亲还生活在老家，邱行湘先去看望了老人，这才来到了江津。

这是我第一次见到舅父，因为他在邱家排行老四，我们都以四舅称之。四舅与父亲其实是有见面的机会的。父亲转业离开南京不到一年，四舅就获赦回到南京，虽有些阴差阳错，但就时间的角度来说，他们的重逢依然有着大把的时机。然而，接下来的三年困难时期，他们都承受着巨大的经济压力，再接下来的十年"文化大革命"，他们都经历着猛烈的政治冲击，一直缘悭一面。当然，见字如见人，他们的通信从未中断过，父亲曾经让我看过四舅给他的一封信，信里说，此生别无他求，只求复得一见。现在，他们终于见面了，可是，一个在黄土之上，一个却在九泉之下。在江津西门外父亲的坟头，四舅一边给父亲烧纸，一边给父亲说话，我没能听见他在说些什么，只能看见他双膝下跪，泪如雨下。

自从西门外回来，四舅再没有提到父亲，他差不多花了两个下午，专门讲他自己的事情。诚然，因为邱行湘是我们的长辈，关于他的过去，即便他不告诉我们，我们知道的也比别人多些，比如中华人民共和国成立十周年之际，国家主席刘少奇颁布了特赦令，我们不但看见了《人民日报》的通栏标题，而且在公布的国民党战犯特赦名单中，找到了邱行湘的名字。当年在南京大学读书的哥哥告诉我们，看见四舅榜上有名，他在第一时间给溧阳的表哥拍了电报，要表哥把这个天大的喜讯告诉外婆，因为外婆看不见报纸，九十高龄的老人家已经双目失明。四舅接过哥哥的话说，我们获赦的第十天，周恩来总理在他的西花厅办公室接见了我们十位原国民党将领，总理担任过黄埔军校政治部主任，而我们大都是黄埔学生，总理希望我们相信党和国家，特赦后会信任我们，用上我们的力量。总理还说，要回家或接眷属的都可以，两月后再考虑安排工作。这时候原天津警备司令陈长捷起身说，他需要回到上海，与妻子儿子生活在一起，我也站起来，说老母尚在，需要回南京侍奉终年。离开北京的时候，没有想到总理会派秘书送我去火车站，更没有想到秘书拿出两盒蜜枣，说总理要我转交给我的母亲，也就是你们的外婆。有半箱肥皂是送给我的，开始以为总理希望我继续改造，洗心革面，在脱胎换骨之前，先把皮毛打扫干净，回到南京之后，才知道肥皂是紧俏物资，每月半块，凭票供应。

四舅讲得最多的，还是他在战犯管理所的改造生涯，如何从拒不认罪到认罪，又如何从抵制到自觉学习，当然，除了讲自己，还多有讲别人，比如原国民党徐州"剿总"副司令杜聿明，原国民党十二兵团司令黄维，原国民党第十八军军长杨伯涛，以及原国民党军统系统的文强中将和沈醉少将。每位将领的职务不同，军阶不同，家庭背景和文化修养不同，接受改造的程度与方式也就不同，这就构成了好些故事的情节。最让我听得津津有味的，除了情节的鲜活与离奇，还有细节的生动与细腻，四舅若不是当事人，我相信一百个脑袋也是想象不出来的。听着听着，我突然产生了一个大胆的想法，那就是把国民党战犯在共产党监狱里的改造过程写出来，虽然这不是我的生活，更不是我熟悉的生活，但是近水楼台先得月，倘若我能抓住这个千载难逢的题材，凭借自己得天独厚的优势，写出来的东西肯定要比我手上的那些知青故事要好看得多。有了这个想法，犹如在土里埋了一粒种子，何时浇水，何时施肥，现在还不得而知。

父亲平反以后，当地政府给了母亲一笔抚恤金，有几千元，在当时一般工资只有几十元的情况下，这笔金额也算得上是天文数字。母亲给了四舅两千元钱，给了我们兄弟姐妹每家两百元钱。在所剩无几的钞票中，母亲专门给我的雷姓同学留了一千元钱，她告诉我的哥哥弟弟和两个姐姐说，我下乡的时候，给她留下了几百元的生活费，这些钱是雷姓同学带着我靠拉板车挣得的，按理说我分不了这么多，可是雷姓同学念及我们在落难，宁肯自己少抽几条烟少喝几瓶酒，也要确保我们全家吃饱饭，他是我的恩人，给他这点钱，算是知恩图报吧。

那时候没有百元大钞，纸币的最高金额也就是十元，千元人民币摞在一起，整个信封都塞得满满的。哥哥怕我把钱弄丢了，坚持要陪我去趟江边的棚户区，顺便也好当面向雷姓同学表达谢意。半路上，他把母亲给的两百元转交给我，再让我把钱转交给雷姓同学，他对我说，这点钱并不重要，重要的是你有这样的患难之交，这样的朋少友一生也不会碰上几个，所以你要珍惜，像母亲那样懂得回报。

见到雷姓同学，房屋还是那间破旧的房屋，家具还是那堆破烂的家具。多年不见，他依旧单身，没有正式的工作，细谈之下，才知道他结过婚，但后来他老婆带着孩子，改嫁到遥远的云南西双版纳去了，至于什么原因，我自然不便打听。他略显憔悴，但仍然健谈，他说他过去的生活目标是八个字：找钱吃饭，养家糊口，现在也是八个字：一人吃饭，全家不饿。告辞前，我把装着钞票的信封递给他，哥哥代表全家向他表示了感激。可是雷姓同学不但拒绝了我们的好意，而且拉下脸来对我说，如果我俩还是朋友，那么欢迎常来，如果我俩不是朋友，那么就此别过，说完，他连推带拉地把我们请出屋外，然后一把关上房门。

站在屋檐下面，哥哥问我怎么办。我说干脆买部电视机送给他。那时电视机虽然说只有黑白的，没有彩色的，价值几百块钱，却不是家家都能买得起的奢侈品，江津也好，内江也罢，即便重庆这样的大城市，每到夜晚，街头巷尾，几十个人围坐在一部电视机前的画面，我已屡见不鲜。东西很快在百货公司买到了，还蛮重，我和哥哥轮番抱在怀里，又回到长江边上的棚户区。敲门门未开，屋里传出雷姓同学并不友好的声音，他问我还有什么事情？我说有件东西放在你的家门口，记得搬进去，不要被别人拿走了。说完，我和哥哥像赛跑那样，沿着陡峭的石板路，一口气跑回家里。

离开江津的前夜，我去了任姓同学的家。初中最好的两位朋友，如果说雷姓同学是相见时难别亦难，那么任姓同学简直就是铁牛入海无消息。见到任姓同学的父亲，这位先前的右派分子现在已经摘掉帽子，但是他不愿意回大学继续任教，用他的话说，他需要吸取教训，与其在课堂上祸从口出，不如在书斋里著书立说。

任姓同学有个姐姐刚好在家，她虽然赞成父亲的观点，可是眼睛里面充满了忧郁与烦闷。当我问到任姓同学的近况时，她突然哭了，原来让她痛苦的不是父亲而是弟弟。她一边抽泣一边说，弟弟早在两年前就去世了，他在米易砖厂上班的时候，砖窑垮塌，被埋在下面的三个人当中，有一个就是她的弟弟！晴天霹雳，我惊讶得说不出话来，刚刚去过雷姓同学那里，他为什么不告诉我，让我有个心理准备。哦，哦，不能怪他，怪只怪任姓同学命苦，若是在十年浩劫中，早走些时日倒也无妨，反正是生不如死，可是熬到今天的灿烂光景，这位才华横溢的至交却撒手人寰，不得不让人捶胸顿足，不寒而栗。

22

这几天想的事情很多，想到自己的时候，总觉得过去的生活也许可以告一个段落，而立之年，欣逢盛世，不做出一点像样的事情，莫说对不起别人，也对不起自己。宁肯荒诞，不作平庸，不知道谁人这样说过。若是继续碌碌无为，那就只能是不怨天，不怨地，只怪自己不争气了。这样想的时候，第一个急功近利的念头依然是写作，可是回到学校，从头到尾翻阅那部尚未写完的长篇小说，我再也没有了继续写下去的热情。原因委实简单，我把知青故事与战犯故事作了一个比较，假设新华书店的书架上同时摆放了这样的两本书，那么我购买后者的欲望，显然比购买前者来得强烈。虽然教我们写作课的李老师，正在课堂上批判题材决定论，但是至少在我看来，不同题材的可读性与陌生感，在读者心目中的地位还是有所不同的。这样想时，我作出了一个永不反悔的决定，我要把先前写的东西视作一堆废纸，而后铺上新的稿笺，书写我的情感与意志。

为了稳妥起见，我在课后请教了李老师。这位蓄着小胡子长得多少有点像鲁迅的中年人，平时并没有把我放在眼里，可是听了我的这个题材，他的双目顿时大发光明，他说我前功尽弃，另起炉灶，显示出来的不但是勇气，而且是智慧，又说关于我的家庭，他已听说了一些，因此重新开始的写作，不是我选择了这个题材，而是这个题材选择了我，既然生活出现了这样的契机，他希望我大胆尝试，放手一搏。我点点头，话已至此，我不妨把尚存的困惑和盘托出，我问李老师，那么写成什么样的文学式样才好呢？他眯眼笑道，这是一个一加一等于几的数学题，不过我想先听听你的答案。我成竹在胸地说，写成长篇小说，因为单靠我对父辈的了解，单靠四舅告知的故事，写作素材是远远不够的，因此只有靠虚构，靠演绎，靠最大程度地发挥想象力。李老师摇摇头，大失所望地说，你把简单的思维复杂化了，文艺理论上有一句至理名言，那就是内容决定形式，你这部作品如果不采用纪实的手法，如果把作为历史人物的杜聿明改为杜大明，把黄维改为张维，那么不管你多会编故事，你失去的除了文学价值，还有史学价值，可以毫不夸张地说，一个好端端的题材就被你活生生地糟蹋了。

李老师言之有理。

老实说，但凡想写点东西的人，总会把文学性放在第一位，而文学性的表达式样，我曾经以为最高级的不是诗歌，不是散文，而是小说。现在看来，式样不分高低贵贱，只要能够达到文学的目的，条条道路通罗马，切切不可在一根树上吊死。最为现实的例子便是诗人徐迟，他用报告文学的式样，写了一篇轰动全国的《哥德巴赫猜想》，主人公陈景润不是化名，数学家破解世界难题亦非虚构，但是作品对于知识分子的形象塑造，对于科学春天的动情呼唤，无一不表达得栩栩如生，淋漓尽致。这篇报告文学的篇幅并不长，但，我把它作为了我的长篇报告文学的范本，特别是在深刻的思想层面，它是如何做到把颠倒的世界再颠倒过来，让真理的旗帜飘扬在朗朗晴空"哗哗"作响的。

虚构难，纪实亦难，写小说需要积累生活，写报告文学需要收集素材。我利用暑假，来不及回趟重庆向妻儿告别，便背上当年最流行的军用挎包，从内江火车站出发。挎包里面装了二十个从学校食堂打来的馒头，为了改善伙食，还从小卖部买了三袋榨菜，那时虽然是带薪读书，奈何家底太薄，火车上的盒饭一份才收两毛钱，可是多花一分钱我都觉得心疼。我的第一站是南京，与四舅关于战犯的话题才刚刚开始，我需要把对他的采访进行到底。车抵郑州，下车转乘，我在火车站候车大厅寻得一杯开水，准备就餐，分开馒头，但见中间连着藕丝，原来天气太热，馒头已经变质，奈何饥饿难耐，还是夹着榨菜，狼吞虎咽地填饱了肚皮。到了南京，闻到熟悉的气味，听见熟悉的口音，特别是想起差不多整整十年不曾联系过的杨小青，忍不住英雄气短，儿女情长，好一番仰天长叹，好一番翻江倒海。静而思之，我不是为她来的，我是为我自己来的，于是按照四舅留下的地址，直奔汉府路树德里而去。这里是江苏省政协的家属住宅区，拐弯就是省政协的办公所在地，这个所在地四舅以前就来过，因为原国民政府总统府就在这里。

见到四舅，他喜出望外，听我讲明来意，他却大吃一惊，他说接受共产党改造的事情，只是讲讲而已，没有想到说者无意，听者有心。他告诉我，他是听我发完牢骚后才讲话的，父亲受迫害致死，他听见我有些过激的言辞，于是缘事而发，通过自己的经历告诉我一个道理，那就是不了解蒋介石就不知道毛主席，不了解国民党就不知道共产党,他那句挂在嘴边的"毛主席救命恩人,共产党恩同再造",对于一个连子弹也不害怕的军人来说,不是随随便便就能说出口的。稍有片刻,四舅拍了拍我的肩膀说,你有这个想法,要把战犯改造的事情记录下来,我感到欣慰,表示支持,前不久在《参考消息》上读到外国记者的文章,他把共产党成功地改造了国民党战犯,称之为国际共产主义运动的奇迹,这么大的事情你自己知道了不算,还要通过写作告诉更多的人,我在想,如果你的愿望能够实现的话,也可以告慰你父亲的在天之灵了。

不知怎的,四舅的话,我听起来并不舒服,因为不知道是真是假。隔墙无耳,他这个国民党没有必要伪装得比共产党还共产党,那么若是肺腑之言,全部都是他的掏心窝的话,我此番对他的采访,就有了探索太空奥秘的性质。是的,他比我预想的境界要高出许多,我需要回到地上,从他战败的那天开始寻觅。关于洛阳战役,我已经找到几份相关的材料,包括《毛泽东选集》里的《再克洛阳后给洛阳前线指挥部的电报》,全国政协主编的《文史资料选辑》里的四舅的回忆录《洛阳战役蒋军就歼纪实》,以及主战洛阳战役的陈赓大将发表在《人民日报》上的文章《洛阳战事》。这些已经变成铅字的文章,我把它称作"死材料",而我千里寻求的,是从活人嘴巴里面掏出来的东西。四舅在谈及洛阳战役的失败时,随口骂了一句国民党第十八军军长杨伯涛,说按照蒋介石的亲自部署,在中原大地广阔的战场上,他与杨伯涛理应分进合击，包抄共军部队，活捉陈赓，可是杨伯涛这个"龟孙子"为了自保实力，隔岸观火，直到战事告终，仍按兵不动，若无其事。怀着愤怒与不解，四舅在战犯管理所看见杨伯涛的第一句话就问，我在洛阳指挥部被共军团团围住的时候，你在干什么？杨伯涛两手一摊说，我进不了城呀，大雨倾盆，洛水猛涨，第十八军五万将士站在岸边，望河兴叹，苍天要灭国民党，你我还有什么可说的，再者听说你躲进了核心阵地的地下室，我们的困境与无奈，你是全然不知。四舅告诉我，既然战败已成事实，他也就是姑妄问之，杨伯涛也就是姑妄答之，如果我对这样的故事感兴趣，那么不妨姑妄写之。

我提到了原国民党天津警备司令陈长捷。我从一份资料中知道，周总理表扬了邱行湘和陈长捷，称他们是接受改造的两个标兵。我对四舅说，南京距上海不远，我下一站准备去那里见见陈长捷。四舅摇了摇头，叹了口气，他说这位当年的抗战名将已经走了，十年浩劫当中，因为受尽凌辱而先将妻子杀死然后自杀身亡。四舅又说，除了我，你再去见见其他长辈的想法是对的，他们的军阶比我高，对社会的影响比我大，就其在监狱里的改造来说，表现也并不比我差，再说共产党改造的对象是国民党战犯的整体，一个两个不说明问题，只有把最顽固的黄维、文强等人改造好了，才能证实《共产党宣言》的那句话的精髓——只有解放全人类，才能最后解放自己。四舅最后说，为了我写作顺利，他愿意铺路搭桥，分别给黄维和文强去信，让他们在不违背意志的前提下，尽最大的努力帮助我这个晚辈。

23

我是在北京出生的，迎接我这个三十年始得回来的游子的，竟是一场瓢泼大雨。我根据地址找到东直门，再根据门牌询问路人时，路人说你只要问战犯楼在哪儿就行了，北京人没有不知道这个地方的。原来如此，我暗自窃喜，这既为我节省了钞票，又为我节约了时间，暑假二十多天，现已过去近半，若有几日剩余，我还打算回趟重庆，看望母亲，与妻儿团聚。

叩门门开，里面站着一位老太太。"你找谁？""我找黄伯伯。""黄伯伯？你又是哪来的亲戚？"我无言以对之时，黄维从里屋出来了："你是邱行湘的外甥吧，嗯、嗯，你舅舅的信我昨天收到了。"他让老太太出去，去农贸市场买一只鸡，他让我进来，但是需要脱鞋。

黄维是我自己认出来的，虽然不曾见过人，但是在有关淮海战役的资料中，我见过他的照片，人比照片要苍老许多，而嘴角上的那颗黑痣还在，木讷的表情和倔强的神态还在。至于这位老太太，之后得知是他的续弦。黄维在监狱里不思改造，全部精力用于发明早已被世界科学界宣布为死刑的永动机。他的结发妻子苦苦等了二十多年，等到出狱后他还在搞永动机，一怒之下跳了永定河，黄维虽然拼死相救，奈何妻子还是溺水而亡。我见到的老太太是另一位获赦人员介绍给黄维的，他与她结婚还不到三年。

脱鞋进屋是现代人的生活方式，可是黄维早在四十年前就开始了。缘由很简单，他的里屋就是永动机实验室，即便是作为客厅的外屋，也容不得有半粒灰尘。只是这样的规矩，让我立刻陷入了尴尬的境地，因为鞋破漏水，袜子也是湿的，在他们家的一尘不染的地板上，留下了好些不规则的脚印，之所以不规则，因为袜子也是破的，四川人把这种破法称之为"前露生姜后露鹅蛋"。

黄维让我坐在椅子上，他拿来了棉拖鞋和布袜子，就在我脱袜穿鞋的时候，他看见我的双脚脚底已经被浸泡得白亮白亮。黄维的眼眶有些发红，他猛然伸出双手抓住我的双肩，一边摇晃一边怒吼："告诉我，你是不是个好吃懒做的人？"见我摇头，他又痛斥："那么告诉我，你为什么穷成了这个样子？"我无言以对，只是喃喃自语道："自从父亲去世以后……"听到这里，黄维慢慢松了手，他站直了身体，长长叹了一口气："你父亲我认识，我也知道他已经走了。"说完，黄维退后一步，弯下腰身，向我鞠了一躬，我满以为这一躬是向我父亲鞠的，殊不料他是在向我道歉赔礼。"对不起了，刚才我是老糊涂了，怪只怪我们打了败仗，丢掉了政权，我有什么资格来教训你呢？对不起了，对不起了！"黄维似乎这才把话说完，转过身，回里屋去了。我则赶紧离开椅子，把虚掩着的房门紧紧关上，因为结束"文化大革命"还不到三年，我怕房门外面的过道上有人听见。

等黄维重新从里屋出来，我也就闲话休提，书归正传了。这位黄埔一期、陆军大学将官班、德国军事学院毕业的原国民党兵团司令，倒没有知识分子的酸腐，说话总是直来直去。他说对我书写战犯改造的计划表示反对：用他的话说，什么东西不可以写？风花雪月，鸡鸣狗盗，都可以写，都可以卖钱，你偏偏要在伤口上撒盐，哪壶不开提哪壶，你还是还我一个藏拙之愿吧；又用他的话说，什么职业不可以干？有道是八娼九儒，文人下流起来比妓女还要令人作呕，我看你双肩宽厚，适合当个木匠，回去学学手艺，好好挣钱吃饭，养家糊口吧。听到这里，我差点笑了，我的雷姓同学和黄维风马牛不相及，可是他们的心境与语言，竟出现了惊人的一致。而这种一致，我不准备参与，我要让我的内心服从我的意志。

中午在黄维家用餐，他把两个鸡腿一起放进我的碗里，然后问我何时启程返川，他好让他在清华大学教书的女儿送我去火车站。我说我还想去见见文强文伯伯，与黄伯伯就此别过，有了机会再来拜见你。他说文强就住在他的楼下，饭后他送我过去。文强是毛泽东的表弟，黄埔四期时，又是与林彪睡上下铺的同学，更为离奇的是，周恩来是他加入共产党的监誓人，而介绍他参加国民党的，则是资深的同盟会会员邵力子。

这样一位传奇人物，对于我这个小小的老百姓，又会演绎出怎样的故事？热情待客，端茶送水，这不算故事，他说与四舅是狱友中的至交，这不算故事，他说见到我有亲切感，因为当年朱德选中他作为到四川开辟革命局面的助手的时候，他爱上一位姑娘并与之结了婚，那位姑娘正好是我的老乡江津人，这，也不算是故事。

让我感到匪夷所思的是，翌日上午，文强牵着我的手，居然走进了位于白塔寺附近的全国政协所在地，走进了文史专员办公室。文史专员这个职务，是用来安排与历史相关的人士工作与生活的。在这里上班的，除了最高人民法院原院长谢觉哉的夫人王定国，清朝末代皇帝溥仪的弟弟溥杰，绝大多数都是分期分批从战犯管理所出来的原国民党将军们。

杜聿明和黄维没来上班，我在这里见到了原国民党十一集团军总司令宋希濂中将，原国民党第三军军长罗历戎中将，原国民党七十九军军长方靖中将，原国民党十八军军长杨伯涛中将，原国民党第五军副军长李以劻中将，以及原国民党军统系统的董益三、沈醉少将，等等。正当他们各自静坐在办公桌前，对我这个不速之客投来好奇目光的时候，文强站在办公室中间说话了。他说各位仁兄，我今天带来的这位晚辈，是原国民党十六军副军长黄剑夫的儿子，也是我们的狱友邱行湘的外甥，他是在读的大学生，却千里迢迢从四川赶来，想为我们的战犯生涯写一部纪实的作品，当然，这部作品不是为我们树碑立传，而是为共产党把我们改造成新人歌功颂德，所以恳求诸君大力支持。我在这里有个建议，小黄到哪家采访，就在哪家吃饭，就在哪家睡觉，你们说好不好呀？首先说好的是杨伯涛，他用湖南话说我父亲是他黄埔五期步兵科的同学，同窗两年，情同手足，我原本就是他的贤侄；随后附议的是罗历戎，他用四川话说我父亲当年驻守北平德胜门的时候，他正好率部镇守石家庄，没有清风店一役将他生擒，就没有傅作义的起义，也就没有北平和平解放；方靖年龄偏大，说话有些吃力，他结结巴巴地对我说，你舅父你母亲和我一样，都是江苏人，想必你也喜欢淮扬菜，看你哪天来我家，我好让你伯母提前准备准备；沈醉看了看我，问我年龄几何，他说他二十八岁就当了军统少将，并且背诵了当天写给他母亲的一首诗：长剑横磨欲破天，奋身直到广寒边，割下星斗拼成月，挂向晴空夜夜圆。宋希濂说沈醉又在卖弄了："你那个臭毛病，就像狗忘不了吃屎，你也不看看小黄是哪个，人家是大学生，而且是学中文的，没有金刚钻，不揽瓷器活，单凭他敢写战犯改造这个大题目，我就知道他不是等闲之辈，后生可畏呵，难能可贵呵！"沈醉瞟了宋希濂一眼，不以为然地说，我这是在鼓励他呀，可惜我只有一个女儿在大陆，要是有个儿子图上进肯努力，我也会对他这样说的。

最后一位要去拜望的长辈是杜聿明。

这位原国民党徐州"剿总"副总司令，军阶虽为中将，但由于在淮海战役中担任反人民战争的最高指挥官的缘故，毛泽东不仅亲笔写下了《敦促杜聿明投降书》，而且被当时的中央军委列入了头号战犯名单，用四舅告诉我的话说，一定要见到杜伯伯，因为在几百位战犯的改造生涯中，他是一号人物，他是重中之重。杜聿明却因为身体的原因极少上班，他的住宅也不在东直门的战犯楼，而在崇文门附近的高干楼里。人有人不同，花有几样红，杜聿明之所以享受到比其他获赦人员更好的待遇，据文强告诉我，一是他担任着全国人大常委会委员，属于部级国家干部，二是他的女婿叫杨振宁，获得诺贝尔物理学奖后，从美国返回中国，受到了毛主席的接见，所以从某种程度上说，杜聿明获赦后的工作与生活，是毛主席亲自安排的。凡此种种，都增加了我去见他的压力，虽然文强通过电话告知他我要去崇文门的时候，他表示了欢迎的态度。

24

见到杜聿明，他的形象与我想象中的竟大相径庭。他系着围腰，正在阳台上用斧头削木楔，摆放在身边的，除了一堆杂木，还有墨斗、锤子和刨子，这哪里是人称黄埔十大名将之一的杜聿明，简直就是活脱脱的一个老木匠。回到与阳台相连的客厅，他笑容可掬地说，我从小喜欢木工活，而且有些上瘾，刚才搭的那个花架子，我是拆了又搭，搭了又拆，不嫌麻烦，乐此不疲。

我问到他在战犯管理所的生活，他说生活五花八门，好些东西已经记不得了，但是，唯独有一件事情，让他二十多年不曾忘记。那是战犯管理所在建立战犯档案的时候，按照规定，每个人都要写一份类似简历抑或自传的材料，杜聿明写了，先交给学习组长宋希濂，再由宋希濂交给管理所所长。事隔不久，所长把杜聿明叫到了办公室，第一句话有些劈头盖脸，说杜聿明的材料有严重缺失。"我隐瞒什么了？"他小心翼翼地问。所长却大声武气地道："你只写了你在反人民战争中的经历，比如在淮海战役中，如何撕毁了毛主席的劝降书，又如何向解放军先头部队施放了毒气瓦斯，这是交罪材料，不是档案材料，所以你还必须写出你在抗日战争中的经历，比如昆仑关血战中，如何让国民党第五军的机械化部队强攻要塞，又如何让日军最为精锐的师团全军覆灭的。所以呀，你的自传其实很好写，那就是昆仑关大战，加上淮海战役，等于你！"杜聿明含着眼泪离开所长办公室，回到监狱见到宋希濂的时候才把泪水掉下来。他对宋希濂说，我是今天被共产党俘虏的。想不到我们这些不害怕子弹的人,却害怕他们的历史唯物主义……

拜访杜聿明,让我获得了意想不到的收获,他并没有告诉多少故事,告诉我的,是所有故事的灵魂。小学上语文课的时候,知道有个东西叫中心思想,大专读中文的时候,知道有个东西叫主题意蕴,没有想到在课堂之外,我找到了我寻求已久的东西。这个东西,犹如马王爷额头上那只眼睛,在返程的火车上,我看见了我的思路,我的谋篇布局。

杜聿明固然重要,但他只能是我的中心人物而不是全文的贯穿人物。在解放战争中,邱行湘是洛阳战败的第一批战犯,在押解途中,石家庄失守,罗历戎被俘,于是出现第二批战犯,以后随着三大战役亦即辽沈、淮海以及平津战役的结束,第三批、第四批、第五批战犯也就相继出现了。虽说如此,每批战犯关押的地点却是不同的,那时还没有战犯管理所这个称谓,管理战犯的机构叫作解放军官教导团,比如杜聿明关押在济南的教导团,宋希濂关押在重庆的教导团。20世纪40年代后期,为了便于管理与改造,周总理建议战犯大集中,集中在北京德胜门外一个叫作功德林的地方,从而组建起由公安部直接领导的战犯管理所。

对于写作而言,我遇到了天时,又遇到了地利,因为数百名战犯生活在一起的时候,我才能够用一根红线把他们联系在我的故事里。坐在火车的硬座上,我心里却是柔软而舒坦的,斜挎在肩上的那个军用挎包,启程时装满了馒头，归来时塞满了资料，这才是维系我写作生命的粮食。回想起当初去南京找四舅的决定，毫无疑问是个正确无比的事情，倘若我没有能够迈出这一步，那么第二步就无从说起，即便可以另辟蹊径，钻进学校的图书馆去，但那里的东西属于资料共享，不可能有我已装进脑海的独家新闻，以及已装进心里的长吁短叹。

剩下的事情，便是人和了。妻子对我放假不归家，自然有着她的理解与看法，她知道南京有个杨小青，还在太和公社当知青的时候，她就在凤凰一队的茅屋里，看见过我这位小学同学的照片，恋爱期间，她问起她，并且说嫉妒她，因为她比自己长得漂亮。碰巧我外出的首站便是南京，对于连我写什么都不知道的妻子来说，她的理解即便是个错误，我也必须作出庄严的承诺，那就是早去早回，在内江师专开学之前，回到重庆多住几天。奈何在北京的日子里，早把自己的承诺忘到了九霄云外，以致赶回学校上课的时候，已经是开学以后的第三天。讲明情况后，班主任倒没有说什么，勃然大怒的却是坐了四个小时的火车，专程来到学校的妻子。她是带着已满两岁的儿子前来兴师问罪的。见到调皮捣蛋的儿子，我高兴异常，把他从妻子的怀里抱出来，让他骑到我的肩上，我笑了，儿子笑了，最后妻子也笑了。她是笑着与我达成和解，重归于好的。我在想，要是不把手上的这部作品写出来，恐怕在所有对不起的人当中，首推的便是妻子。

学生宿舍的条件十分糟糕，妻子说糟糕得像狗窝一样，虽然我和她在重庆的住处也比这里好不了多少，这里是狗窝，那里就是猪圈。妻子和儿子离开学校后，我要做的第一件事情就是在狭小而昏暗的宿舍里，建造一个供我写作的窗明几净的书斋，窗明在几分钟之内就做到了，我把靠墙的六张上下铺，分别向两边挪了挪，就在我睡的那张高低床旁边，居然挪出了一扇玻璃木窗。几净没有办法做到，因为宿舍里不仅没有茶几，而且没有桌子和凳子。我从校外捡回一堆砖头，在靠墙的两张上下铺之间的空隙里竖起四根不高的砖柱，然后把那口从重庆带到威远，再从威远带到内江的木箱放在柱头上面，这就是我的桌子。至于凳子，我是向班主任借的，她没有催我还，我也没有还给她的意思。

这样，我在我的案头铺下了一张崭新的稿纸。

说来奇怪，我写知青与写战犯，竟有着两种完全不同的感觉。写知青在相对程度上说，是为写而写，而写战犯在绝对意义上说，我是非写不可，因为我的父辈是国民党将军。把写作与义务和责任连在一起，这是我从来没有经历过的。我有先写标题后写内容的习惯，关于这本书的名字，我取了《功德林》三个字，这三个字原本是一个地名，北京德胜门外的断壁残垣上，日本人把破庙改建成模范监狱，共产党又把监狱改建成战犯管理所，这，就是我将要推开沉重的大门，沿着放射形的八条胡同，与读者们一起去会会国民党将军的地方。

写作进行得很顺利，以平均每天三千字的速度向前推进，时间也安排得很合理，不误早操，不误上课，把其他同学用来吹拉弹唱用来闲庭信步的光阴，通通用在了寝室里面的那张窄小的案头上。我不怕窄小，我害怕拥挤，学生食堂排队打饭是最拥挤的一件事情，尤其是中午，没有半个小时是吃不到饭的。睡在我上铺的，是班上最老实巴交的罗姓同学，他答应给我带饭，条件是午饭给他两支香烟，早餐和晚饭各给他一支香烟。我手头拮据，抽不起好烟，抽的是两毛多钱一盒的"蓝雁"，比起当知青时八分钱一包的"经济"烟，还算拿得出手的。那日同寝室的阎姓同学摆擂台，说百米赛跑，谁比他快就输给谁两条"蓝雁"，当然，要是他赢了，赌注也是一样的。阎姓同学比我小十岁，在内江师专的田径运动会上，进入了短跑前三名，而我略胜一筹，在江津二中拿到过百米亚军，虽说是好汉不提当年勇，但是脚板痒痒，也想和他比一比。比赛结果，我险胜，赢了两条烟，给了罗姓同学一条，让其高兴得晚上睡不着瞌睡。

三个月过后，《功德林》杀青，二十五万字的稿纸，摞得比两包香烟还要高，在同寝室诸君的帮助下，我开始装订。阎姓同学不知道从哪里搞来一颗超长的钉子，估计是用来钉棺材的，再从我的案头下面抽出一块砖头，抡起手臂，要在我的书稿上面砸出几个小洞。可是，那不是小洞，那是窟窿，他砸得手累，我觉得心痛。叫停的是罗姓同学，他扯下晾着毛巾的铁丝，截其一段放在蜡烛的火苗上，烧红了便钻眼子，直到钻好眼子穿进麻线把书稿装订成册为止。

25

人这辈子，也许会聪明一次，糊涂一次。这次所遇到的事情，也许会很小很小，不足挂齿，但，就是这件小事，极有可能影响你的一生。谢天谢地，我居然聪明了这样一次。那是书稿已经装进大号牛皮纸信封的时候，信封上的地址应该是哪座城市？我不知道，收信人的姓名又叫什么？我也不知道，只知道共产党改造国民党战犯这件大事，涉及相关的政策，相关的规定，在没有搞清楚这些之前，容不得内江师专的一个学生在那里评头论足，自以为是。就是说，这部书稿不宜寄给杂志社，不宜寄给出版社，要寄只能寄给主管战犯改造的公安部，接受他们对书稿的审查。当然，我不能不想到，公安部不是编辑部，他们没有审稿的职责与义务，若是弃入字纸篓，那我岂不是竹篮打水一场空，唉、唉，空就空吧，生不带来死不带去，富贵从来险中求。主意既定，信封也就写好了：北京，中华人民共和国公安部，负责同志收，四川，内江师专中文系黄济人寄。害怕遗失，寄时用了挂号，因为超重，邮资突破一元大关。

大概半个月，我收到一封奇怪的函件。

之所以奇怪，是寄函的单位叫作我闻所未闻的国际政治学院，之所以奇怪，是复函的部门叫作我并不知晓的《时代的报告》杂志社。看了信函的内容，不仅感到更加奇怪，而且感到近乎神奇了：我的书稿《功德林》被公安部办公厅转交给了曾经主管过战犯改造的凌副部长，凌副部长看完后作了一个批示，然后我的书稿连同他的批示又转交给了创刊不久的大型文学期刊《时代的报告》杂志社。杂志社隶属国际政治学院，主编黄钢是这所学院的新闻专业教授，另一位主编是位军旅作家,《谁是最可爱的人》的作者魏巍,而这所学院的院长,正是由凌副部长兼任。当然,这些信息是我以后知道的。杂志社的信函除了自身的介绍,主要的内容就是"大作收悉,拟以刊用",正式发表之前,编辑部希望我能"尽快来京改稿",信函末尾盖了一枚杂志社的公章,公章中间有个五角星,在那个年代,党政部门才能使用这样的图案,所以我觉得这封函件是具备公信力的。它不奇怪,也不神奇,它是神圣的。

我把函件交给班主任,班主任把它交给校长,校长平时里待我很客气,可是他把我叫到办公室的时候,好像我还的是糠,借的是米。他劈头盖脸地说,你想去北京改稿是吧,你怎么没想这是什么时候了?下周就开始实习,下月就毕业考试,你虽然是带薪学生,仍然要参加统一分配,等工作单位落实了,莫说你去北京,就是你去东京也是你自己的事!以后才知道,校长并无恶意,他原本希望我能留校,毕业以后就在内江师专当老师,可是一纸改稿通知,把他的计划连同他的好意彻底打乱了。我改稿心切,发表心切,又不得不把校方的意见转告对方,在给杂志社的复函里,我表达了宁肯失业也不想失去机会的意愿。

过了半个月,也就是我正在隆昌县第一中学实习的时候,学校通知我立即返回内江,直接到校长办公室去。这次校长恢复了先前对我的友好,只是皱了皱眉头,苦笑道,我也不知道北京那家杂志是什么来头,关于你去改稿的事,他们居然惊动了公安部,公安部联系了教育部,教育部又联系了四川省高教局,现在高教局给我们内江师专发来公文，要我们以待分配的名义同意你速去北京，就是说，你今天就可以离校了！喜从天降，我激动得不知说什么好，站起身，弯下腰，向校长行了一个九十度的大礼，正当我转身欲走的时候，他却把我叫住了。他离开座位，拍了拍我的肩膀说，听说你写的是一部长篇，而且题材也很重要，我希望你努力改稿，争取发表，如果能够正式出版的话，你不仅开拓了自己的事业，而且为我们学校争得了光彩。

当夜离开内江。我没有直接去北京，我需要回重庆一趟，母亲不在重庆，虽然父亲平反以后，她的户籍已经离开江津，落户到哥哥嫂嫂所在的大坪地区了。大姐大姐夫因为工作调动，去了河北邯郸的邯邢煤矿设计院，为着照料他们的第二个女儿，母亲也随之去了北方。我回重庆，自然是与久别的妻儿团聚的，再者，不知要在北京待多长时间，如果食宿自理的话，盘缠钱的筹集是必不可少的。家里依然很穷，我的工资加上妻子的工资不到五十元人民币，自从有了儿子，便没有了积蓄，用今天的话说，我们属于典型的"月光族"。正在我囊中羞涩一筹莫展的时候，妻子又提出个让我雪上加霜的建议，那就是机会难得，何不让儿子也去趟北京，开开眼界，增加见识，再说身高不到一米二的孩子，是不用买火车票的。这个建议得到她母亲的赞同，虽然是养母，但视她若己出，更是把我们的儿子当作亲外孙，平日里百般娇惯，千般呵护，为了不让亲外孙在外受苦，这位老人从怀里掏出厚厚一扎五元一张的人民币，塞进我中山服的上面衣袋里。背着养母，我清点了钞票，总金额高达百元之多，这在当时来说，无疑是一笔巨款，而这笔巨款，却是养父养母一分钱一分钱地节省下来的。妻子告诉我说，两位老人很少上街买菜，在棚户区靠江边的地方开垦出一小块荒地，自种自收，有次吃牛皮菜过量造成食物中毒，还送去了医院抢救。

我带着三岁的儿子踏上征途，火车经过郑州黄河大桥的时候，我赶紧把怀中熟睡的儿子叫醒，我说快看、快看，桥下面就是黄河，儿子愣了一下，边探头边说话：嘿嘿，黄河看黄河！我也愣住了，平时都叫他的小名金狗儿，仿佛只有此刻他才感到自己名字的大气。

车抵邯郸，我们在这里下了车，月台上，不管儿子是否听得懂，我给他讲了邯郸学步的故事。大姐大姐夫骑着自行车来接站，我们在他们家小住两日后，母亲和他们四岁的小女儿将与我们一起前往北京，住在二姐二姐夫所在的通县郊区的农村里。那是一个狂风大作的黄昏，出了北京火车站，母亲一个趔趄，差点儿被席卷而来的大风吹倒在地，我肩扛行李，手提背包，在大风中左右摇晃，站立不稳，早已被狂风吹散的两个孩子躲在一辆公共汽车后面，因为眼睛被吹进了沙粒而大哭不已。就在我喊天天不应，喊地地不灵的时候，一辆破旧的小轿车停在了我的面前。坐车吗？司机问，我没有犹豫，坐！那时没有出租汽车，莫说重庆没有，连首都也没有，我们乘坐的这辆小轿车的司机，大概就是北京早期的个体户吧。司机又问，到哪里？我说到通县，不，通县附近的小圣庙村，请问需要多少钱？二十块吧，司机说，我得跑一个多小时，回来还得放空车，不可能碰见你这么有钱的人。我苦苦一笑，无言以对，心里想的是兵马未动，粮草先行，这趟车花去了我一个月的工资，但是，物有所值，花得愿意，只要母亲和孩子们不受苦，再多的钞票也不值一提。

当晚，二姐夫准备了一桌丰盛的饺子宴，肉馅的，菜馅的，还有豆馅的，味道虽然一般，但是两个孩子吃得欢天喜地。我这是第一次见二姐夫，上次来北京，忙于拜见我书稿里写到的原国民党将军们，竟无暇去趟通县二姐家。此番见面，我对二姐夫印象不错，除了忠厚老实还乐于助人，虽然他不知道我的书稿里写的是什么，但是他表示北京人熟地熟，只要我想见到的人，他都可以通过关系加以引见，而且不花分文。儿子喜欢面食，憨吃哈胀下来，饺子宴尚未过半，他已上了一次厕所，等到下席时分，他还大腹便便，挺着个鼓鼓的小肚皮。母亲见他胀得难受，就牵着他到邻居那里走走，母亲似乎有备而来，每到一家，便有毛巾和香皂相送，我自然知道，处理好邻里关系，是母亲的生存之道，但在那个以阶级斗争为纲的年代里，她这样的思维逻辑是不存在的，存在决定意识，母亲不懂深奥的哲学原理，但是她深谙朴素的为人处世。

翌日清晨我出发去北京市区的时候，母亲送我到小圣庙村口，她要我安心改稿，不要牵挂儿子，尽管她也不知道我这部书稿的内容，但是她说耗费了这样多的精力，实属不易，能够引起刊物这样大的重视，也很难得，所以她当母亲的，虽然没有什么本事，但是定要助我一臂之力，她将留守在通县农村，直到我把书稿改完为止。

26

按照《时代的报告》杂志社信封上的地址，我在天安门对面的前门西大街，找到了这家杂志社编辑部的所在地。不过，这三室一厅的所在地，与其说是神圣的编辑部，不如说是普通的住宅区，正当我怀疑是否走错路的时候，突然听到屋内传来一个高昂而粗犷的声音："今天上午四川那个大学生要来编辑部，你要是有时间的话，也请过来坐坐。"原来那是有人打电话。打电话的人是谁？我不知道，过来坐坐的人又是谁？我也不知道，只知道那个四川大学生好像是我，于是推开虚掩着的门，小心翼翼地走进去。

客厅里，自报家门后，我受到一位中年妇女的热情接待，她自我介绍说，她姓谭，是这里的编辑部主任，杂志社主编黄钢是她的先生。在提到黄钢这两个字的时候，见我没有什么反应，她莞尔一笑道，你读过他的作品吗？我摇摇头，然后坦然以告，我虽说是学中文的，但是阅读量很小，实在不好意思。她说没有关系，我为什么要提到他呢？他身为主编，通常是不看稿子的，可是看了你的《功德林》后，他主动提出来要当这部长篇报告文学的责任编辑，为了便于沟通与交流，你对他的了解应该是必要的。她又说，他正在里面的屋子办公，我们暂不惊动他，之前中国国际报告文学研究会成立的时候，他是该会发起人之一，这里有份他的简历，你先拿去看看吧。

正所谓不看不知道，一看吓一跳。

年过六旬的黄钢，是中国共产党最早的五十多名党员之一的黄负生的儿子，其父在中共七大会议上被追认为革命烈士，而他曾就读延安鲁艺，后随鲁艺战地文艺工作团赴敌后抗日根据地工作。如果说他的第一篇报告文学《两个除夕》仅仅是小试牛刀，那么随后发表的《开麦拉之前的汪精卫》则轰动社会，大显神威，从而奠定了他在中国文学史上著名报告文学家和政论家的地位，而我以前不知道他，纯属我的孤陋寡闻，以后有位作家告诉我，写报告文学的人不知道黄钢，就等于法国人不知道拿破仑。

黄钢从里屋的办公室走出来的时候，我禁不住紧握他的双手，表示肃然起敬。他满头银发，满脸堆笑，显示出来的却是平易近人，和蔼可亲。入座沙发以后，他的第一句话是，你姓黄，我姓黄，同姓通常称家门，可是我们的老祖宗规定不称家门而称宗亲，所以今后我们互称宗亲即可，你不要叫我什么黄主编、黄教授抑或黄老师。我刚要说出"不敢"两个字，却被他几声大笑堵回去了，他用高昂而粗犷的语调说，看了《功德林》，心里很高兴，为什么高兴，因为亲切，为什么亲切，因为你开篇写了洛阳战役，写了陈赓大将！黄钢喝了一口茶，语调变得平和而缓慢："当然，我认识陈赓的时候，他还不是大将，大将是他解放后的军衔，当时是抗战初期，他率三五八旅转战太行山脉，打了几个胜仗。我是《解放日报》的随军记者，天天跟在他的身边，写了一篇报告文学《雨》，副标题叫作《陈赓的兵团是怎样战的》，看了你写的洛阳战役，特别是陈赓集中了中原地区所有的炮弹，倾泻般地砸向了他的对手邱行湘顽守的核心阵地时，我想到了《雨》，想到了他的作战艺术与风格。哦，对了，邱行湘是你的舅父，看来对于解放战争的第一场硬仗，我有我的发言权，你也有你的发言权。"

毫无疑问，公安部把《功德林》转交给黄钢的时候，我夹放在书稿里的一封信，也一并交到了他的手里。这封信里面，我介绍了自己与邱行湘的关系，并且通过这种关系，接触到了以杜聿明为代表的其他原国民党将领。我写这封信的目的，是让主管战犯改造的公安部相信，《功德林》里面的人物和故事都是真实的，把书稿寄给他们审阅，无外乎就是请他们确认内容与事实是否存在偏差，不然的话，单凭这部书稿，极有可能引发他们对我个人身份的怀疑。黄钢是专家，作品与作者的关联，他一眼就看出了八九不离十，所以才有了刚才那句我有发言权的评语。黄钢斜倚在沙发上，略有感叹地对我说，你这部书稿的题材选得好，从报告文学的新闻属性来说，建国十周年国家主席的特赦令，获赦人员的花名册，都上了《人民日报》的头版头条，时隔二十年的新闻现在成了旧闻，但获赦人员在监狱里的改造过程，却鲜为人知，国内国外没有一家通讯机构能够像你这样如此详尽地报道出来，这，就是你的新闻性，也是你的文学性，你为共产党改造政策的历史性成就，撰写了一部时代的报告。嗯，我们杂志就叫这个名字，名字是魏巍取的，《功德林》在我们杂志发表，应该是件最为恰当也最为切题的事情。

说曹操，曹操到，身材魁梧、头发花白的魏巍来了。刚才听到黄钢的电话，我知道他是黄钢特意请来的。魏巍这两个字，如雷贯耳，所以一经黄钢介绍与他认识，我便顿觉三生有幸。他是现役军人，虽然身着便装，但是说话硬朗，直言其事。他说《功德林》他与黄钢都看了，两人还初步交换了审稿意见，他说给他留下了一个深刻的印象，那就是不是我找到了这个题材，而是这个题材找到了我，倘若我不是国民党将领的后裔，而是别的家庭出身的记者或作家，这些昔日的国民党将领们，是不可能把掏心窝的话告诉给我的，而正是他们内心世界的真实披露，才构成了我的作品的特殊价值。他又说，我把《功德林》写成了报告文学而没有写成长篇小说，这也是一个正确的选择，他认为内容可以决定形式，但形式不一定服从内容，反正怎么写起来符合自己的想法就怎么写，文学式样只是一件衣服，内容才是肉体，主题才是心脏。话既至此，我忍不住向魏巍请教了一个问题，我说中学语文课本上读你的《谁是最可爱的人》的时候，对这篇文章的体裁，老师们的说法不一，有说是散文的，有说是通讯的，还有说是小说和特写的，不知道正确的说法是什么？魏巍哈哈大笑道，鬼才知道那是什么东西，就像我刚才给你讲的这样，反正自己想怎么写就怎么写，就《功德林》的写作而言，我觉得你写得拘谨，不够放开，不符合年轻人的奔放，也不符合我们今天这个解放思想的年代……

正当我掏出钢笔，准备把魏巍的意见记在本子上的时候，我发现这件事情已经有人做了。坐在客厅沙发外边办公桌的，是位与我年龄相仿的女性，编辑部谭主任这时把她介绍给我，说，她叫遇罗锦，在我们杂志社负责记录整理以及校对工作，她的哥哥你肯定知道，就是那个因为发表《出身论》反对血统论，反对"四人帮"而遭逮捕并被处死刑的遇罗克。我点点头。是的，"文化大革命"中期，我读过《出身论》的手抄本，正当"龙生龙，凤生凤，老鼠生儿会打洞"，"老子英雄儿好汉，老子反动儿混蛋"这样的口号不绝于耳的时候，遇罗克在我的心目中，无疑是位仗义执言的燕赵慷慨悲歌之士。没有想到，能在这里碰见他的妹妹，更没有想到，认识遇罗锦的第二年，她在《当代》杂志上发表了那篇轰动文坛，被称为伤痕文学代表作品之一的《一个冬天的童话》。我不是乡下人，但是初来北京前门西，竟有了刘姥姥进大观园的感觉。右边坐着黄钢，左边坐着魏巍，沙发旁边还坐着遇罗克的妹妹遇罗锦，以及黄钢的夫人谭主任。我有点像做梦，梦见了我的祖坟在冒烟，哦、哦，北京是我的出生地，更是我的三江源，与其说我的生命之光在这里点亮，不如说我的文学之路在这里伸延，现在的问题是，我究竟有何德何能，竟能在这里碰见天大的好事？

黄钢又说话了，他说他差点忘了转达公安部的一个通知，那就是明日下午三时，部里的几位负责人要与我会面，研究一下关于《功德林》的修改问题。黄钢看了我一眼，准确地说，他看见了我上衣左侧"劳保用品"四个字，于是又说，明天会见你的都是部领导，因为礼貌的原因，你需要换一件衣服去见他们。这样好了，今晚你就住在我家，我儿子的体形与你相似，明天你就穿他的衣服去。

27

一辆锃亮的黑色轿车，把我从东城区的和平里接到天安门斜对面的公安部办公大楼，二楼的会客厅里，我见到了我在稿件信封写上的几位"负责同志"。经介绍，他们分别是凌副部长、李副部长、黄副部长和十三局的姚局长。他们的穿着很整齐，坐姿很端正，就连端茶送水的工作人员，也显得文质彬彬。

　　我没有见过如此正规的场合，没有见过墙上如此大的地图，更没有见过周围如此高级别的官员。就在我心里发虚额头冒汗的时候，主管监狱管理的姚局长朝我笑道，我认识你的舅父邱行湘，他是劳动模范，战犯管理从德胜门迁去秦城农场以后，我们有一片菜地，菜地角落有粪水池，那天粪桶运到了粪水池边，拔开木塞，粪水却流不出来，邱行湘见状，二话不说，把手伸进粪桶，将阻在洞口的草垛拉了出来，我当时就在菜地，差不多二十年了，这件事情一直没有忘记，可惜你没有采访我，不然的话，《功德林》里又多了一个不错的故事。

　　李副部长笑了笑说，好吧，书归正传吧，凌副部长看了《功德林》后，不仅要我们几位传阅，而且作了一个批示：天上掉下个林妹妹。这个批示的内容济人同志有可能读不明白，事情是这样：1975年，我们遵照毛主席"在押战犯，全部释放，一个不剩"的批示，释放了包括黄维、文强等数十名最后一批获赦人员。为了真实记录这个过程，部里抽调出几位先前在北京和抚顺战犯管理所的管教干部，成立起一个写作小组，打算写一部记述国民党战犯在共产党监狱接受改造的作品，人员到位了，经费到位了,就在这样的时候,《功德林》寄来了,你这个"林妹妹"突然从天上掉下来了!

凌副部长哈哈大笑道,是的,是的,济人同志的出现,我很意外,我不懂文学,可是在我的印象中,这个题材的作品,《功德林》好像是第一部。这里顺便说一句,这部作品的名字取得不好,提到功德林,北京人都知道那是关战犯的监狱,现在战犯成为了公民,而且对促进两岸统一,他们都做出了自己的贡献,特别是改革开放以后,政治清明,经济繁荣,不要再让"功德林"三个字给人带去灰蒙蒙的印象。至于书名怎么取?济人同志考虑一下,我也请黄钢同志参谋一下。除了书名,文稿中还有不少值得修改和补充的地方,比如说战犯们给毛主席的三封感恩信,文稿中提到了这件事,可是一封信的内容也没有,这不怪作者,因为感恩信的档案卷宗存放在公安部,还有什么资料需要补充,都由我们派专人提供。至于具体的修改意见,我们择日再谈,现在,我想就书写战犯改造这件事情,讲讲我的观点。

凌副部长笑容可掬地说,我们今天在这里会见济人同志,支持他的写作,是因为他写的是获赦人员的亲身经历和真实感受,比较起写作小组,就说服力和可信度而言,前者显然要大于后者,这是不言而喻的。共产党成功改造了国民党战犯这个堪称国际共产主义运动的奇迹,应当大书特书,从这个意义上去说,我们需要感谢济人同志,他为我们的工作,进行了艺术化的总结,也为这个题材的挖掘,进行了有益的尝试。

我站起身,向公安部的领导们鞠了躬,以答谢他们的掌声,这时候,连我自己都不知道究竟做了什么,居然得到如此隆重的礼遇,这般殷切的勉励。

从我懂事那天起,因为家庭出身的关系,我就害怕警察,江津也好,重庆也罢,只要对面走来公安人员,我都会躲得远远的,这种阴影似乎直到走出公安部大门时还没有完全消失,以致回到黄钢身边的时候,我依然心跳不已。

黄钢现在不在前门西,而在木樨地,不在《时代的报告》杂志社,而在国际政治学院的办公室。凌副部长兼任着这所学院的院长,黄钢担任着这所学院新闻系的教授。根据凌副部长的安排,我一边改稿,一边教书,担任这所学院新闻系的老师。做梦也没有想到,因为一本尚未出版的书稿,我的命运发生了如此不可思议的变化,我的同学还坐在内江师专的教室里,我却走上了北京这所高校的讲台。第一次登台讲课的时候,凌副部长、黄钢,以及新闻系的主任都坐在教室的最后一排旁听,可是我并不紧张,因为在太和小学、越溪中学讲课的时候,都出现过校领导坐在后面的情景,用老师的行话说,这叫作观摩课,正是展示三寸不烂之舌的天赐良机。我如法炮制了,而且效果不错,走下讲台的时候,凌副部长握住我的手说,看来内江师专的教学质量比我想象的要好很多。很久以后,我离开北京回到重庆,在一次私人的聚会上,有两位司法界的官员同时称我为老师,一位是公安分局的局长,一位是中级法院的法官,我问他们何时教过二位?他们异口同声地说在国际政治学院,现在改成了人民公安大学。我说谢谢二位,你们是见证人,不然的话,没有人会相信我曾有过这样的经历。

那时学院的条件十分有限，有教学大楼，无教师宿舍，我被安排在一间临时搭建的木板房里，在这里备课，在这里改稿，在这里吃饭和睡觉，如果我把自己当作第一批"北漂"的话，那么所处的环境却是十分优越的。这里就在西长安街上，工会大厦的隔壁，交通便利。我在二姐夫那里借了一辆自行车，时不时就往战犯楼跑，向这些视我为子侄的前辈们继续请教。

请教的内容之一，便是关于书名。《功德林》这个名字，前辈们无人反对，甚至有人拍案叫绝，说是国民党战犯获得新生，共产党功德无量，恩同再造。鉴于公安部主管领导的不同意见，我试图改名为《战场无硝烟》，可是黄钢认为名字太软，缺乏力度和气势，于是他与魏巍商量的结果是，把书名定为《将军决战岂止在战场》，而且，他把书名像文件那样呈报了凌副部长，这位公安部领导如同前时对《功德林》书稿的批示那样，在黄钢的报告上落下了四个字：此名甚好。

作为作者，书名由别人代劳，而且程序如此严谨与规范，这是我不曾想到的。当然，黄钢也曾征求过我的意见，我说书名稍长，而且出现了两个"战"字，黄钢解释说，不长则没有语气上的变化，而后一个"战"字，正是前一个"战"字的升级。对书名意见最大的是长春电影制片厂导演李前宽，当然，这是以后的事了，他把拙作搬上银幕时改名为《决战之后》。他对我说，你这本书很畅销，我本可以借东风，可是若用原名，观众极有可能听作"将军决战妻子在战场"，那又成何体统。

28

书稿尚未改完,就已在《时代的报告》开始连载。第一次发表作品,丑媳妇见公婆,我心里既激动不已又惴惴不安。那个周末,编辑部谭主任电话告之翌日出刊,为我留了两本,要我去趟前门西的时候,我一时心慌,觉得羞于登门,竟跑回通县小圣庙村躲了几天。

待我再去编辑部的时候,已经是下一个周末的上午了。遇罗锦正在值班,她交给我两本杂志,和来自全国各地大约七八十封寄往编辑部转我收的读者来信。遇罗锦平时不大说话,今天却告诉我有话要说。她说,拜读了我作品的前三章,总体印象不错,语言富有哲理,叙述干练老到,结构恢宏大气,但是,成也萧何败也萧何,你思想的超前和意识的胆量将成为读者议论的焦点,要么一炮走红,要么千夫所指,老实说,当姐姐的还真为你捏了一把汗!她又说,短短几天就有这么多的读者来信,可见你的作品已经引发了社会的关注,如果我没有猜错的话,有读者为你击节叫好,也有读者对你嗤之以鼻,但不管怎样,你都需要沉得住气。

为了求证遇罗锦的"八卦"是否灵验,当着她的面,我拆开了一大堆读者来信。果不其然,有读者给予了充分的肯定,诸如"什么叫作伟大?共产党能够把腐朽化为神奇,这就叫伟大","国民党抗战一枪不放,蒋介石从峨眉山下来摘桃子,看来都是假的","这样的文学禁区都能突破,思想解放当真有了成果","请问你也是战犯吧,不然怎么会知道那么多的监狱生活"……与之并存的是,有读者给予完全的否定,其间具有代表性的,是落款为某某部队"全体指战员"的一封长信,以下摘录的,仅仅是信件的开头部分:"国民党八百万军队都被我们解放军消灭了，可是万万没有想到，这些残兵败将们还冒出一个后裔，那就是你。你用你的笔变成你的枪，继续与我们作战，继续与人民为敌。是可忍，孰不可忍，我部全体指战员义愤填膺，除了向你发出警告，也向《时代的报告》杂志社提出抗议！"

老实说，南瓜白菜，各有所爱，读者的不同反应，也在我的预判之中，但是，这封信的极端的措辞，显然超出了意见的范围，它的看法我不敢苟同，它的观点我难以接受，我当即征求遇罗锦的意见，是否把这封信交到黄钢手里。她笑道，亏我给你打了预防针，还是没能沉住气，我现在只能再给你说一句话，关于我们的杂志，刚刚出刊两期，就受到来自各方面的质疑，尤其是在意识形态方面，所以你千万不要再给黄钢他们增添麻烦了。遇罗锦这句话我没有听懂，等我听懂了而且明白了《时代的报告》为什么不再连载拙著的时候，已经是半年以后的事情了。

在这期间，也就是杂志分别在第三、第四和第五期连续刊载《将军决战岂止在战场》前八章合计十万字的时候，《上海青年报》副刊洪姓编辑专程来到北京，在京东大北窑附近的垂杨柳住宅小区找到我。是的，我已经不住在木樨地的木板房里了，凌副部长为了改善我的生活条件，特意在公安部新建的家属住宅楼里，给我安排了一个单元。房子虽小，来人不少，二姐二姐夫带着母亲和两个孩子去天坛公园的时候来过，妻子要探亲假的时候来过，四舅邱行湘参加全国政协文史工作会议的时候，和黄维一起来过。还记得这两位长辈一进门，就对我的作品能够公开发表表示祝贺，邱行湘说《时代的报告》在南京洛阳纸贵，一册难求，《扬子晚报》还有记者采访了他；黄维说你写这个东西，我过去反对，现在反对，将来还是反对，要写东西什么不好写，何必用我们的狼狈去悦取别人的欢心？只是有一点出乎我的意料，那就是你把我们这些战犯称为将军，而且被刊物登出来了。我很清楚，这不是你的胆大，而是社会的进步。话已至此，我就不得不报喜也报忧了，我把那封"全体指战员"的来信找出来，让他们过目。邱行湘微微一笑，黄维浓眉紧皱，两位长辈以无言表明了他们的态度。过了几天，我却收到黄维这样一封来信："无事不找事，有事不怕事，我想你不致因为听到狗吠或者被狗轻轻地咬了一下而感到心惊胆战吧？拿出将门之子的英勇与顽强，把自己认定的事业进行到底，切切不可半途而废……"

现在进屋的洪姓编辑是位比我小几岁的年轻人，模样斯文性格却颇急躁，屁股还没有坐热，他就说奉《上海青年报》总编之命而来，为的是在该报副刊连续登载《将军决战岂止在战场》。我自然是第一次遇见这样的情况，只知道有个不得一稿两投的规定，不知道若是同意他的用稿，会不会算是违法乱纪。见我有些迟疑，洪姓编辑说我们只是转载，而且已经征得了《时代的报告》的同意，只要你不反对，我现在就和你签订合同，按字数付你稿费。我点了点头。君子爱财，取之有道，我何必跟人民币过意不去。签完合同，他起身便走，说是要搭乘当晚的飞机，我有些不解，问他为何来也匆匆去也匆匆，他笑道，同行相争。有可靠消息说，上海《文汇报》副刊也准备连载拙著，他们这家小报争不过那家大报，所以需要捷足先登，先下手为强才是，现在大功告成，他需要迅速返沪，安排版面事宜。

洪姓编辑离开北京的第三天，我同时收到有关拙著的两封来信，一封寄自北京，一封寄自东京，前者是外文出版社的法语编辑沈先生写的，他有意将拙著翻译为法文，希望面见商量细节；后者是女子大学教授西条先生写的，他有意将拙著翻译为日文，为了表明自己的中文水准，他告诉我他出生在中国的抚顺，父亲是个侵华日军的将领，因为在东北生活了八个年头，所以中文流畅，汉字精通，译文质量不成问题。沈先生在北京见过几次面，交谈融洽，合作顺利，可是不知道什么原因，他的译著至今没有下文；西条先生与我见过一次，那还是我已经在重庆工作的时候了，在这之前，他的译文连载于日本的一个纪实文学的刊物，也按期把刊物寄给了我，我非但不高兴，而且颇生气，因为他在未经我允许的情况下，把书名改成了《我的四舅》。

对《将军决战岂止在战场》这个书名赞不绝口的，是解放军文艺出版社的编辑吴姓大校，《时代的报告》连载完八万字的时候，他在垂杨柳小区找到我，希望我在全书杀青后把书稿交给他们出版社出版。他说顾名思义，他们出版的作品大都与解放军有关，而国民党将军之所以被关进共产党监狱，正是人民解放战争的胜利的结果，所以他认为我的作品不仅与解放军有关，而且关系重大，填补了出版社在军事题材上的空白，完成了题材禁区的突破。吴姓大校讲得很动情，很真切，让我感到却之不恭，受之有愧，于是连连点头说，那就谢谢你啦！他猛一瞪眼，连吼带叫地说，你谢我什么？我谢你还来不及呢，要知道，找到这么有高度有深度还有力度的作品，这是出版社的光荣，也是我本人的骄傲，如果你不嫌弃的话，我就是你这本书的责任编辑。

第一次出书，什么也不懂，有这么一家国家级的出版社找上门来，我感到荣幸与幸运。为着便于与责任编辑沟通，解放军文艺出版社建议我搬离垂杨柳小区，住进该社所属的黄寺大院去。说者无心，听者有意，他们不知道，这正是我在北京最为尴尬的日子，他们的及时雨，解了我的燃眉之急。

事情的起因有些复杂，我在这里简而言之。黄钢组织《时代的报告》全体同仁，观看了一场至今尚未公映的电影《太阳与人》，该片是根据白桦的小说《苦恋》改编的，讲的是一位画家在"文化大革命"时期的遭遇。因为这位画家的一句台词"我爱祖国，可是祖国并不爱我"，黄钢在杂志上发起了对这部电影的批判，批判的要害，便是他在他的文章里提及的"资产阶级自由化的倾向"。一石激起千层浪，转瞬之间，各大报纸各大刊物，便对黄钢以及他主编的杂志，进行了枪林弹雨般的反击。遇罗锦就在这个时候离开了编辑部，她是老北京，对政治颇敏感，我明白这就是她告诉过我的文学界的意识形态之争。可是我是过路人，黄钢在前面走，我就在后面跟，有一次还跟到著名画家李若禅家里面去了。据说《苦恋》主人公的原型便是这位老画家，黄钢闻讯后特意前往谈话，所谈之事，我听得云里雾里，好在与我没有什么关系。

29

神仙打仗，凡人遭殃。

没有想到《时代的报告》发表了批判《苦恋》的文章这件事情，直接或间接地影响到了我在北京的改稿。我见过一封寄往杂志社编辑部的读者来信，信中指名点姓地骂黄钢说："你发表《将军决战岂止在战场》时，屁股坐在右边，发表围剿《苦恋》的批判文章时，屁股又坐在左边，你这个忽左忽右的神经病，简直就是中国文坛的大怪胎！"看到这样的文字，我欲哭无泪，想不到刚刚伸出半个身子，结果又回到人生的笼子里。迫于来自各方面的压力，《时代的报告》停刊了（有一种说法叫休刊了），除了拙著的连载到此为止，我在国际政治学院的授课也无疾而终。记得那天上完课走出教学大楼的时候，与凌院长也就是凌副部长的郭姓秘书擦肩而过，他叫住了我，问我现在是否还是待分配的大学生，我点了点头后，他说凌院长很欣赏我，若是我愿意留在北京工作的话，请随时告诉他。我感到有些突然，便随口答复说，等书稿改完以后再说吧。时隔不久，也就是《时代的报告》停刊之前的两三天，郭姓秘书又在教学大楼下面与我不期而遇，这次他没有叫住我，也没有提及工作的事，只是礼节性地跟我点了点头。作为一种逻辑推理，或者一种连锁反应，我知道垂杨柳小区那间暂住的房子是保不住了，虽然没有人要把我撵走，但是继续住在那里，既不是办法，也不是滋味。

直到搬进了黄寺大院，我才算又有了立锥之地，又有了留在北京的正当的理由。生活，原来比改稿辛苦得多，也辛酸得多。对于雪中送炭的解放军文艺出版社，我心存感激，所以对于责任编辑吴姓大校的修改意见，我言听计从，用他的话说，从来没有一个作者能够像我这样，与他有着如此愉快的合作。我的愉快还来自另一位身着军装的编辑雷抒雁，他不是我的责任编辑，也不写报告文学，他是一位诗人，曾以一首《小草在歌唱》，成为诗坛上披荆斩棘的勇士。我与他友谊的建立，并非来自他诗中讴歌的张志新烈士，而是来自我拙著里提到的几位国民党将领。他是陕西人，对陕西籍的杜聿明、关麟征、张灵甫等人了如指掌，如数家珍。他多次警告我说，我的这些乡亲虽然是解放战争的败将，却是抗日战争的胜者，不以胜败论英雄，千万不可去亵渎他们的灵魂，丑化他们的形象，不然的话，我会怀疑你这个朋友的人品和道德的。雷抒雁说得特别认真，显然经过他的深思熟虑，当然，那不是警告而是建议，他说我这部书稿出版在即，如果能够请到杜聿明题写书名，那就再好不过了，理由很简单，作为共产党宣布的头等战犯，作为国民党战场的高级将领，他的亲笔题字，意味着国民党军事上的彻底失败，共产党政治上的最终胜利，意义重大，非同小可哦。雷抒雁所言极是，我怎么没有想到这个点子呢？哪怕就事论事，杜聿明的题字也能代表全体战犯对监狱改造的心悦诚服，对于段克文的《战犯自述》的回击，无疑是一枚重型炮弹，具有无可辩驳的杀伤力。

翌日上午，我再次去了崇文门。

运气不错，杜聿明在家，他的妻子曹秀清在家，我还见到了他的女儿杜致礼和他的女婿杨振宁。我说明来意后，杜聿明咧嘴笑道，我打仗不行，写字更不行，你可能都听说了，在功德林的时候要给毛主席写封感恩信，稿子是宋希濂写的，他们叫我来抄，结果抄了两行，就被我一把撕掉了，这种像鬼爬的字，怎么能够拿给毛主席，最后还是你舅父邱行湘帮了我的忙，他的行书很好，从小练过的。接话的是杜致礼，她对我说，我爸的字确实难看，还不如我，我这次回国要把各种字帖买齐，带回美国练它个三年五载，总会练出点名堂的。不过我的字写得再好，也没有资格为你题写书名，还是让我爸滥竽充数吧。说话间，杜聿明已经在书房的案头，铺下了一张既白且厚的铜版纸。没有宣纸吗？杜致礼问。早就没有了，杜聿明说，就连毛笔和墨汁都是你上次留下的。说完，杜聿明平心静气，一口气写下了遒劲有力的九个字：将军决战岂止在战场。墨迹已干，杜致礼将铜版纸对折两次，然后装进一个全国政协专用的牛皮纸信封里。

拿着杜聿明的亲笔题字，觉得手上沉甸甸的，我知道，那是墨宝的重量，而且期待着这个重量能够增加我作品的分量，于是进了黄寺大院，我没有回到宿舍，而是径直去了社长办公室。社长是位解放军军级干部，慈眉善目，仪表堂堂，平日里喜欢跟我开开玩笑。我展开杜聿明的题字，在说明用途后期待着他的表扬。他果然笑了，当眼睛笑成一条缝的时候，他说话了：你是跟我开玩笑吧，不过今天这个玩笑开得有点大了，杜聿明是什么人？国民党头等战犯，淮海战役中下令施放毒气，搞死我们几百号人！我们是什么单位？中国人民解放军总政治部属下的文艺出版社，若是用了他的题字，岂不是玷污了我们的尊严，莫说我不答应，全党全军全国人民都不会答应！乘兴而来，败兴而归，回到宿舍的时候，我通过公安部办公厅的郭姓秘书，联系到了凌副部长，然后把有关拙著的一切，包括出版单位、书名题字，以及社长对话统统告诉了他，他在电话那头笑了笑，第一句话居然是顾左右而言他：很长时间没见面了，得知近况，甚感欣慰。好在他说了第二句话：出书是双向选择，那边不出，你就拿到这边来，我们公安部属下也有出版社，可能你没听说过，叫作群众出版社，就在前两天该社长还给我打电话，想隆重推出你的作品哩！我说那好，我先给那边的责任编辑商量一下，因为已经和他们签订了出版合同，看看怎么样才能不违约。

我第二次去了文艺出版社社长办公室。因为是责任编辑吴姓大校要我去的，所以在我的强求之下，他也在场。社长显然知道了我的来意，他和颜悦色地说，你又来跟我开玩笑了，出版你的作品，是上了我们编委会的事情，是呈报了上级主管单位的事情，怎么可能说拿走就拿走呢？再说鉴于这部作品题材重大，真实性的要求很高，我们已经完成了审核的程序，主管单位公安部盖了章，主管负责人凌副部长签了字，剩下的事情，就是送交印刷厂到时开机了。至于书名的题写，我们各退半步，我已请到全军最优秀的书法家法乃光题写，杜聿明的题字，照用不误，只是把它放在封面后头的扉页上面。

你看这样行吗？如果没有意见的话，下个星期天，我们出版社全体同仁请你在四川饭店吃晚饭。

这顿饭还有一个称呼，叫作饯行。

我知道，我在黄寺的改稿行将完成，我在北京的行程将要结束，我该收拾行装打道回府了。可是，就在我与内江师专校方联系，询问我这个待分配学生的分配去向时，原国民党军统云南站站长沈醉的女儿沈美娟找到我，说是有要事相告。原来，全国政协发起了一项抢救文史资料运动，鉴于历史的当事人年岁已高，他们的经历若不加紧搜集整理，以后就没有弥补的机会了。在研究这项工作的人选时，全国人大常委会委员杜聿明和全国政协常委黄维同时推荐了我，于是我在全国政协文史委员会的借调人员名单中榜上有名，可是由于我居无定所，文史委员会董姓主任无法与我联系，这就拜托了该会担任会计工作的沈美娟，又因补充改稿材料的关系，我不时去沈醉家里串门，所以他的女儿知道我的信息。

对于暂不离开北京，让漂泊生涯继续，我有过比较慎重的考虑。首先，两位重量级的前辈给了我信任，我不能不识抬举，只能招之即来，领命而去。其次，昔时是偶见前辈，交流受限，现在却能和他们朝夕相处，无话不谈，这为日后写作资料的积累提供了绝佳的条件，机不可失，时不再来。最后，我需要在北京等待拙著的出版，按照印刷周期，还有不到两个月时间，我的长篇就可以面世，而有书和无书的感觉是不一样的，写作之初，就做过通过这本书来改变命运的美梦，我能够梦想成真吗？

30

白寺塔下的全国政协礼堂，是北京的地标建筑，我上班的地点，正是这座建筑后面的文史专员办公室。这间办公室我来过，那是在内江师专读书期间，为搜集资料来到北京，尔后由采访对象文强前辈带进来的。生活仿佛是个圆圈，我从起点又回到原点。有所不同的是，我现在不仅走进来，而且要住下去，办公室侧旁的那间小屋，便是我用来睡觉的房间，房间靠窗的书桌，便是我工作的案台。根据文史委员会董姓主任的安排，我负责搜集整理杜聿明的个人资料。由于杜聿明体弱多病，少有上班，所以我的基础工作就是查阅他本人在《文史资料选辑》上的文章，以及别人的文章里专门写到他的段落。当然，由于年代久远，记忆有误，杜聿明和别人在叙述同一件事情的时候，往往颇有出入，为了求得精准，我需要借助旁证，而文史专员办公室不愧是座活着的陈列馆，随意请出一位文史专员，都是历史的见证人。于是我想到除了第一本书而外，我有写出第二本书的可能，在这里既有近水楼台，还有如鱼得水，所以我常常离开自己的椅子，坐进办公室的沙发，倾听前辈们谈古论今，回首往事。

那日九十高龄的方靖拄着拐杖，抖抖嗦嗦地来到了我的房间。时值初冬，尚未供暖，他伸手摸了摸床上的垫褥，没有说话，继而回身坐到办公室的座位上。翌日清晨，我刚起床，看见来得最早的方靖进了办公室，他依然拄着拐杖，肩上却扛着卷好的棉絮，朝着我的房间缓步走来，我心头一热，赶紧接过棉絮，慢慢展开，然后铺到床上略显单薄的垫褥上面。他仍旧没有说话，当我向他表示感谢时，这位前辈才笑了笑说，人老了，你问我淞沪抗战的事情都记不清楚了，我帮助不了你什么，只能做点做得到的。这日我给家里写了一封信，去政协礼堂旁边的邮局寄信时，正好与前来上班的黄维不期而遇。黄维问我去哪里，我举了举手中的信说，去邮局，好久没有给家里写信了，可是，就在我与他擦肩而过的时候，他把我叫住了，他皱了皱眉头说，你给家里写信，怎么能用公家的信封呢？这点小事你都做不好，还能够做什么大事！我一时无语，心想这种鸡毛蒜皮的事情竟出于黄维之口，看来共产党改造的是他的灵魂，而不是他的秉性。

杜聿明终于上班了，他抱病而来，却不是为了让我记录他的口述。办公室的沙发坏了，有一节弹簧冒出坐垫，稍不小心就会扎痛屁股。杜聿明此时有备而来，他从家里找到块羊皮，再带上针线，然后在办公室席地而坐，直到把沙发修好，缝补得完好如初。又一次在办公室见到杜聿明，他倒是专程来找我的，依然不是资料的整理，而是别的一件事情，他让我回到我住的房间，然后顺手关上了房门。他说，你收到我一个老部下寄来的回忆淮海战役的稿子，发现稿子抄袭了不少我发表在《文史资料选辑》里的文章，准备给他退回去，有这件事吧？我的意思是请你收下来算了，没有用途，就留着存档，按照字数把资料费给他寄去。他写这篇稿子，是希望有点收入，你要理解这些下级军官在解放后生活的艰难，他们有的连棺材都买不起，裹一床草席就下葬了，唉唉，难怪有人说要当反革命就当我这样的大反革命，衣食无忧，安度晚年，可是想到老部下们的处境，我食之无味，卧之无眠，实在是束手无策呵。

杜聿明没有想到，若干年后国家颁布新规，在抚恤抗日战争的老兵时，不管是共产党人还是国民党人，都将一视同仁。而我甚感欣慰的是，当年按照他的意思，办理了所托之事，办理的程序并不复杂，由我在表格上填写字数，由董姓主任审核签字，再由沈美娟去邮局汇款，作为汇款多少最基础的环节，我把两万字写成了三万字。

杜聿明身体每况愈下，我与他见面的机会也日渐减少，文史专员办公室他不可能来了，我则根据他的精神状况，有时去崇文门他家的客厅，有时去协和医院他的病榻，多少再聊上三言两语。那日聊着聊着，他在提及国民党第五军的时候，忘记了副手亦即第五军副军长的名字，我因为在整理资料，有着相当程度的阅读量，所以莫说副军长，就是副师长、副团长的名字也详知。当我把他忘记了的名字告诉他的时候，他突然大吼一声，指着我的鼻子说，哦哦，想起来了，你是不是集团军派过来的那个副参谋长？我愣了一下，明白杜聿明开始糊涂了，可是万万没有想到，这次在协和医院不到半小时的停留，竟是我与这位老人的最后一次见面。

杜聿明追悼会在政协礼堂前厅举行，我因为工作的关系，也参加了追悼会，而且和文史专员们一起，站在了队列的前排。追悼会之前，专程从美国赶回来的杜致礼找到我，要我替她写一篇用于追悼会上的答谢词，她还告诉我，她父亲的遗像是她选定的，那是他在担任全国人大代表的时候，佩戴在胸前的出席证上的登记照。追悼会简朴而隆重，时为中央军委主席的邓小平，在政协礼堂会客厅会见了曹秀清、杜致礼和杨振宁后，缓步进入前厅，站到了我们的前面。哀乐声中，解放军开国大将黄克诚致辞，对于杜聿明在反人民战争中的罪行，他一笔带过，对于杜聿明在改造中的表现，对祖国统一的贡献，他一一列举，充分肯定。让我最为感动的是，我亲眼目击了邓小平对着杜聿明的遗像，一鞠躬二鞠躬三鞠躬，深度弯腰，毕恭毕敬。为着共产党人海一样的胸襟山一样的气魄，追悼会后我写了一篇发表在《新观察》杂志上的散文《伟岸的身影》，并且准备把它放进我的第二部作品里面，作为另一本书的后记。

是的，我正在着手筹备另一本书的写作。关于杜聿明个人资料的抢救，我已经把上百万字的文案整理完毕，装订成册，上交给了全国政协文史委员会。董姓主任感谢了我的劳动，他要我把劳动进行到底，用他对我说的话说，文史资料弥足珍贵，但是把这些卷宗放进档案馆的时候，它的存在形式是死的，我希望你能够让它活过来，用文学的方法写成传记，写成小说，让文史资料在用于历史研究的同时，发挥更大的价值。我深以为然，并且从内心感谢董姓主任，因为这位担任过大学校长的文史专家，给了我继续写作的条件与机会。在他的安排下，我一边接手了关于黄维的个人资料的搜集整理，一边进行着以杜聿明为主人公的长篇小说《崩溃》的创作。

那日上午，文史专员办公室的电话响了，电话是解放军文艺出版社吴姓大校打给我的，他说《将军决战岂止在战场》的样书出来了，现在我来接你，我们一起到印刷厂去。这是一家部队的印刷厂，刚刚在发行科坐定，科长就抱来了散发着油墨香味的十本样书，吴姓大校取出一本，竖立在沙发中间的茶几上，说，黄济人，你已经站起来了！听着这位责任编辑不同往日的说话声音，如此铿锵有力，这般落地有声，我一时失控，禁不住当着他的面嚎啕大哭。哭声被发行科长打断了，他又进来说，第一版第一次印刷我们印了十六万本，这不，新华书店总店的订单又到了，第二次印刷本月内开机，还要印十几万册。吴姓大校说，第二次第三次都是你的事，反正我今天要拿走一百册，我们的社长开口要了三十本，说他等着送人哩。科长笑了笑说，样书印得不够，你就给我留点吧，社长送人，我也要送人呀。

带着十本样书，我回到文史专员办公室，好在上班的前辈只有几位，我每人赠送了一册。批量的书很快就会进书店，届时我去买些回来，补送给其余的前辈们。唯有的遗憾便是杜聿明走了，他没能看见他亲笔题写的书名。剩下的几本样书，我已经作了安排，应该送给妻子一本，用来表示对她的感激，虽然她从不读书，对我这本书的内容，她也不闻不问；应该送给南京的小学班主任沈老师一本，她教我们的语文，我在寄给她书上写道，你的学生向你交作业来了，请你像当年那样，一字一句地给我校正吧；在想到沈老师的时候，我曾想要不要给南京的杨小青也寄去拙著，想来想去，不寄为妥，因为那样会牵扯到好些复杂的情感与情绪；最应该送的，自然是我的父母，父亲虽然走了，但是这本书可以作为钱纸，回江津的时候，把它带到父亲的坟头上去，而含辛茹苦的母亲，也许她的一切努力都是为了我的将来，当她发现希望没有破灭，将来就在眼前的时候，她会欣慰良久，愉悦终生的。

31

现在我必须做一件事，那就是结束漂泊生涯，结束待分配的身份。这件事情首先要确定的，是我这辈子究竟想生活在哪里。我曾经想在北京定居，让出生地变成户籍所在地，但进京之难，难于上青天。虽然由于从改稿到出书这段经历，公安部的凌副部长，全国政协的董姓主任先后向我发出过积极的信号，解放军的吴姓大校甚至直接告诉我，各大军区创作室都在通过他们文艺出版社招募作家，如果我愿意，他可以介绍我去北京军区，先入伍后提干，当个副团级的创作员没有问题，然而于我而言，问题并没有这么简单，倘若不能与家人团聚，任何去向都将失去意义，再者即便当兵，到时也必须转业，我又何必脱了裤子打屁。至于公事公办，服从内江师专的分配方案，我又觉得问题更加严重，须知，我这样的带薪学生的分配原则，通常是哪里来哪里去，我来自威远，如果毕业于师范本科，那么有可能分到威远中学，我毕业于师范专科，那么有可能分到太和小学，果真如此的话，那岂不是吃饱了没事干，一夜回到解放前。

哦哦，我不留北京，我不去威远。

我要回重庆！

当知青的时候，结识了带队的干部重庆大渡口区宣传部的郑部长，不知他的职务还在不在，他的家庭住址却一直在我的通讯录上。这样，我给他写了一封信，寄了两本书，我的《将军决战岂止在战场》，一本是送给他的，另一本请他转送给他的朋友杨益言。我不认识杨益言，只知道他是长篇小说《红岩》的作者之一，在重庆市文联担任副主席。我的想法是通过杨益言，通过我的作品，让市文联的上级部门知道我的情况和愿望，如果可能的话，把我调到市文联担任专业作家。杨益言很快给我写了信，说市委宣传部刘姓部长对我的作品颇感兴趣，用这位部长的话说，《红岩》写的是共产党人在国民党监狱的故事，《将军决战岂止在战场》写的是国民党人在共产党监狱的故事，如果把那个待分配的学生调来，重庆就占全了两个故事。在刘姓部长的协调下，市委组织部启动了干部调动的程序，市文联人事干部先到北京找我谈话，再到威远提取档案，一直到这个环节上面，我才知道市文联属于人民团体、参公单位，而我具有的则是公务员的身份。这个身份在人们的心目中就是国家干部，由知青而生产队长，而代课教员，而公办老师，而大专学生，而国家干部，我不觉得命运多舛，也不觉得拾级而上，只觉得斗志不能减少，努力必须增加，这样才对得起自己，对得起别人，对得起社会。

努力的目标便是我的第二本书《崩溃》。

记得在北京和平里黄钢的家中，我有幸见到他在延安时期的老朋友丁玲。但凡学过中文的人都知道，20世纪50年代由她提出来的"一本书主义"，曾被作为右派言论而受到猛烈的批判与攻击。借着这个机会，我斗胆告诉这位著名作家，我们的文艺理论课本上，有着关于这件事情的记叙。她笑了笑问我，那你知道什么是"一本书主义"吗？我点点头，因为我学过，于是像背书那样背了出来：一个作家必须能够写出一部立得住、传得下去的书，要用这本书来支撑自己的名誉。丁玲又问，你说我说得对不对？我回答说对，她又笑了，说，你说对，我也说对，所以呀，不管他们怎么斗争我，我的观点不会改变，我要把我的主义带进棺材里去。在我调回重庆文联的第三年，也就是20世纪80年代中期，丁玲走了，活着的作家当中，能够实现她的主义的，已经大有人在，而我作为一个文学之旅的起步者，比起他们差之甚远，望尘莫及，但是这似乎并不要紧，因为这正是我写好第二本书的动力。

返渝以后，没有住房，每日从单位所在的两路口，到妻子工厂所在的石桥铺，来回十几公里，坐公共汽车得花半个小时。妻子住的是职工宿舍，我没有回重庆的时候，她和另一个单身女工住在一起，现在，即便那个女工不再回来，这狭小而闹杂的宿舍也不是久居之地。我曾尝试着在这里伏案写作，可是隔壁的吵架声，过道的脚步声，以及不知从哪里传来的小孩的哭叫声，此起彼伏，不绝于耳，半日下来，稿纸上竟写不出一个字。初到文联的时候，机关刊物《红岩》双月刊缺少人手，单位领导要我先干一段时间的编辑，事前并不乐意，事后就皆大欢喜了，因为看完别人的稿子以后，可以写自己的东西，用同一张桌子，用同一间屋子，关键是编辑们下班回家以后，这间屋子可以用来睡觉。当然，床是没有的，好在脚下是地板，带上草席、枕头和棉被来这里过夜，不仅安静清爽，而且宽敞舒适。

《崩溃》在北京开了个头，从杜聿明担任国民党第五军军长写起，第五军是我们国家第一支机械化部队，虽在抗日战争中建功屡屡，军威赫赫，终因内部腐化、争权夺利而在人民解放战争中不堪一击。这部作品的缘起来自杜聿明告诉我的一句话，那就是"国民党政权的垮台，既有外因也有内因，是我们自己打败了自己"。至于文学式样，我采用了长篇小说的写法，人物和事件基本真实，故事与情节尚有虚构，因为就材料而言，使用的地方偏小，而想象的空间偏大。全书共有八十个章节，当我写完六十个章节的时候，居然再也不用睡在地上了。

事情却是由此引发的。那天午后两点钟左右，市委宣传部刘姓部长来文联检查工作，在文联党组王姓书记的陪同下，上了二楼的《红岩》编辑部靠窗的那间办公室。我平日过夜就睡在这里，那天赶稿，通宵达旦，所以我补睡了一个午觉，殊不料恰恰就被他们看见了。王姓书记事后告诉我说，你把部长吓了一跳，你在地下弯腰屈腿的样子，他还以为是条狗哩！当然，他问到是谁人的时候，我告诉了你的名字。王姓书记又说，部长离开文联之际，要他把我无房的情况写成报告交到宣传部，部长签署意见之后还要交到市委书记手里。书记是怎么批示的，我不知道，我只晓得事隔不久，市房管局局长派人送来一把新房的钥匙，新房两室一厅，距离单位不远，走路也就是十几分钟的行程。

我把母亲从哥嫂家接过来，终于有了尽孝的条件和机会，听说婆媳关系从来不好相处，便在事前与妻子交换了意见，殊不料妻子显得比我还高兴，啧啧连声地说，要得，要得，我们就不用再请保姆了。我无言以对，只是在想如何才能减轻母亲的辛劳，让她的晚年过得轻松愉快。儿子金狗儿刚上小学，而且托了关系，让他进了离家不远的全重庆最好的学校。妻子上班，我也上班，母亲负责儿子的午饭，为了让儿子吃饱吃好，她舍近求远，不去楼下的农贸市场而去江边的露天摊位，说是农民挑来的蔬菜比商贩卖的要新鲜。家里的事，母亲管得好，学校的事，她却管不了。那日学校送来一纸通知，说是儿子表现恶劣，处罚停课三天。最好的学校居然有最严的规章，妻子急了，请了事假专门前往交涉。班主任说你儿子刚满七岁，可是知识比七十岁的人还要渊博，他把班上一个姓白的女同学取名叫白带多，女同学不来上课了，家长找到学校了，要求不但要处罚你儿子，而且要起诉你们当父母的，现在的处理意见，算是最轻的了。妻子回家问儿子，哪来这些乱七八糟的东西？儿子回答说电视广告里面的，一天滚动播出好几次。为了教训儿子，也想让他知道生活来之不易，我在家中找出当年当知青时用过的背篼，再加上一把火钳，命令他在外面捡三天垃圾，用卖瓶瓶罐罐的钱来买午饭，早出晚归，不得有误。儿子这样做了，只是由于每天只有几分钱的收入而饥肠辘辘，全凭晚饭"憨吃哈胀"，狼吞虎咽。重庆出版社有位作家得知此事，写了篇《黄济人教子》的文章见诸报端，我把报纸给儿子看了，他一把撕得粉碎，而且对我怒目圆睁，大呼冤枉，说什么大家都在取外号，凭啥子只有我倒霉，说完捶胸顿足，抽泣不已。

32

儿子哭了，我却笑了，因为我遇见了一件好事。中国人民解放军总政治部颁发全军首届文艺奖，拙著《将军决战岂止在战场》榜上有名。与我同时获奖的，还有与我同在文联工作的王群生，他由济南军区创作组转业回渝，获奖作品是短篇小说《彩色的夜》，获奖之前，曾经被改编为同名电影。于是，我与他结伴而行，去北京领奖，下榻在京西宾馆，也就是颁奖大会的召开之地。获奖者军旅作家居多，地方作家除了重庆的两位，山东的两位，江苏的三位，还有陕西的一位陈忠实。我与陈忠实被安排在同一个标间，晚上听他讲了好些关于渭水河关于白鹿原的故事。讲得累了他突然问我多少岁，我说三十有六了，他说他比我蠢长五年，不过正是在我这个年龄，他加入了中国作家协会。他又说，中国作协的门槛不低，须有两部以上作品，才具备申请入会的资格，不过，只要得了全国性大奖，一部作品也没有问题。他建议我申请入会，而且愿意担任介绍人，我谢了他，正如他所言，我就是靠这部获奖作品当年就成为中国作协会员的，只是介绍人不是他，而是与我同单位的杨益言和王群生。

领奖当天，我联系上了公安部的凌副部长，表示若不嫌打扰，我欲登门拜访，他欢迎我去他家，并说已在《人民日报》上看见获奖名单，向我表示祝贺。到了他先前的住宅，才知道他职务的变化，他出任国家安全部首任部长。不管是部长还是副部长，作为我的贵人，我自然不能空着双手去，而我带去的所有奖品包括证书包括奖金，其中的一件是用来送给他的，那是一枚黄澄澄的奖章，上面镶嵌着飘扬的军旗,据我所知,这位部长也是从军营里走出来的。我对他掏心窝地说,没有你就没有那部作品,就没有这枚奖章,所以请你务必收下。他很吃惊,连连摆手说我怎么可能贪天功为己有,这不符合逻辑,支持你的写作是我的工作,反过来,你的写作支持了我的工作,我感谢你还来不及呢。他想了想又说,老实讲,不管是你,不管是我,都应当感谢共产党的改造政策,感谢获得新生的原国民党将军,他们能够把深埋在肚子里的话,原原本本地告诉你,这是我没有想到的。

我能够想到的,就是给黄维打个电话。

黄维正在搞他的永动机发明,他在电话里没有这样告诉我,这是我能够猜想到的,他只是说手上太忙,长话短说。是的,在监狱的时候,不管是功德林还是秦城,他都在搞这项发明,因此还被狱友以逃避改造的罪名进行了批判斗争。获赦后,黄维虽然担任着全国政协常委的职务,但是他不问政治,只问永动机,为了不打扰他,我在电话里只说了一句话:《将军决战岂止在战场》获奖了!然后准备挂掉电话。什么奖?黄维问。解放军首届文艺奖,我回答。解放军?他似乎没有听清楚。我提高嗓门说,是的,解放军总政治部颁发的!哦哦,黄维有些意外,更没有放下话筒的意思,他又说,没有想到,确实没有想到,这个世道好像确实变了,我呢?自当以不变应万变,你呢?自当要顺势应变,好生珍惜!黄维的声音是颤抖的,听得出来,他很激动,也很亢奋,就像他的永动机发明终于有了成果似的。电话最后,黄维要我把获奖的消息尽快告诉邱行湘,他说,你舅舅和我一样，是个只会拿枪打仗的粗人，可是前时我陪他去垂杨柳小区看你的时候，我和你在聊天，他却拿起你放在鞋子里的袜子，跑进洗手间去把它洗了，嗯嗯，那双袜子比起你初来北京进我家时的烂袜子要好看了许多，但是仍然很臭……我含着眼泪，使劲地点了点头，我知道站在我的案头背后的，除了支持我写作的前辈，反对我写作的前辈，还有舅父，还有九泉之下不知道我在写作的父亲，我从心底向他们表示感激。

回到重庆不久，我去了一趟江津，西门近郊有座五橙山，父亲就安息在山下面。父亲下葬的时候，遵照上面不准哭、不准戴孝、不准送葬的三不规定，除了母亲而外，我们做子女的谁也没去过，直到父亲平反，追悼会后全家去为他烧钱纸，我才知道他被埋在哪里。这是一座疑是坟墓的土堆，既小且矮，杂草丛中任人踩踏。当时我在坟头发誓，将来有了钱，一定为父亲重修坟墓，现在谈不上富有，公务员靠工资吃饭，但除了工资还有稿费，所以到了完成心愿的时候了。后来我去江津，找到村民买了墓地，找到工程队负责施工，新坟竣工之前，我撰写了一副对联，让他们镌刻在墓碑两侧，"半生戎马征夫泪，两袖清风正气歌"，句子谈不上讲究，姑且是儿子对父亲的缅怀吧。

缅怀是一种无声的激动，重新回到案头的时候，写作的进展明显加快了许多，从而在市文联党组书记面前，也算是有了一个交代。市文联主席是与文学前辈何其芳同乡且为文友的方敬先生，方敬先生的主席职务属于挂名，他的实际身份是西南师范学院的副院长，而市文联的最高领导便是这位兼任着《红岩》主编的党组书记。书记与我见面，常问及《崩溃》的进展，当我此番告诉他行将杀青的时候，他问我自我感觉怎么样？我说不怎么样，但是比我的第一本书要好。我说的是实话，第一本书是不知道怎么写而写成的，第二本书是知道怎么写而写完的，头道开水二道茶，写作大概也是这么回事。书记闻言大喜，说是肥水不流外人田，要我完稿的第一时间交给他看，若是他和编辑们都觉得不错的话，就在自己的机关刊物《红岩》上发表，用他的话说，看能不能创造出这本杂志的第二个奇迹。

第一个奇迹是周克芹创造的。当知青时，我在内江地区革命故事调讲会上认识的这位老友，写了部题为《许茂和他的女儿们》的长篇小说，发表在内江的《沱江文艺》上，该长篇被我们的党组书记看到了，再让编辑们传阅，一致认为是个好宝贝，发表在一个地区级的内部刊物上面，实在是明珠暗投，无比可惜，于是驱车前往简阳县红塔区，把周克芹从老家接至重庆市文联大院。那时大院里有个简陋的招待所，周克芹在这里食宿了两个月，直到把他的作品改完，发表在公开发行的大型文学期刊《红岩》上面。这一发行不要紧，解放碑新华书店外面立即排起了长蛇阵，创下了当日销售高达五千册的奇迹。

因为我的第一本书畅销，所以我们的党组书记希望我的《崩溃》能够使《红岩》杂志的发行量创造出第二个奇迹，不落于周克芹之后。当然，就作品的影响而言，周克芹无疑创造了真正的奇迹，那就是《红岩》刊出的第二年，他的《许茂和他的女儿们》荣获第一届茅盾文学奖的第一名。第一名之说，来自四川省委宣传部部长之口，因为在五部获奖作品之中，该作品排在首位。那时我正在省作协文学院开会，我以重庆市文联专业作家的身份，被聘为这个文学院的创作员，重庆方面与我同时受聘的，还有重庆出版社的编辑傅天琳。文学院的会议，通常由宣传部分管作协的副部长参加，可是这天正部长也来了，他专程而来，却不是参加会议的，会上他说了一句话，那就是宣布了周克芹获奖的特大喜讯，说完他看了一眼手表，然后补充说，周克芹搭乘的飞机已经开始下降，现在大家随我一起去双流机场，迎接载誉而归的英雄作家！

从成都返回重庆的第一件事情，原本是把完全脱稿的《崩溃》双手交到《红岩》主编的手里，但是，在这之前，我收到了寄自北京的一封信。信是人民文学出版社属下的《当代》杂志一位白姓女编辑写来的，她说该社社长韦君宜很看好我的《将军决战岂止在战场》，她受社长之托，向我约稿，如果手上有现成的作品请直接寄给她，她会尽快在《当代》发表。这是从事写作以来，第一次有人向我约稿，而且对方虽不曾谋面，却是我知晓的文学大家，面对韦君宜的盛情，我受之有愧，却之不恭，无奈之下，我把这封信交给了党组书记，何去何从，由他定夺。他稍有犹豫，然后直接表态说，《当代》影响，远超《红岩》，你还是把稿子给他们吧，他们不用，你再拿回来。我很感动，身为主编，党组书记想到的不是刊物而是作者，难怪周克芹把他称作可遇而不可求的好人，因为他既是领导，更是朋友。

33

长篇小说《崩溃》发表的当年，获得了人民文学出版社的《当代》文学奖，在我再度去北京领奖的时候，有幸认识了几位久仰的作家。同时获得本年度《当代》文学奖的，有写《钟鼓楼》的刘心武，有写《将军吟》的莫应丰，有写《两代风流》的刘亚洲，还有写《空中小姐》获得《当代》文学新人奖的王朔。

刘亚洲比我小几岁，他是军人，当时在空军政治部联络部任职。他说他读过《将军决战岂止在战场》，因为是解放军文艺出版社出的书，所以军队政治部系统几乎是人手一册，而我这本书似乎人手一册还不够，他那本还没有看完，便被别人借走了，至今没有归还。他又说他在《北京晚报》上，看见过记者对我的采访，知道了我出身于国民党将领家庭，他说不看报纸也能够想象我的情况，因为不具备这种背景的人，是不会用那种笔法进行书写的。分别之际，他突然问我家父的平反昭雪，政策是否落实到底，如若还有什么遗留问题的话，希望我能如实告诉他，并且请我相信，他有解决问题的能力。

刘心武比我大几岁，他是四川人，所以与他交谈的时候，使用方言毫无问题。问题出在写作题材的选择上面，我告诉他说，我们内江师专中文系的教材上，有他发表在《人民文学》上的短篇小说《班主任》，而且教文艺理论的老师评价说,这部短篇是新时期文学的开山之作,"我们老师的观点你同意吗?"我问。他未置可否,只是淡然一笑道,那不止是他个人的观点,《班主任》是新旧文学时期的分水岭,这已经是国内文艺批评界的共识,但是这不是问题的要害,要害在于粉碎"四人帮"以后的文学走向,究竟是传统的现实主义还是批判性的现实主义。刘心武当过中学老师,可是他的话比大学老师还要深奥,眼见我无言以对,他当起了我的小学老师。"现实主义虽然与题材无关,但是如果题材选择错误,极有可能成为现实主义的障碍。"刘心武继续说,"你两本书都是历史题材的作品,以史为鉴,无可厚非,但是今天的读者究竟能从你的作品里面感受到多少现实的信息,比如说思想解放,比如说时代潮流,恐怕都需要打上大大的问号。"我边听边想,如果刘心武真的是我的老师,我肯定不会喜欢他,因为他总是语焉不详,拐弯抹角。

是的,我老写国民党。不过,《当代》文学奖颁奖会后,韦君宜对我说了一句话:"作家对题材的占有,如同农民对土地的拥有。"这句话坚定了我写国民党的信心。继《崩溃》之后,我又写了两部关于国民党抗战的作品,一部叫作《哀军》,由湖南出版社出版,另一部叫作《征夫泪》,由昆仑出版社出版。正当我就这个题材准备深挖下去的时候，我的锄头碰见了石头，这块石头既包括早期刘心武对历史题材的质疑，也包括近日王群生对我写作方法的建议，他说你不能老靠搜集资料写东西，这样的作品收获了真实性，却失去了想象力，从而就文学的艺术高度而言，你似乎可望而不可即。刘心武和王群生都是我真诚的文友，他们不会加害于我，而能够帮助我排忧解难的，却是我们的市委书记。

这，就是我的第五部长篇的缘起。

这部长篇小说的名字叫《重庆谈判》。

写作之前，书记的秘书来到我的家里，说是来看看我的写作条件，我说我写东西不管条件，内江师范的寝室里写过，滩子口路边的凳子上写过，比起过去的环境来，现在真的是鸟枪换炮了。他摇摇头说，写作需要安静，你把书房搭在阳台上，楼下有人咳嗽都听得见，说完他便走了。过了几天，又有人来到我的家里，这人我认识，现在住的房子的钥匙，就是那年市房管局长请他送到我的手上来的。这次他带来两把钥匙，说是分给我一个单元门对门的两套房子，一套两室一厅，用作日常起居，另一套一室一厅，用来伏案写作，而且地点就在王家坡，要去市文联上班，比从现在的大溪沟出发还要近个百八十米。

动笔之后，我搬进了新居，这里窗明几净，花香鸟语。可是，不知为什么，我的思绪顿然凌乱，我的写作反而迟滞，在好些说不清道不明的原因里，我只知道一件事，那就是无人咳嗽，有人吹哨。作为公务员，我有义务下楼去站队，去集合，去履行我专业作家以外的职责。短短两年时间内，我先后担任了重庆青联副主席、市人大代表，省政协委员，与我同时担任这些职务的，还有画家罗中立，音乐家郭文景，他们无疑是我政治生活的榜样，因为他们虽然叫苦不迭，但是总是提前到会。那次在成都出席省政协会议的时候，与我同属文艺组的凉山诗人吉狄马加悄悄告诉我，晚上要与团省委副书记黄道华一起吃饭，饭桌上有重要的消息向我发布。我不知道什么事情搞得这样神神秘秘的，只知道这位副书记一肩双挑，同时担任着省政协委员和省人大代表。她来了，从刚刚闭幕的省人大换届会议上过来的，她高举酒杯，当着大家的面说，祝贺我们的黄作家当选为第七届全国人大代表！我与她与大家碰了杯，可是依旧一脸茫然。关于人大代表遴选的程序，我是知道的，由区人大会议选市人大代表，由市人大会议选省人大代表，由省人大会议选全国人大代表，倘若我是全国人大代表候选人，组织上为什么不告诉我呢？回到重庆，市文联党组书记才对我说，之所以没有提早告知，是因为省人大会议采取差额选举，万一落选的话，担心你心生不快，影响情绪。他还告诉我，我这个代表名额，是由市委统战部推荐的，我所代表的对象，是无党派人士，而市委宣传部推荐的，是我们单位的专业作家梁上泉，现在他与我同时当选，意味着重庆三十二个全国人大代表当中，我们几十个人的小单位就占了两位。并且，据我所知，按照全国人大代表的分配比例，五十万人中才能产生一个，所以来之不易，自当珍惜。党组书记提醒我说，不要辜负上级的信任，人民的委托，每年一次的会议，你必须参加，其他的会议，你不去也罢。

其他的会议，指的是每年若干次的笔会。

以前不知道世界上还有这种会议，食宿不用发愁，来回机票报销，白天游山玩水，晚上吹牛聊天，主办方或是文学杂志或是报纸副刊，只求留下一篇文章，文章尚未发表，临走时还可带回一把钞票。老实说，这样的笔会颇具诱惑力，其间有两个亮点让我乐此不疲，一是可以拜见老友结识新朋，二是可以走遍大江南北，领略名山大川，有道是读万卷书不如行万里路，尤其是那些没有去过的地方越发想去，诸如《家庭》杂志的深圳笔会，《啄木鸟》杂志的烟台笔会，《天津文学》的大兴安岭笔会，以及内蒙古报纸副刊的呼伦贝尔草原笔会，等等，两年下来，我不曾去过的城市竟去了一半，而我期待中的，却是不仅去过而且生活了整整十年的南京。

34

谢谢扬州笔会，它让我烟花三月下南京。扬州距离南京近在咫尺，可是千里之外的我，已经差不多二十年没有回到这个梦绕魂牵的第二故乡了。笔会结束的当天，我赶到南京，在最繁华的新街口，在最高档的金陵饭店，订了一桌价值不菲的晚餐，迎候着小学班主任沈老师和几位同学的到来。我没有一点衣锦还乡的意思，没有半点冒富充大的想法，在几位同学当中，比我混得好的占多数，有的是百万富翁，有的是厅级干部。我之所以要装腔作势，打肿脸充胖子，在很大程度上，是想在一个曾经看不起我的人面前，挽回些许男人所需要的脸面，不言而喻，这个人便是与我分手后，先"上山下乡"当知青，后作为工农兵学员读大学，继而结婚，生了女儿，至今仍在南京当中学老师的杨小青。

沈老师来得最早，几位同学来得较早，我们在饭店的包间里久别重逢，不胜唏嘘。一位我叫不出名字的同学，紧紧握住我的双手说，你为沈老师增了光，为同学们争了气；沈老师收到你寄来的书，看见你写在上面的字，她激动得泪流满面，特别是你那句"我向你交作文来了"，看得我这个从来不会哭的人，也觉得鼻子酸酸的。另外一位曾与我同桌的同学说，我今天在书店里买了你二十本书，你得统统给我签上你的大名，好让我分送给本公司的职员们，往日我说我是你的同学，考算术的时候你还抄过我的答案，可是他们都不相信，等我把书拿回去了，看他们谁人还敢跟我较劲。最后来的是杨小青，她说头发太乱，刚才洗头烫发去了，所以姗姗来迟。她在说话的时候，似乎只瞟了我一眼，我却认认真真地把她从头到脚看了一遍。老实说，看不如不看，虽然昔时的轮廓还在，但是姿色消失了，赘肉出现了，她在我心中无与伦比的形象也随之坍塌了。当然，她已经属于别人，变美变丑都与我无关，只是儿时梦想的最终破灭，让我感到了美好岁月的彻底终结。沈老师已经退休，虽然青丝换成了白发，但是依旧慈眉善目，笑容可掬，她在上把位就座，左边是杨小青右边是我，不知道她对杨小青说了什么，侧过身来的时候告诉我说，她已与杨小青说好，明天她和杨小青陪我去逛玄武湖，其他同学就不参加了。

　　玄武湖是南京人常去的地方，沈老师无外乎给我和杨小青一个单独谈话的机会而已，所以进了公园，她就故意走在我们的后面。杨小青问我还准备写点什么，我一时无语，心生怨气，如此见得阳光的交谈，还需要躲在树荫底下做什么，于是想了想说，准备写写你和我的故事，书名叫做《台城柳》，说完我背了一首晚唐诗人韦庄写玄武湖的《台城》诗：江雨霏霏江草齐，六朝如梦鸟空啼。无情最是台城柳，依旧烟笼十里堤。杨小青愣了一下，没好气地说，过去的事情了，你觉得还有意思吗？再说，你为什么早早地把婚结了，不可以再等等吗？我回答说，等什么？一个被抛弃的人除了绝望与心死，你还要让他等到投河与上吊吗？杨小青看了我一眼，声音小了许多：不是我抛弃了你，是社会抛弃了你，当然，我也有责任，我无法抗衡社会和家庭的压力。说到这里，她的声音开始哽咽，然后转过身去，望着波光粼粼的湖水发呆。我却开始清醒而且冷静下来，我说这事怎么能够怪你呢，你已经做得很好了，尤其是你对我母亲说的那句

"没得关系",我会一辈子感谢你的。说完我从口袋里掏出一扎人民币,告诉她我明天就要离开南京,来不及去看望她的父母,就让他们自己去买点东西吧。杨小青回过身来,一把推开我的手说,我的父母老说是我们对不起你,他们怎么会收你的钱呢,另外,回到重庆,请代问你母亲好,她有你这个优秀的儿子,晚年会幸福的……

南京之行,当然要去看望四舅邱行湘和舅母。获赦第二年,组织上为他介绍了一个年轻美貌的对象,让他欣喜不已,结婚不到三年,他老来得子,这又让他欣喜不已。喜事连连,最让他喜出望外的,却是洛阳市人民政府授予他荣誉市民的称号,以表彰洛阳战役中,他把战场从市郊的龙门石窟附近,撤到了城区的洛阳中学周围,从而在解放军密集的炮火中,保护了与大同云冈石窟、敦煌莫高窟齐名的我国三大石窟之一的龙门石窟。邱行湘拿出荣誉证书,然后告诉我说,保护文物的除了国民党青年军,还有解放军的中原部队,炮轰青年军核心阵地以后,中原部队启用了数百名爆破手,从地面发起攻击,其中那支最先攻破核心阵地,在洛阳中学升起战旗的部队,被解放军授予了"洛阳营"的英雄称号。邱行湘说到这里,不无自嘲地笑道,他们都叫我邱老虎,可是我这只老虎就是被那支部队活捉的,嗯嗯,不打不相识,有机会去趟"洛阳营"那该多好。

邱行湘的机会却让我捷足先登了。

适逢对越自卫反击战进入尾声,重庆市文联组织了作家慰问团赶赴前线,采写英雄事迹。团长杨益言对我说,这个活动你一定要去,我回答他说,那是当然,就是你不去我也要去，因为我要去见一个人。这个人不是别人，正是解放军陈赓大将的儿子陈知建。《将军决战岂止在战场》问世的当年，我收到陈知建一封长达十页的信，信中他介绍了自己，大将的儿子，大校的身份，然后谈及拙著开篇的洛阳之战，他说我写得不仅真实，而且客观，其间的好些资料实属难得，由此他希望与我成为朋友和兄弟，他研究共产党军事，我研究国民党战史，这样可以互通有无相得益彰。我以为然，遂当即复函，口称兄长。通信通了七八年，件数至少几十封，可是从来没有见过面，现在好了，他已从北京某部调到云南某部，而这里正是我们慰问团要去的反击战前线。

见面之时，陈知建站在师部大门迎候。我说他长得很像陈赓，他说不像就麻烦了，我把杨益言团长介绍给他，他说他是师长，现在没有时间搭理团长，说完拉住我的手，直奔师部荣誉室而去。荣誉室展品甚多，陈列柜里有刀有枪有钢盔，展厅中间有车有船有大炮，他一直拉着我的手，东拐西拐，直到墙上的一幅巨型照片下面站定。照片上的两个人正在吃饭，一个是陈赓，一个是邱行湘。邱行湘战场被俘之后，要押去解放区关押，作为黄埔军校的校友，陈赓正替他夹菜，为他饯行。陈知建拍拍照片对我说，要是我父亲早知道你是我的哥们儿，当时就应该把你的舅舅放了！说完，这位大校哈哈大笑，笑完，他说很快要去北京开会，没有时间陪我去老山前线了，"不过，"他又说，"洛阳营在山上等你！"

那时候属于休战状态，我们慰问团一行，驱车前往麻栗坡，平安穿越生死线，钻进了向往已久的猫儿洞。是的，天堂值得向往，地狱也值得向往，只要没有经历过的，都值得亲身体验。我没有当过兵，在与战士们相处的日子里，我懂得了什么叫作坚忍，什么叫作意志，什么叫作牺牲，从而让我知道了为什么他们是可爱的人，抗日战争如此，解放战争如此，抗美援朝如此，如今的对越反击战中，他们也一如既往，像是铜墙铁壁，屹立在老山之上。

老山之下的营房前面，部队紧急集合，为我们慰问团举行欢送仪式。杨益言代表全体作家，宣读了慰问信，赠送了锦旗。他的《红岩》作者之一的身份，赢得了指战员们的欢呼与掌声。部队长介绍了我的全国人大代表的职务，也希望我能够讲几句。我毫无准备，不知道应该表达什么东西，可是，当我看见队列前面飘扬的战旗上头写着"洛阳营"三个大字的时候，一下子想到了四舅的夙愿，想到了我应该尽到的职责，于是请出一位战士出列，让他回答我的问题，"你知道你们英雄称号的来历吗？""报告首长，解放战争中的洛阳战役！""你知道洛阳战役国民党战场最高指挥官的名字吗？""报告首长，国民党青年军整编二〇六师少将师长、洛阳警备司令邱行湘！""我不是首长，"我提高嗓门说，"我是邱行湘的外甥，重庆市文联的黄济人！"话音刚落，一片哗然。我请出列的战士归队，尔后又说："我通过你们的回答，通过与邱行湘的对话，明白了一个真理，那就是不管过去、现在，还是将来，你们的胜利都是必然的！"作为对这句话的诠释，返渝后我写了篇散文，标题是《还是那门炮》。

35

重庆市文联下设市作家协会、市美术家协会、市舞蹈家协会等若干二级单位。美协的办公地点在美术学院，舞协的办公地点在歌舞剧团，而作协的办公地点就在文联。就重庆而言，作协是文联的主体与实体，市文联主席通常兼任着市作协主席。现在的情况有所变化，方敬因为年迈的原因，不再担任文联主席，他的接班人是原剧协主席陆棨，陆棨除了是著名的剧作家，也是著名的诗人，代表作叫作《重返杨柳村》。同样因为年迈的原因，方敬不再兼任作协主席。

但万万没有想到的是，市委最后宣布的作协主席候选人名单上是我的名字！

我也私下猜测过，新主席要么是杨益言，要么是梁上泉或者王群生。有作家告诉我有可能是我的时候，我实话实说，无论从资历从作品来看都不应当是我。选举结果，我竟以压倒多数当选，这确乎是我意料之外的，我只知道，有些作家并不喜欢我，他们是因为不想让杨益言当主席才把赞成票投给我的。若是这样让我取而代之，我觉得非但我没有脸面，也对不起杨益言。会议最后有个议程叫作当选主席致辞，我站起身来，稍有思忖，然后不快不慢地说，感谢大家的信任，但是我现在宣布辞职，不是我不识抬举，是因为我有我的问题。文联党组书记大声武气地问，你有啥子问题？我回答说我不是党员，作协工作属于意识形态领域，主席应由党员担任为宜。党组书记反驳说，组织上没有这个规定，章程上也没有这个条款，中国作协主席是巴金，他也不是党员呀！我说书记大人此言差矣，我这个名不见经传的小作家，怎么能够和世界级的文学巨匠相提并论、同日而语？坐在侧旁的市委副书记有些不耐烦了，他打断我们的谈话，直端端地告诉我说，请尊重大会的选举结果，请服从市委的人事安排，剩下的事情，以后再说。

第二天，《重庆日报》头版登载了三条消息，上方是一条国内时政大事，下方的报道内容是重庆市大渡口区破获一起制毒贩毒案件，而嵌在中间位置的新闻导语是，市作代会胜利闭幕，黄济人当选作协主席。担任作协副主席的王群生和我开玩笑说，从此你将生活在夹缝里，有的事情好办，有的事情不好办，你就看着办吧。我觉得他言之有理，并非八卦，于是把心里的话告诉了他，我说人贵有自知之明，作协主席这顶乌纱帽是别人戴在我头上的，我的真实身份，只是重庆市文联的专业作家，以及四川省作协文学院聘请的创作员而已。

创作员五年一聘，到了结业的时候了。

赶去成都参加文学院的结业典礼，却被四川省委宣传部一位分管副部长请到了他的办公室。他开门见山地说，中国作协有鲁迅文学院，湖南省作协有毛泽东文学院，巴金是我们四川人，四川省作协文学院为啥子不用他的名字来命名呢？说到这里，他直愣愣地看着我，我心想，你问我，我又问谁呢，好在他又说话了：我的这个想法，得到我们部长的赞同，这样我就专程去了上海，希望能够得到巴金的支持。不料老人家不但不同意，还说我们这是长官意志，又说要他同意的前提只有一个，那就是这个想法是文学院的青年作家们自己提出来的。因此，这位副部长向我下达了一个任务，那就是经与省作协主席马识途商量，确定我在文学院结业典礼上代表十几位青年作家发言，发言最后，由我提出将四川省作协文学院更名为巴金文学院的倡议。我领命而去，照章办事，只记得那日发言完毕，话音未落，掌声雷动，铺天盖地。

也许是我此举有功，在四川省作协换届大会上，我当选为省作协副主席。当然，我不驻会，我的编制仍在重庆。与我同届担任副主席而且驻会的，有我的两位老朋友周克芹和吉狄马加，他们分别从简阳和凉山调至成都，而且享受着副厅级行政干部的待遇。马识途连任，继续担任省作协主席，他的编制却不在省作协而在省人大，他担任过省人大常委会副主任，所以在这个正厅级的作家协会里，他享受着副部级的待遇。马识途之可敬却不在于官大，他性情豁达，笑口常开，尤以一段就医的经历在四川文坛留下佳话。那是他八十高龄这年，去成都军区总医院做心脏手术，术前医生要求家属签字，马识途说家属腿脚不便来不了医院，可否由我本人签字，医生同意了，递上一纸协定，他大笔一挥，在自己的名字前面，还写下七个大字：死马当成活马医。医生笑了，医院院长笑了，说是有了马老这几个字，我们的手术就好做了！马老今年已是一百零八岁，之所以高龄，无疑与那次手术的成功有关。

马识途连任省作协主席的第二年，发起了延续至今的西南五省（区）一方笔会，五省（区）者，四川、云南、贵州、广西和西藏也，一方者，乃是重庆。那时重庆在行政区划上仍属四川，但是已被中央划为计划单列城市，行政级别升为副省级，代管着永川地区的八个县市，其中包括我的老家江津。西南笔会是从四川开始的，作为发起人，马识途绞尽脑汁,终于找到一处隐藏在深山老林里的旅游胜地,那就是尚待开发的蜀南竹海。方圆上百公里的竹林已经让几十位作家心旷神怡,周克芹又在密林深处发现一株侧挂在竹梢上的野生竹荪,摘回来炖了一锅鸡汤,饱了众人的口福。还在竹海的竹楼里小憩的时候,马识途就告诉我说,明年的这个时候,就是由重庆市作协当东道主的第二轮西南笔会了,你有什么困难尽可告诉我,不管是人力还是财力,我都可以助你一臂之力。我谢了马识途,请他不用操心,因为车到山前必有路,船到桥头自然直。

不过只有我知道,路是没有的,船也直不了。重庆作协隶属于重庆文联,文联经费少得可怜,全年划拨作协的不超过五千,有钱人的一顿饭钱,都要支配我们一年的活动开支,而今遇到西南笔会这样的重头戏,作协除了一筹莫展便是孤注一掷。我召集了主席团会议,通过了一项申请资金的决定。为了不让文联为难,决定直接交到了市委宣传部部长手里。大约一个星期,部长与分管副部长来到文联,在党组书记的办公室里,让我奉陪末座。部长告诉我说,收到作协决定的第一时间,他便把笔会的事情向市委书记和市长作了汇报,他们的意见完全一致,那就是行将举行的西南笔会,事关重庆文学事业的发展,所以东道主除了作协,还有一千多万人民,市委市政府理应全力支持,在人力物力财力诸多方面,给予充分的保障。部长又说,现在万事俱备,只欠东风,东风就是笔会的方案,方案要大气,要热烈,要体现重庆的文化特色,嗯嗯,抗战文化,陪都文化,都让兄弟省市的作家看一看,好让他们的笔下,还原出一个真实的多彩的内陆最具发展前景的城市形象来。

36

朝天门码头，一艘五星级的观光游轮"白帝号"，已经在两江交汇的晨露中鸣响了汽笛。登船的除了外地几十位作家，还有本地的几十位艺术家，那是因为船身过大，能够容纳上百位客人，为了不浪费资源，特邀文联所属其他协会派员列席西南笔会。几位艺术家对我说，沾你的光，我对他们说，托政府的福。我这句话刚好被一位副市长听见了，他笑着对我说，其实我们都应该感谢文学，重庆虽然是座工业城市，但是各届领导都有文化兴邦的意识，这不，意识变作举措，我昨日离京返渝，今天又得离渝远走了。是的，这位副市长登船，也带有出差的性质，全部议程都在船上进行的西南笔会，设置了一个后勤小组，组长是那位市委常委宣传部长，副组长便是这位市政府的常务副市长。让我感叹不已的是，设在游轮客厅的会议室里，他们两人都坚持坐在台下，台上则坐着带队的各省作协主席。我请马识途坐在主席台中间位置，他拒绝了，他说这是东道主的座位，你不要搞乱了规矩。

汽笛声中，船已离岸。

我宣布西南笔会三峡之旅现在开始。

我的致辞只有一句话，以文学的名义，让我们五省（区）一方作家同舟共济，踏浪前行。那时候还不时兴"诗和远方"的句子，如果时兴的话，借用在这里不是不可以的。

作家们的话倒是多得出奇。船靠丰都，西藏作协主席扎西达娃去了一趟鬼城，回到船舱，冲着我便是几声大叫：神了，神了，我在鬼城碰见神仙了！细问之下，才知道他说的神仙是一位导游，导游给作家们说的第一句话是，欢迎大家来到这个鬼地方。听了这句开场白，扎西达娃不高兴了，当场批评导游说，你可以不爱家乡，但是不可以诅咒家乡。导游满脸委屈：这里是鬼城，我不说鬼地方又该说什么地方呢？扎西达娃恍然大悟，道歉之余，越发注意导游的措辞，他告诉我说，导游是位神仙，是位语言大师，但凡名词前面加个鬼字，无处不是妙趣横生，尽皆全是神来之笔。船靠云阳，云南作协主席晓雪迅速登岸，第一个走进半坡上的张飞庙，他买了蜡烛与高香，对着自己的偶像三叩九拜，长跪不起。随船的重庆记者大惑不解，问其究竟，这位著名诗人说他从小读三国，最崇拜的英雄便是张飞，为了用一首长诗讴歌这位蜀汉名将，他专程去过四川阆中的张飞墓，可惜阆中葬的是躯体，而张飞的头颅葬在云阳，所以云阳之行是他的一个梦，而今梦想成真，他怎不欢忭莫名，欣喜若狂。记者又问，两座庙宇，你是否有不同的感想？晓雪笑道，那是当然，去阆中是为了写大勇，来云阳是为了写大义，大义大勇才是我心目中张飞的形象……

在做行程规划的时候，由于笔会时间有限，忠县的石宝寨和奉节的白帝城只能二选一，因为马识途是忠县人，所以我特意征求了他的意见，他说还是去白帝城吧，那里的人文价值和历史价值都要高些。虽说是三过家门而不入，我却看见马识途早早地站在船舷上，当游轮缓缓驶过石宝寨的时候，他朝着寨门的方向，深深鞠了一躬。船行不久，"白帝号"依靠在白帝城下面，举目望去，这刘备托孤之地城门上的匾额，原来还是马识途的手迹。站在岸上迎候大家的，是奉节县委书记和县长，他们是马识途的老朋友，匾额上的题字，就是他们跑去成都从马识途的家里求来的。在白帝城风景区的凉亭下坐定，两位县领导回答了作家们一个共同的问题，那就是地处三峡腹地的奉节，为什么被誉为"中华诗城"？县领导不无自得地说了个"两多"：来过的诗人多，写下的诗篇多，然后开始如数家珍：陈子昂、王维、李白、杜甫、孟郊、白居易、刘禹锡、李贺、苏轼、苏辙还有陆游等，至于在这里留下的诗篇，单是在有书为证的夔州诗词史里，就有高达万首传世佳作。尤其是诗圣杜甫，晚年他在奉节居住的两年多的时间里，创作出近五百首诗篇，占据了他所有诗歌的七分之一。就在作家们诗人们啧啧连声之时，默默无声的马识途突然高吼一声："扯下来！"县领导大惊失色异口同声：把啥子扯下来？城门上的匾额，匾额上的三个破字，马识途提高嗓门说，他要重写！说完他告诉县领导，写字要看心情，也要看环境，你们来我家的时候，窗明几净，和风拂面，那个心情叫作应付，那个环境叫作应景，今天不同了，我面对长江，眼望夔门，和来自西南边陲的作家诗人们坐在一起，这是啥子感觉？这叫舒服，这叫安逸，这才是我识途老马想要的格局！来、来、来，赶快拿张纸来，我要在亭子里面写字！两位县领导亲自动手，笔墨伺候，果不其然，新写的白帝城三个大字，笔力遒劲，挥洒自如，在马识途的书法作品当中，堪称上乘。我也懂一点字，可是此时此刻，我的心思却不在字上，而在一个词上，那就是马识途所说的格局。

这个词，应该是我在这次笔会上的收获。

笔会结束后，我把它应用到了我的写作中。

诚然，就这两个字而言，指的是一个人的眼光、胸襟、胆识等心理要素的内在分布，但恰恰就是这些要素的不合理组合，决定了《重庆谈判》这部长篇小说至少在结构上的更改。前时叙述这个历史事件时，我把背景放在了国内的两党之争上面，所以内容重心，写蒋介石的"和平建国"，写毛泽东的《论联合政府》，写着写着，我发现如果"双十协定"的撕毁，就是重庆谈判的结局，那么这个历史事件的重要性与影响力，就会被这种写法大打折扣。磨刀不误砍柴工，从船上回到岸上，我的思路不再摇晃，毅然将开篇的前三章忍痛割爱，取而代之的是第二次世界大战结束以后，发生在中国的风云变幻，我以中国的眼光描写世界，又以世界的眼光刻画中国，从而完成了《重庆谈判》的升级版。

这是我花时最多篇幅最长的一部长篇小说，重庆出版社出版的时候，把五十万字分为上下两部，而另有三千册是把两本书合在一起的，这就是加了书套的重庆市人民政府的礼品书。用市委书记告诉我的话说，各个城市之间常有一些文化交流，客人们提及重庆谈判的时候，过去我们总是以资料相送，现在好了，我们终于有了一部装帧华美的大作啦！我诚惶诚恐，只有自己才晓得肚皮痛，这部作品较之过去的书写，我觉得当属下乘之作，于是回答书记说，怕只怕金玉其表，败絮其中，现在唯一的想法，就是不要让这本书给重庆丢丑才是。书记笑道，丢什么丑？你为什么不说添彩？告诉你吧，台湾商会的会长看了《重庆谈判》，当即给台北的一个出版商打了电话，要他们赶紧过来，买断这本书的大陆以外的华文版权呢。

果然，出版商很快来渝，他是台北致良出版社的社长。见面之时，我告诉他说，根据国家版权条例，作者只享有版权的一半，另一半在出版社手里，所以你找到我不解决问题，你还得找到重庆出版社社长，我们三个人谈妥之后，才能签订出版协议。三人行，必有我师，这个老师就是重庆出版社的李姓社长，老实说，如果商谈时我不在场，我完全不知道其间还有这么多的讲究。李姓社长告诉致良出版社社长说，其一，大陆以外的华文版权只限定欧美，不包括东南亚，因为我们在那里有发行网络。其二，书名与封面不得更改，毛泽东和蒋介石的合影不止一张，但必须以重庆谈判期间站在现在的市委办公大院里的那张照片为准。其三，横排可以改为竖排，简体字可以改为繁体字，但文字不得增删，内容不得更改。其四，除此而外，台湾版的《重庆谈判》不得附加任何出版说明或者编者按语。李姓社长显得有些强硬，致良出版社社长显得有些软弱，在这位操着闽南口音的书商一一认同之后，李姓社长在出版合同上盖了公章，我在公章后面签了名字。

半年之后，该书在台湾出版了，我和李姓社长同时收到了致良社的邀请函，请我们赴台北参加该书的出版发行仪式。当时去海峡对岸还没有后来这样容易，重庆文联和出版社都出具了证明，交市台办、国台办批准之后，我们才启程去香港，在香港又待了几天，直到"台湾驻港办事处"发放了入台证，我们始得在桃园机场落地。

37

透过机场的落地玻璃窗，我看见了前来迎接我的啦啦队。领头的是我表哥，前不久他来过重庆，其余的我不曾见过，大概就是表弟、表妹以及他们的七八个孩子。他们的父亲我喊五舅，是四舅邱行湘的弟弟，我母亲邱行珍的哥哥。五舅是在国民党军队溃败时去台湾的，但他不是军人，他是画家，抗战时期，他曾和他的江苏老乡徐悲鸿在重庆的国立艺术专科学校任教。此番我去台湾，遵五舅所嘱，还随身带了好些有关艺专的资料和照片。

就在我隔着玻璃向表哥招手的时候，机场的一位女警察拦住了我的去路，她是从我背后追出来的，虽然气喘吁吁，但是笑容可掬。她请我随她去一趟办公室，说是有一张表格需要我本人填写。我去了，也在表格上填写了相应的内容，因为这是一份"本届中共中央委员暨全国人大代表入台登记表"，既然我有一个身份属于人家登记的范围，也就悉听尊便，照章办事好了。出了机场，听了缘由，表哥对那位女警察大为不满，他说既然都发了入台证，现在又来登记验收，岂不是脱了裤子打屁，多了一道手续，又说还是回大陆，一本证件，全线绿灯，绝不会有这样的麻烦事。殊不料，一波未平一波又起，麻烦事紧接着又来了。我们来台湾，市台办有交代，原则上不接受当地媒体的采访，可是第二天，国民党"中央日报"的头版右下角，登载了这样一则报道：大陆作家黄济人访台，他是继大陆演员刘晓庆之后，第八位登上宝岛的全国人大代表。方字侧旁，还有我的一张照片，这张照片我没有见过，从衣着看，显然是昨日在机场时被人偷拍的。李姓社长见我忧心忡忡，安慰我说，不关你的事，我可以证明，你和台湾媒体没有任何接触，井水要犯河水，而且防不胜防，你拿他有什么办法。

致良出版社小得离谱，一间屋子，两张桌子，还有三个编辑，可是社长亲手筹划的仪式场面却大得惊人。地点设在一家六星级酒店的宴会厅，到场的两百多位来宾中，有几位作家，有几位艺人，其余绝大多数来自台北的四川同乡会。李姓社长悄悄对我说，致良出版社社长很会做生意，这些来宾不是来参加盛会的，他们是来买书的，一个人买上几本，找你签字然后拿回去送人，千把本书就销售出去了，再说他们卖的书很贵，我们出的《重庆谈判》上下两本才十几块钱，致良社的定价却高达三百九十元新台币，折合下来单本都要花好几十块钱哩！出版发行仪式过后，有一个小型座谈会，与会者大都是出版界人士，作为同行，李姓社长在发言中肯定了致良社在合作过程中的努力，但是就《重庆谈判》台湾版而言，他提了两条批评意见，一条是封面的照片用了反转片，二条是封面加上了重庆版没有的内容提要：本书根据丰富的史料，从另一个角度以小说的笔触使中国现代史上最关键性的一次政治谈判跃然纸上。李姓社长又说，以上两条均不在出版协议之列，所以叫作违约，好在违约的后果无伤大雅，我们予以谅解。致良出版社社长连连道谢，然后补了一句：你们办事也太认真了。李姓社长接过话题，背了段毛主席语录：世界上怕就怕认真二字，共产党就最讲认真。李姓社长说得痛快，致良出版社社长听得痛苦，我在想，我们三方的合作恐怕就到此为止了，却不料致良出版社社长在他的总结发言里说，我们与大陆出版同仁的交往才刚刚开始，《重庆谈判》无疑是一次成功的尝试，不管是经验还是教训，都是我们花钱买不来的收获。

我的收获除开多了一种版本，多了一笔收入，最为重要的，还是见到了我的五舅。他与舅母生活在台南的海边，精力好的时候，也画画，卖画，画价偏高，被台湾美术界称之为国宝级的大师。见到五舅的时候，他正在为我的母亲作画，题款上没有父亲的名字，显然是他已经知道了我父亲的遭遇，不过他没有多问什么，我也不想多说什么，过去的就让它过去，休提起，提起泪满江河。五舅作完画，一边洗手一边问我，你四舅怎么没有和你一起来？我一头雾水，不知所措，表哥见状，赶紧把我拉到室外，悄声对我说，他父亲多少有些老年痴呆，把两件事情混到一起来了。原来，自从政策开放以后，台湾同胞可以到大陆探亲，大陆同胞也可以到台湾探亲，于是四舅就有了与五舅骨肉团聚的念头，念头只是念头，由于没有下文，表哥从南京捎回台南的消息，反倒成了五舅的心病，八十岁的老人时常独自一人站在海边，手搭凉棚，隔水相望。好在我去台湾的第二年，四舅如愿以偿，终于也来到宝岛，他不仅与胞弟久别重逢，也见到了蒋介石的儿子蒋经国，以及陈诚的儿子陈履安。

表哥驾车，带着李姓社长和我做了环岛旅行后，我们也该打道回府了。返程与去时的路线一样，从台北飞抵香港，再从香港途经深圳。深圳的入关处有一条绿色通道，那是为全国人大代表和政协委员准备的，我不能独享这个待遇，想和李姓社长走在一起，奈何除了行李，手上还提着一捆书，能走通道自然方便许多。通道尽头，站着两位海关人员，一位让我把书打开，接受检查，检查后说这是台湾的出版物，根据规定，予以扣押。我说这是我写的书，大陆公开出版，台湾不过是再版而已。另一位复查我的身份证和代表证，然后对我说，你这是比较特殊的情况，我们不作没收处理，待请示上级后若无问题，再把这捆书给你寄到重庆。我点点头，表示同意，随即收下一张字据，字据上面，有两位海关人员的签字。等我再见到李姓社长的时候，他笑了，笑得很开心，他问我还记不记得他在台湾出版界座谈会上的讲话，我说你讲了什么？他提高嗓门道：共产党就最讲认真！

是的，认真地存放待查，认真地完璧归赵，返渝不到五天，我便收到了挂号寄来的十本台湾版《重庆谈判》。我自己留了一本，送给市委书记一本，剩下的都被李姓社长拿去了，他说出版社需要存档，也需要分赠给几所大学的图书馆。与十本书同时收到的，还有一封信，信是西安电影制片厂厂长写来的，他说为了庆祝中国共产党成立七十周年，该厂准备拍一部红色经典大片，作品选来选去，最后选定了《将军决战岂止在战场》，如果我不反对，他将迅速来渝。有人来拍自己的电影，巴心不得，高兴还来不及，怎么会去反对，我当即复函，请他立马启程，越快越好。

厂长来了，比我预期的要晚来几天。与他同行的，还有一个人，厂长介绍说，这是李前宽，长春电影制片厂的总导演，我是等到李前宽到了西安才一起飞过来的。原来厂长存心要搞大制作，本厂的导演不入法眼，偏偏看中了拍完《开国大典》不久的李前宽。李前宽与我初次见面，我有些拘谨，他却十分健谈，他说他知道我与吉林省作协主席张笑天是朋友，而他也是张笑天的朋友，朋友的朋友就应该是朋友，他希望与我合作愉快。厂长也生性豪爽，说话干脆利落，他说之所以要李前宽与他同行，是因为有要事相商。所谓要事，虽然我没拍过电影，但是总看过电影，电影里面有两个重要的环节，一是导演，二是编剧，现在导演已经确定，剩下的大概就是遴选编剧了吧，我想。不出意料，厂长告诉我说，《将军决战岂止在战场》你是原著作者，倘若你愿意作为编剧的话，那么这个优先权是谁也拿不去的，我们专程过来，要的就是你的答复。我想了想说，我从来没写过剧本，也知道编剧是另外一种学问，所以为了对电影负责，对你们也是对我自己负责，请两位另找他人吧。李前宽表扬了我几句，措辞有些问题，他说我克己奉公，实事求是，然后推荐张笑天来改编我的作品，并且说之前的《佩剑将军》《开国大典》均出自这位朋友之手，让其担任编剧，可以确保万无一失。厂长沉思良久，最后摇了摇头说，还是让我们本厂的郑重改编吧，原著作者是重庆的，导演是长春的，如果编剧也是外地的，那么电影就好像和我们没有啥关系，再说他的《西安事变》写得不错，让他改编获过奖的作品，更是没有问题。

38

那是一个冬天的晚上,子夜时分。

我是下午五点左右就去了江北机场的,由于西安骤降大雪,重庆的航班不能按时起飞,起飞的时候,延误的时间长达六个小时之久。好饭不嫌晚,我只有这样安慰自己。前两天电影制片厂厂长来电话说,关于原著的改编,遇到一点问题,他希望我尽快去趟西安,与李前宽和郑重面议。定下航班后,郑重还专门打来电话,说是要到机场接我,然后去大雁塔附近的小酒楼喝二两白干,吃一碗羊肉泡馍。

下了飞机,直奔机场出口,出口无人,转去候机大厅,大厅空空荡荡,不见郑重人影。我不曾见过这位著名编剧,但从通话中略显苍老的声音判断,他忠厚老实,不会言而无信,放我的野鸽子,于是再围着大厅,绕场一周,看看他究竟在不在这里。

大厅端头的座椅上,斜放着一堆羊皮,给人的印象是旅客起身走了,忘了拿自己的东西。我朝前走了几步,发现东西居然会动,动着动着,忽地冒出一个脑袋来,原来那不是一堆羊皮,是这个人穿着羊皮大衣在那里蒙头酣睡!我心里有了底,喊了一声"郑重",仿佛座椅上安了弹簧,郑重飞身而起。他一边与我握手,一边自责不已:对不起、对不起,昨晚与李前宽商量本子,搞了个通宵达旦,没想到犯困犯到机场来了。他又说还带了个记者来,准备在机场采访我,结果飞机误点,记者又冷又饿,提前回去了。翌日清晨,我在制片厂的招待所一觉醒来,见到服务员送到手上的《西安晚报》,上面有一则消息说,《将军决战岂止在战场》作者黄济人昨日抵陕,该作品将由西安电影制片厂搬上银幕。这小小的新闻报道，竟会给我惹出不小的麻烦，至于其间的缘由，稍后再说。

关于改编中出现的问题，是李前宽和肖桂云提出来的。肖是李的妻子，北京电影学院导演系毕业，李与她是校友，却是美术系毕业的，相辅相成，促成了导演界这个有名的夫妻店。店子在西安开张，两口子希望把铺面做大，提出了将拙著改编为上下两部的想法。上部由郑重改编，根据书中已有的内容；下部由我撰写剧本，根据尚未成书的故事。这个想法自然不错，厂长、郑重和我一致赞成，除此而外，我们还接受了两位导演关于确定片名的建议，那就是鉴于原著书名过长，字数较多，而且发音不准的时候容易引发语意含混，故向他们的《佩剑将军》和《开国大典》看齐，也来四个字，叫作《决战之后》。

就这样，我在制片厂的招待所里小住了一段时间，除了撰写剧本，还有一个很大的收获，那就是在这里结交了新朋，重逢了老友。新朋叫路遥，陕西省作协副主席，刚刚有一部百万字的长篇巨著《平凡的世界》问世，他来制片厂改编的，却是十年前自己的中篇小说《人生》。路遥比我小两岁，为人厚道，憨态可掬，奈何好人命不长，结识他不到一年，这位后来被党中央授予了"改革先锋"称号的优秀作家，便因肝硬化医治无效逝世，年仅四十二岁。老友叫王火，四川省作协副主席，与我职务相同，不同的是他驻会，我兼职。他是上海人，比我大二十多岁，但为人低调，处世谦卑，对我说得最多的一句话是黄王不分。他的长篇小说《战争和人》三部曲曾获第四届茅盾文学奖，不过这是他后来写的，现在为制片厂改编的电影叫作《外国八路》，原著是他尚在山东工作期间的作品。

我从来没有写过电影剧本，隔行如隔山，我除了向路遥和王火请教，就是向郑重学习。郑重的《西安事变》剧本，我读了三遍，直到最后一遍才理出了丁点头绪。李前宽和肖桂云见我可怜，也不时过来为我出谋划策，加油打气。时隔两月，《决战之后》下部剧本算是脱稿了，制片厂文学部审查后也还表示满意，厂长大喜之下，摆了一台酒，酒后似乎未能尽兴，生拉活扯地把我和李前宽请进了他的办公室。酒醉心明白，厂长斜倚在沙发上，说的却是正事。他说厂里正在搞职称评定，若要评上正高职称亦即一级编剧，根据相关规定，至少需要两部独立编剧的电影，郑重已经有了一部《西安事变》，可是另一部《决战之后》的编剧，却不是他一个人。听到这里，我对厂长说，你不必再说什么了，然后扭头问李前宽，电影的字幕是怎样设计的？李前宽告诉我说，拉开银幕，首先是决战之后四个大字，然后切换镜头，出现根据黄济人《将军决战岂止在战场》改编的字样，再换镜头，便是编剧的名字，根据上部与下部的顺序，郑重的名字在前，你的名字在后。我扭过身，对着厂长和导演说，字幕上有我的名字，这就行了，大可不必把名字重复两次，再者，下部的剧本是集体创作，郑重的贡献功不可没，所以上下部的编剧署名，理应郑重一人，这与他的职称评定，没有一毛钱的关系。厂长离开沙发，紧紧握住我的手说，没有一毛钱的关系，但是至少有十万元的关系，你的编剧稿酬，我们不但要发，而且一定从优！

在西安碰见的都是好事。

回重庆却遇到了一件怪事。

那日下午正在家中与几位朋友聊天，突然有人叩门，开门看时，但见一对年过半百的男女，我问他们找谁，他们说找黄济人，我说我就是，女的却说你不是。我觉得奇怪，也有点生气，便说既然我不是，那你们就找错人了，请回吧。正准备关门，男的说话了，同志，我可不可以看看你的身份证？我不仅觉得奇怪，而且觉得荒唐，我说你到我家里来，我又不认识你，我不看你的身份证就算客气的了，你怎么……我的话被一个朋友打断了，他不知何时已站到门口，对那对男女说，进屋说，进屋说，我这人天生好奇心重，听了你们刚才的对话，里面肯定有故事。

坐定之后，男的叹了一口气，说了句其实我心里已经有数了，接着告诉我们说，女的是他的妻子，他们都在西安工作，有一个独生女儿，女儿西北大学中文系毕业，刚参加工作不久，在一次朋友聚会中，认识了一个叫作黄济人的年轻人，年轻人自称是作家，在重庆文联上班，这次来西安，为的是把自己的作品搬上银幕。说到这里，男的从提包里取出一本《将军决战岂止在战场》，我打开看时，扉页上还签有作者的名字，名字是我，但不是我的字迹。女的说话了，她眼睁睁地看着我说，刚才说不是你，是因为我见到过那个年轻人，你比他老，也没有他英俊，他请我和女儿吃饭，还从衣袋里拿出一张《西安晚报》，证明他确实是来改编电影的。那后来呢？问话的是我另一位朋友,看来他们都对这件事情产生了兴趣。答话的仍是那个女的,她显得有些悲愤:后来,后来年轻人就和我女儿住在一起了,房子是租的,租金是我缴的,再到后来,年轻人就不辞而别了。还有一位朋友问,你们既然知道他的单位,为什么不打电话呢?男的没声好气地说,怎么没打,电话号码是查实了的,可是就是打不通。我问了号码后告诉这个男的,那是过去的电话,现在重庆计划单列,号码也由五位数升到七位数了。男的又叹了一口气,说,早就准备来趟重庆,把事情搞个清楚,这次利用出差的机会总算来了,事情也总算清楚了,现在我们唯一要做的,就是赶快把真相告诉女儿,免得一天到晚哭哭啼啼的。

就在他们告辞的时候,我想到了一个问题,那就是怎么找到我家里来的?女的告诉我,他们去了市文联,问到我家庭地址的时候,对方说不可能随便告诉外人,除非你们要讲清楚,找他究竟有什么事。男的接着说,我们是老实人,为了找到你,对方问什么我们就说什么,这样,就把冒充你的年轻人和我女儿的事情告诉了对方。我知道糟糕了,文学艺术界是个风大浪大的地方,难免有叽叽喳喳的人,于是问对方是什么人,他们说不知道,再问"冒充"这两个字你们说了吗?他们说当时不知道真相,所以没有说。不怕一万,只怕万一,第二天我有意去了文联,殊不料党组书记见到我便问西安的事情,我反问他什么事情。他说现在整个文联都传开了,说我在电影厂睡了一个女演员,女演员怀了孕,人家的父母都找上门来啦。

39

绯闻尚未消除，换届时辰到了。

全国人大由七届到八届的时候，重庆文联的代表由两个变为一个，这一个不是梁上泉而是我，连我也没有想到的事情就这样发生了。我能够想到的是，市人大在向省人大推荐全国人大代表的过程中，一定要经过审查，除了政治立场、思想倾向，经济问题、生活作风也在审查之列，就是说，当风言风语像阵阵寒风向我袭来的时候，是包括文联党组书记在内的上级领导与组织，化作了一道挡风的墙，澄清了事实，还给了清白，温暖了身躯，滋润了心房。因为如此，但凡领导与组织交办给我，而我能够办到的事情，我从来没有说一个不字。

这是八届全国人大五次会议召开前夕，《重庆晚报》总编找到我说，这次会议要审议国务院关于设立重庆直辖市的议案，如有可能，你替我们写篇能够连载的文章，就像五年前你那篇《三峡工程议案是怎样通过的》一样，采用日记体，我们每天登一则你的日记。我答应了。我觉得设立重庆直辖市的议案经过全国人大常委会审议，在代表大会上应该能顺利通过，所以认为这篇文章没有多少写头。到了北京，情况出人意料，正如同三峡工程议案那样，赞成的声音很大，反对的声音也不小，不到大会表决的那一刻，谁也不知道这个水利工程能否上马。重庆直辖议案所面临的挑战，似乎还要更加严峻。

重庆以外代表们的批评此起彼伏，铺天盖地，诸如经济落后，设施老旧，产值不及沿海城市的乡镇企业，诸如脏、乱、差全国之首，与其成立直辖市，不如从成立直辖县开始。凡此种种，不一而足。天津作协的一位老朋友居然说，重庆毫无生气，连风都没有，树梢上那些叶片，就像塑料做的。当然，就写作而言，我又遇到了一次机会，抑扬顿挫才是音乐，喜怒哀乐方为文章，不管是赞成重庆直辖还是反对重庆直辖，我都理解为是对这座城市的关怀与热爱，我把议案审议的全过程，把议案表决的那一刻，都原原本本地记录下来。那时还是用手写，那时只能发传真，每日三千字的文章开始在《重庆晚报》副刊连载。版面有限，报纸就开始扩版，一直把这篇日记体的五六万字的报告文学登完。还在连载期间，晚报总编就打电话给我说，你这种写法真实性强，可读性强，让人身临其境，把所有的重庆人都带进北京人民大会堂了，所以我们加印了几万份报纸，仍然供不应求，报摊上还有人高价出售，真的是洛阳纸贵呵！

那是一个激动人心的时刻，当人民大会堂两幅巨大的电子显示屏上公布了结果，重庆直辖市议案获得压倒多数赞成票通过的时候，包括我在内的所有重庆代表，无不热泪盈眶，甚至掩面大哭。通过手机，喜讯发出去了，同样通过手机，狂欢发回来了：重庆城万人空巷，解放碑人头攒动，气球系着的长约十米的红底黄字标语"重庆直辖啦"，在鞭炮声里升入云空。我们步出人民大会堂之际，一位重庆女代表突发奇想：嘿，刚才进去还是四川人，现在出来就是重庆人啦。走下台阶，我接受了几家媒体的采访，他们问，作为中国最年轻的直辖市，你们的发展方向是上海模式还是深圳模式？我回答说，重庆是大城市和大农村的结合体，不同于上海直辖市，也有别于深圳特区，我们有自己的路要走，如果能走出规模与速度的话，我愿意称其为"重庆模式"。

返渝后，我应重庆出版社之约，对两篇文章进行了加工整理。一篇是五年前的《三峡工程议案是怎样通过的》，另一篇就是五年后新写的《重庆直辖市议案是怎样通过的》，整理后的两篇文章共有二十万字，合成一本长篇报告文学，取名《一个全国人大代表的日记》。出版之际，适逢重庆直辖周年，市委市政府发起重庆首届争光奖，评奖的方式则不是由单位推荐，而是让老百姓直接投票，在媒体表彰或介绍过的百人名单上画圈，最终选出十位获奖者。我是获奖者之一，统计票数的《重庆日报》总编告诉我，我的得票名列前茅，倒不是因为我写过《将军决战岂止在战场》，写过《崩溃》，写过《重庆谈判》，而是因为我写了《一个全国人大代表的日记》，在这本书里，老百姓找到了情感的共鸣，期冀的同生，他们找到了自己所关注的东西。

我们，作为老百姓的组成部分，也在直辖意识的驱动下，找到了相应的直辖效应。我以市作协的名义给市文联和市委宣传部写了一份报告，当然，这份报告的内容是作协主席团一致通过的，那就是建议作协从文联划分出来，单独建制。

直辖意识的形成也许是缓慢的，直辖效应的举措却是快捷的，不过半月，批复作协单独建制的全部文本悉数到齐，市作协党组书记也走马上任，与我共商第一届作家代表大会事宜了。与其他直辖市和各省作协的大会一样，当地的领导致辞而外，还有外地的代表发言。这位发言的代表我们在好几位省作协主席当中找到马识途，他不仅欣然接受，而且慷慨陈词，他说自从重庆离开四川以后，黄济人就不再担任省作协副主席了，但是水涨船高，他这个市作协主席和我这个省作协主席从此不分伯仲，可以称兄道弟了。在全场的欢声笑语中，马识途提高嗓门说，行政区划可以把土地分开，可以把河流截断，但是不可以把文学的天空撕裂，我们用同一种方言写作，我们靠同一种文化滋养，川渝两地的作家们，永远生活在同一个家庭！掌声，欢呼声，连成一片，经久不息，连我们的市委书记、宣传部长也站起身来，向这位道出了人间真情的老作家挥手致意。

马识途仍站在主席台上，没有离开麦克风的意思，他招呼我站在他的身边，说有一件东西要交到我手里。我有些纳闷，马识途为庆贺大会召开，已代表四川省作协向重庆市作协赠送了他的书法作品，此时此刻，还会有什么东西需要当众展示的呢？但见他解开中山服的上衣口袋，从里面取出一张折叠得方方正正的稿纸，然后双手递到我的面前。拆开看时，却是他正式要求参加重庆作协的入会申请书，我惊了一跳，笑着对他说，马老，你这是在开玩笑吧？他瞪我一眼，不以为然地说，我是认真的，作为重庆忠县人，连自己家乡的作协都进去不了，我还是什么作家！所以今天当着大家的面，向贵会提出申请，以表达我对入会的决心和诚意。我想了想说，既然马老是认真的，我们也不敢马虎，待大会结束后，我将把你的申请交给市作协创联部，等他们完成会员审批手续，我再把结果告知于你。

结果很快出来了，经过市作协主席团会议研究，然后报经市委宣传部同意，我们决定聘请马识途担任市作协名誉主席。这个职务在直辖前的市作协由杨益言担任，现在杨益言的职务没有变化，只不过增加了四川省作协主席而已。

40

重庆直辖的第二年，我被增补为第九届全国政协委员，关于这个增补，说来话长，也蛮有意思。还是在第八届全国人大五次会议审议直辖提案的时候，宁夏作协主席张贤亮在小组讨论上说，重庆不仅经济落后，文化也落后，最好的证明就是在我们政协文艺界别，居然没有一个重庆的委员。张贤亮的本意十分清楚，全国政协号称是中国的人才库，库房里没有重庆文人的影子，那就是这座城市文化缺失的体现。后来我与张贤亮通电话时，他说，我是在重庆长大的江苏人，怎么会不热爱自己的第二个故乡，即便我批评了重庆文化发展的滞后，那也是爱之深，恨之切，恨铁不成钢呀！

在两会换届的时候，我并不是第九届全国人大代表候选人，报纸上公布的全国政协委员名单，也没有我的名字。记得那是春节前夕，正当我失落期已过，换上平常心该干啥就干啥的时候，突然接到了我被增补为全国政协委员的通知。

这样，我的政治生涯由参政变成了议政。

政协与人大不同，人大由地方组团，政协以界别分组，比如科技组、教育组、宗教组、医卫组、体育组等。文艺组有一百多名委员，于是又分为三个小组。我所在的小组有几位作家朋友，除了张贤亮，还有贾平凹、张抗抗和张平。我们这几位都分别担任着各省市作协主席，唯有最年轻的张平，除了山西省作协主席、中国作协副主席，还担任着民盟中央副主席和山西省副省长。张贤亮用开玩笑的口吻对张平说，凭你的资格，下届可以出任全国政协常委，张平回答说，除非你批准我。张贤亮无权批准，但是八卦有效，果然在第十届全国政协会上，张平当选为常委。那自然是几年后的事情了。

第九届全国政协第二次会议期间，我应文史出版社社长之邀，去了他们那里做客，社长的意思是希望我能给他们写写稿子。该社的地点就在政协礼堂背后的机关大院里，我曾经工作和生活过的文史专员办公室，是去他们那里的必经之地，旧地重游，但见办公室人去楼空，走廊外一片荒芜，忍不住在台阶上席地而坐，舒缓一下我复杂而沉重的心情。是的，昔时乐观而健谈的老人们，除了九十八岁高龄的文强尚在家中安度晚年外，其余的都先后离开了这个世界。记得第七届全国人大二次会议开幕的前一天，我前去黄维家中看望这位老人，因为他说过四川的橘子特别好吃，所以我还捎了一袋给他拿去，却不料家中无人，房门紧闭，询问邻居，才知道他已于凌晨因心脏病突发在医院去世，现在家属与子女都在殡仪馆里。我在楼下找到了垃圾箱，把带去的橘子全部扔掉了，黄维没有吃的东西，谁也不准吃。比黄维年龄稍大的方靖，早几年就走了，我还记得这位老人给我送被褥以御风寒的情景。获赦人员中最年轻的便是沈醉，他也与我的四舅邱行湘一样在两年前驾鹤西去。

　　文史出版社向我约一部书稿，可是出于多种因素，我写了一篇只有几万字的文章，题目叫作《房子在地球上》。诗人艾青曾有过这样的诗句：房子在地球上，地球在房子里。我借用他的哲理，来诠释我在文史办公室的感悟。人这一辈子，各有各的经历，我有机会与这些老人们朝夕相处，虽然不到两年时间，但在我的生命历程中，无疑留下了刻骨铭心的记忆，因为如此，那篇文章虽说不长，我把它和几部长篇放在一起，共同收录在五卷本的《黄济人文集》当中。这部文集我请贾平凹题写了书名，我喜欢他书法的古朴与笨拙，这是他知道的，所以在寄来书名的同时，他还附了一封短信说，能够为你的大作题字，这是我的荣幸！文集出版以后，重庆出版社偕同市作协，在解放碑新华书店搞了一次签名售书活动。由于是精装版，书很重，也较贵，我看见两个大学生模样的年轻人，先翻翻书，然后放下了，接着各自掏钱包，大概二人的钱加起来还不够买一套书，于是走过来问我，您明天还来吗？我说不来了，今天你们就把书拿走，一人一套，我给你们签名，书款也由我支付。临走的时候，两个年轻人向我深度鞠躬，以表谢意，我说不用客气，写书人写书，可以出售，也可以送人。

我送给市委书记一套书。

几天以后，市委书记把我叫到他的办公室，他显然很忙，所以谈话直奔主题。他问我手上在写什么，我说在写一部暂定叫作《哀军》的长篇小说。什么内容？他又问。写国民党军队的几个正面战场，我回答说。他沉思片刻，用商量的口吻道，这个内容你是不是可以放一放，我想请你写现实题材的东西。我问，什么内容？他说写移民，尤其是外迁移民，移民是重庆的立市之本，这是你知道的，可是目前外迁移民有返乡的倾向，我们除了出台政策而外，还希望通过舆论导向，稳定他们的情绪，真正做到舍小家为国家。国家大事，匹夫有责，市委书记亲自点将，我自然义不容辞，责无旁贷，于是痛痛快快地答应下来。市委书记显得很高兴，兴头之上，似乎又不那么忙了，他与我闲聊之中，谈到毛主席建议省委书记们要和《人民日报》记者交朋友，又谈到历任重庆市委书记与作家们的友好关系。

他说一本《红岩》，天下皆知，但是很多人不知道，在这部传世佳作背后，站着当年的市委书记。他又说，《重庆谈判》是老书记给你出的题目，我在外地担任职务的时候，曾率团来重庆学习工业基地改造，市委市政府赠送我们的礼品，就是你这本书。还让我受教育的是，你这本书在改编为同名电影的时候,老书记不仅亲自到了拍摄现场,而且穿起粗布长衫,充当起群众演员。重庆这些老领导建立起来的好传统,我是需要继承和发扬的,作为第一个举措,我结合移民问题,这个被称为世界级的难题,给你出了这么一个题目,你在采访中在写作时碰到什么困难,尽可以找我。

剩下的事情就不必麻烦市委书记了,宣传部长主动召集了一个有市移民局局长,有市作协党组书记,还有我参加的碰头会,商量我外出的各种问题。比如以什么身份与移民接触?移民局局长说可以不考虑作协主席的职务,因为接收地的官员忌讳作家与记者的到访,担心在一些不尽如人意的事情上大做文章,从而给自己带来不必要的负面影响。宣传部长建议由他出面与市委组织部接洽,根据工作需要,能否让我以移民局副局长的身份,以检查工作的名义进行实地采访?移民局局长说万万不可,与接收地官员的对话畅通了,与外迁移民的对话就阻塞了,移民们要缠住你,要你解决问题,而你又没有处理权的时候,事情就越发不可收拾了。市作协党组书记倒有个好主意,他说政协委员不是经常有些专题考察活动么,就外迁移民的问题进行调研,正大光明,天经地义,既不得罪官,也不招惹民,比什么身份都来得切实可行。这样,启程之前,我重印了名片,上面的职务是:全国政协委员,重庆市政协常委。

41

百万移民当中，内迁是多数，外迁是少数。不到二十万人的外迁移民却分布在九省一市，大江南北。我的第一站是上海，没有直接从重庆起飞，却绕道陆路先去云阳，从那里与第二批赴沪的移民一起搭船前往。长江边上站满了欢送的人群，人群里有与移民频频握别的县长，县长见到我时说了句你来晚了，我说，船还没有鸣笛，何谓来晚了？他说刚才岸上发生的一幕我没有看到，好在看到了我也不解其意。他说得越玄乎我就越好奇，于是登船之前在我的恳请之下，这位县长告诉了我以后被我写进书中的故事。云阳县临江的一个村里有两户人家，鸡犬相闻，老死不相往来，从祖父那辈算起结下了世仇。一户内迁江津，一户外迁上海，就在刚才的码头上，两户的户主不期而遇，仇人相见，本应分外眼红，可是内迁户主对外迁户主说了一句话：各人在外头，要好生将息呵！外迁户主的眼眶突然红了，回应了一句：你也要多保重，不要太辛苦！

上海有个崇明岛，这是安置重庆首批外迁移民的地方，住宅修成了小别墅，还有草坪与荷塘，发达地区对于三峡工程的支持，自不待言，可是移民在客厅中间放了尿桶，把楼梯转角围成猪圈，卧室里面，衣柜与拌桶放在一起，蚊帐上面还有好几个补丁。反差最大的还是农民赖以生存的土地，看似松软肥沃，却是江水冲击至此的淤泥，含酸含碱我不知道，只知道移民背来的最易成活的黄桷树，在这里也只有等死。

好在这里的乡镇企业兴旺，移民中的年轻人大都进了工厂。我采访了一位年过半百的移民，他说工厂技术含量比云阳老家高，他只有小学文化，人家不要，而他要的是过去在重庆城里当"棒棒军"的生活，早上扛棒子，中午下馆子，晚上数票子。他说再待待看，如果在上海实在待不下去，他就要回到重庆，哪怕晚上住进防空洞也行。我在广东肇庆采访了一位来自重庆开县的移民，中年汉子，身强力壮，曾是老家的种粮大户。他说肇庆的地形与开县相差无几，山高坡陡，小田小土，因此安家落户伊始，他便买了一头水牛。春耕时分，他满怀信心，为着延续种粮大户的梦想，牵牛上山，挂犁下水，开始了新的劳作。但是，当他吆喝时，水牛未动，再次吆喝时，水牛动了，却歪着脖子去啃田坎边上的嫩草。这位移民不打算继续吆喝了，他甩下犁头，一溜烟跑回家里对老婆说，走，回老家去，这里的牛听不懂开县话，我们还种啥子田，还收啥子谷子？我问他，那么你说走又没走，是什么把你留下来的呢？这位移民说，这里的农民好，这里的干部好，他们组织起学习班，让我们学广东话，学肇庆方言，虽然我们一个个贵州骡子装马叫，但是水牛动了，走得飞快。

黄河以北只有一个接收地，那就是山东。山东的潍坊我不曾去过，只知道这里每年都要举行国际风筝节，那么风在哪里呢？到了潍坊以东的威海市，我才知道风来自黄海，是海风把大大小小花花绿绿的风筝吹到天上的。我要去的地方就在海边，要去找的移民，是来自重庆忠县一位父母早亡的单身青年，过去在云南打工，听说移民能够分到安置房才从老家外迁过来的。"我是个孤儿，也是个流浪儿，四海为家，没得啥子故土难离的东西。"他告诉我，风把他吹到海边，他除了看到风景，也看到定海神针，那就是村妇联主任给他介绍的一个女人。这个女人我也见到了，长得有点像巩俐，巩俐也是山东人。我问她为什么不要彩礼也要嫁给移民，她大大方方地说，这个男人勤快，穷人的孩子早当家；这个男人光荣，我们山东人把他们看作英雄；最后嘛，他有新房，如果里面没有新娘，这么好的房子也就白建了……

一路走来，行程万里，历时半年，这样的故事那样的故事数不胜数，俯拾皆是，作为一部非虚构作品，这是我采访耗时最多的一次，也是我写作耗时最少的一次，短短三个月，这部题为《一步三回头》长达二十余万字的报告文学就杀青了。作为头条，作品发表在《红岩》杂志上。读者的反应如何，我不清楚，我清楚的是市委宣传部表示认可，而市移民局表示存疑。局长刚刚收到杂志便打来电话说，你这个标题取得不好，我们的移民工作尚在进行，如果移民问到离乡背井的滋味是什么，我只好一问三不知，三问九摇头，你是作家，你来个积极的而不是消极的标题呀！局长言之有理，该书在重庆出版社出版的时候，我把书名改作了《命运的迁徙》。为了再表达得清楚一点，我在书名后面加了一段分成三行的题记：陪随他们迁徙的，除了行李，还有命运。事隔不久，市委宣传部部长告诉我说，拙著《命运的迁徙》准备报送北京，参与中共中央宣传部主持的全国"五个一工程"评选活动。正是这个决定，改变了我那部作品的命运，《命运的迁徙》最后获得了这个国家级的奖项。

中国作家协会的奖项中，以长篇小说为评奖范围的茅盾文学奖和以中短篇小说、报告文学、诗歌以及评论为评奖对象的鲁迅文学奖，是专业的业余的作家们梦寐以求的国家大奖，虽然我先后担任过这两大奖项的评委，但至今没有获得过如此崇高的荣誉。就在我为之努力潜心写作的时候，中国作协换届，我当选为中国作协主席团委员。有一句话叫作德不配位，我又何能何德能够在中国作协领导层占有一席之地呢？想来想去，大概是沾了直辖市的光，享了西部开发的福。主席团只有三十来人，含一位主席和十几位副主席，主席是巴金，他远在上海，不来坐班。坐班的是中国作协党组金书记，他兼任副主席，也来自上海，担任过上海市委宣传部部长。我和他第一次见面，他说他读过《将军决战岂止在战场》，我和主席团的所有作家一样，都是他崇拜的偶像。

金书记的谦卑给我留下难忘的印象。同样难忘的印象，却是在古巴留下的。中国作家代表团访问古巴，团长是金书记，团员是我和另外几个作家。公务结束以后，翻译把我们带到加勒比海滩，走到一个露天贸易市场。摊位上我看中一尊印第安酋长头像的木雕，雕刻细腻，形象生动，艺人利用材质天然的深红色，让头像口鼻流血，金书记看得呆了，脱口一句："一部印第安人的苦难史，全都在这个木雕的脸上。"我不惜高价，意欲买下，却不料头像用的是紫檀木，抱起来试了试，足足有三十斤重，我不想不远万里，舟车劳顿，于是就放下了。金书记急了，说可遇不可求的物件，为什么不买？你买了交给我，我给你背回去！我双手合十道，书记这话要折我的寿啦。他说折什么寿？实事求是好不好？我没有多少行李，加上木雕也不会超重，再说，作协工作本来就是为作家服务的。我把物件买下了，当然，不可能让金书记替我拿，他见我态度坚决，便让我把东西交到随团的中国作协外联部主任手里。这位主任的年纪比书记小一些，却比我大许多，看见他气喘吁吁的样子，我真是于心不忍，却又无可奈何。

　　中国作协每年都要组织好几个作家代表团，到国外进行文学交流，我已去过古巴、越南和朝鲜这样的社会主义国家，也想去资本主义国家看看。据我所知，各省作协主席大都去了美国，十来个人组成代表团，来回历时十来天，多多少少有些排队出访的性质，排到我的时候，情况发生了变化，代表团只有两人，时间长达一月。

42

陈忠实和我飞抵洛杉矶的时候，领事馆的小刘前来机场迎接，并且把我们称之为中国作协派遣的第一批访问学者。他还告诉我们，在美国进行文学交流的二十天期间，行程由他安排并且由他陪同，其余十天则由我们自己安排，或观光旅游，或探亲访友。

当日晚上，小刘带我们去旧金山，参加一个所谓上流社会的晚宴，他说晚宴是当地商会举办的，邀请了领事馆，又说这种有政要有商贾有名流的盛大宴会并不多见，所以要带我们去感受一下。

宴会设在一座豪华酒店的顶楼，我们进入酒店大厅的时候，陈忠实被站在门厅的侍从拦下了，他比我更不懂英语，小刘告诉我们的第一句话是：怪我，怪我，走得仓促，把这事儿忘了。然后又说：男士需要着正装，像黄老师那样，这样好不好？我把正装脱下来，给陈老师换上，我就不进去了，反正以后有机会。于是，我站在门厅不动，他们两人去了侧旁的洗手间，稍有片刻，两人出来了，不看不要紧，一看准得哈哈大笑：陈忠实偏高，小刘偏矮，陈忠实穿着那件齐腰的西装，活脱脱电影《抓壮丁》里的童子军，而小刘穿着这件对襟马褂，活脱脱同一部电影里的王保长。宴会堪称盛大，上百位男士西装革履，上百位女士袒胸露背，风景着实迷人。隔着落地玻璃朝下看，左边是三藩夜色，右边是金门大桥，只可惜红酒太酸，西餐太淡，折腾了两个小时，我们还饿着肚皮。

华人写作者很多，各地都有民间的作家协会，在我们去过的几个城市中，拉斯维加斯的作协规模最大，大概有一两百名会员。他们有来自大陆的,也有来自台湾的,基本上都用华文写作。在座谈会上,我注意到一个现象,那就是他们的年龄普遍偏大,而且闲来无事,心生寂寞,通过写作打发时光而已。有句话叫作无聊才写书,我在这里终于找到了出处。作为文学交流,老实说,我们对他们的作品知之甚少,他们对我们的作品也了解不多。就拿陈忠实而言,他们都知道他是中国作协副主席,却只有少数几个人知道他的代表作是《白鹿原》。至于我,场面更令人尴尬,当座谈会主持人问及谁读过《重庆谈判》时,上百人当中只有一个人举了手,而且这个人还向我提出了一个奇怪的问题,他说他是在美国的华文书店买到这本书的,于是问大陆作家的作品为什么要拿到台湾出版,难道这类涉及政治历史的书籍,在大陆会受到限制吗。也许正因为如此,我们与他们的交流才有着存在的意义,这在赴美之前,至少于我来说,是不够了解与理解的。

陈忠实和我都需要在座谈会上讲话。

按照分工,他讲中华人民共和国成立后到"文革"前的中国文学,我讲粉碎"四人帮"以后,也就是新时期的中国文学。虽然他和我都有过乡村教师的经历,但是如今面对衣冠楚楚的美籍华人,我们深感众口难调,莫衷一是,名义上是文学交流,可是他们感兴趣的,似乎大都是文学以外的东西。比如关于体制,他们羡慕大陆体制内的作家,工资是纳税人给的,挣了稿费是自己花的,这是海外华人做梦也想不到的;再比如关于刊物,他们即便笔耕不辍,创作甚丰,也很难找到地方发表,虽有华文杂志,也有华文报纸，但都是财团主持的，意在华人中推销产品，散发广告，偶尔登一点文学作品，也不过装点门面，附庸风雅而已。华人作家对来自大陆的同行，通常都会有一点小小的要求，那就是把他们的文稿带回去，推荐给刊物发表，或者介绍给出版社出版。我和陈忠实分别收下几部书稿后宣布就此打住，否则再找两个人来也是扛不动的。至于余下的书稿可以按照我们名片上的地址寄来，我们尽力而为就是。

在华人相对聚集的加州，小刘把我们领进一位华人的住宅，并且要在这幢普通的别墅里小住三天。进门之前，小刘说要给我一个惊喜，他说他读过我的《重庆谈判》，里面写到一位国民党将领，而住宅的主人便是这位将领的女儿。进屋之后，才知道女主人的父亲不是别人，正是鼎鼎有名的张治中！是的，被誉为"和平将军"的张治中，曾以国民党军事委员会政治部部长的身份，担任着重庆谈判国民党方面的联络人，几年以后，又赴北平与共产党代表谈判，双方议定了《国内和平协定》，此协定遭国民党拒绝后，他接受了周恩来的恳劝留在北平，并发表了《对时局的声明》，从此与国民党一刀两断。

见到这位爱国将领的女儿，我自然是肃然起敬，而她见到我们，用她的话说，如同见到家人，有一种久别重逢的感觉。原来，张治中的女婿，虽是一位哲学家的儿子，却是陈忠实的忠实粉丝，他不仅读过《白鹿原》，还读过《蓝袍先生》《四妹子》《李十三推磨》和《到老白杨树背后去》，等等，他觉得陈忠实所有的作品不但贯穿着文学精神，而且渗透着哲学原则，此番能够与偶像面对面地交流，他觉得三生有幸。张治中的女儿是当地著名侨领，她关心政治，不关心文学，因为《重庆谈判》涉及她父亲的往事，所以从朋友那里借来读了一遍。她这样告诉我说，上清寺对门的桂园是我们家的私宅，我父亲曾请毛主席到家里来做客。我问，就是说，你亲眼见过毛主席？她笑了，笑得有些自豪：那是当然，我之所以把桂园那段看了看，是因为你写的这些事情发生时我就站在旁边。张治中的女儿又说，毛主席在我家做客时打翻了一个茶碗，我当时是个小丫头，"哐当"一声把我吓哭了，就在父亲让勤务兵重新沏茶的时候，毛主席把我抱在他的膝盖上，连连安慰我说对不起、对不起，怪你的毛伯伯总是笨手笨脚的。我有些感叹，忍不住对她说，要是早认识你就好了，我可以把这些细节都写进书里去，那样的话，《重庆谈判》就不显枯燥了。她说我不懂细节，但是觉得你在情节的安排上，少了一个至关重要的环境交代：我家的桂园在中山四路的下段，上段是周恩来的住宅，现在叫作周公馆，而中间住的是国民党军统头子戴笠，那个嘉陵江边的别墅现在叫作戴公馆。我插话说，戴公馆现在是我们单位写《红岩》的作家杨益言的住宅，草坪上还有一个望江亭，漂亮得很。她瞪了我一眼，叫我不要打断她说话，然后又说，漂亮的外衣下面包藏着邪恶的用心，前几年我去重庆参观时，解说员讲戴笠住在这里的目的是监视周恩来，其实这只是事情的一半，另一半就是监视我的父亲，父亲也意识到了这一点，那是解放后他在担任全国人大常委会副委员长的时候，亲口告诉我的。如果《重庆谈判》有再版的机会，我请你一定把我讲的内容加进去，这也是对历史负责呀！

收获满满，不虚此行。

剩下的时间，便是由我和陈忠实自行安排了。他要去芝加哥与一位汉学家见面，那位汉学家正在翻译他的《白鹿原》。我则开始了探亲访友，先去了表妹一家所在的西雅图，后去了朋友一家所在的圣迭戈，这位朋友的朋友有一家旅行社，他便让我参加了两海岸五日游，旅游归来回到洛杉矶。我已与陈忠实约好，返程之日在洛杉矶机场见面，可是距离返程还有两天，害得领事馆小刘天天陪我喝咖啡，既影响他的工作，也破坏我的情绪。我对他说，幸亏很快就可以回国了，不然的话，我真想偷渡回去。小刘笑道，我只知道有偷渡来美国的，还没听说过有偷渡想回到中国的，你这句话我会告诉很多人，因为蛮有意思。他问我，你觉得美国不好吗？我说不，美国很好，让我开了眼界，但是这里不适合我。

访美归来，我的好些作家朋友都写了文章，发表在各地的报刊上，可是不知为什么，我一个字也写不出来。相反，我去台湾不过一个礼拜，回来写了篇长达万言的《台北看雨》，在《人民日报》海外版连载。这篇文章被原八一电影制片厂厂长王晓棠看见了，她是著名演员，现在担任导演，她给我打电话说，大陆作家与台湾老兵的接触是一条很好的红线，她想通过老兵返渝探亲把故事贯穿起来，编导一部电影叫作《芬芳誓言》。

43

合格证
检验员：02

这部电影的情节并不复杂。

剧本把那位大陆作家取作和我完全相同的名字,与一位台湾老兵在台北同乡会结识。这位台湾老兵回到重庆以后,委托作家替他找寻几十年前的私定终身的情人。那时他在抗战陪都邂逅了一个女大学生,兵营与校园之间,通过书信保持联系。女大学生在每一封信里,都会放上一片黄桷兰的花瓣,而且在最后一封信中,许下了非他不嫁的誓言,之所以被称作最后,是因为他最终随国民党军队的溃败去了台湾。漫长岁月的分别,他在海峡对岸结婚生子,而坚守不懈的她却在巴国乡间独居一人。作家受人之托忠人之事,通过台办的通力合作,两人终于取得了联系。然而,就在台湾老兵手持一束黄桷兰,顺江而下前往乡间的途中,那个实现了诺言的老太太,却因为兴奋过度,突发心脏病在家中去世。

王晓棠率摄制组来到重庆,见到我的第一面就说男二号不用找了。我听不懂她的话。她笑道,你的外形、身高和气质,居然和我要找的那个扮演大陆作家的演员是一模一样的,所以男一号是那个台湾老兵,你就是我要找的男二号。王晓棠待人和气,措辞诚恳,没有大明星的架子,兼之我从来不曾上过银幕,出于好奇心,凡事都想体验一把,所以就欣然应允,只是担心不懂表演,浪费胶片不说,还有损影片质量和她的声誉。王晓棠鼓励我说,其实人人都可以拍影片,只要眼睛不对准镜头就行。我如法炮制,居然把这个大陆作家的角色演下来了。王晓棠也许是在追求自己的朴实,我基本上没有化妆,声音是自己的,衣服是自己的，就连个别台词，也是自己临时添加上去的。创作需要自由，演戏也需要自由，或许这就是文学与艺术不可两分的道理。

电影《芬芳誓言》的首映式在重庆大学举行，我曾经被这所大学聘为客座教授，多次在这里举办过文学讲座，所以有部分师生认识我。当王晓棠带着主要演员走上讲台，把我作为男二号介绍给大家的时候，台下瞬时响起了一片笑声，我不知道这是表扬我吃螃蟹的勇气，还是批评我出风头的陋习，反正听起来觉得怪怪的。比笑声更怪的是电影开篇的字幕，上面居然出现了"黄济人饰演黄济人"的文字，也许王晓棠是出于好心，但是对于我的性格而言，这是很难接受的。事后我请她做一点技术性的修改，这位有着少将军衔的导演却用命令的口吻说，不能动，一个字都不能改，电影根据真实的故事改编，带有明显的纪实色彩，这正是我苦苦追求的艺术风格。

这部电影获得了不少奖项，包括金鸡奖、华表奖和中宣部"五个一工程"奖，这是我没有想到的，同样没有想到的是，获奖不久王晓棠来重庆参加一个公益活动，她居然把两个奖杯和一张证书也带来了。她来到我的家里，把奖杯和证书放在茶几上，然后与我分坐在两旁合影留念，把她的荣誉与我分享。同样作为九届全国政协委员，与她合作之前就和她见过面，只是因为她在军事组而我在文艺组的缘故，我认识她，她却不认识我，殊不料从彼此认识的第一天开始，我就认识了她的内心。作为公众人物，王晓棠的坎坷经历也是公开的。"文化大革命"时期，作为专政对象，她被钢丝鞭抽过身，被狼牙棒打过头，但是她没有流过泪。一天，她从劳改队干完活回到宿舍，在门缝里看见了一封信，信里说，我们夫妻俩是在八一厂附近上班的工人，看见大姐干的全是苦活脏活，我们心疼、心酸，特地每月从工资里匀出一点钱和粮票给大姐，请大姐好好保养自己的身体。看完信，王晓棠泪流满面。十年浩劫，这是她第一次流泪，第二次则是她十六岁的爱子得了肝炎，由于得不到及时有效治疗，很快离开人世。人们说她是"集美丽和坚强于一身"的女人，凭借我对她的了解与理解，愿意加上一句"集艺术与品德于一心"的女人。

能够做到德艺双馨的人并不多。

我就是做不到的那一个。

家事、国事、天下事，这是我对三件事的排序。弟弟仍在老家江津，结束知青生涯后，他被安排在花生厂工作，因为身体的原因，弟媳离他而去，给他留下了不满三岁的儿子。为了照料弟弟，母亲从重庆又回到江津，而且长期生活在那里。只要我有空，也经常往老家跑，跑得多了，跑得累了，总觉得这是个问题。那时江津已经归属重庆，成为直辖市的一个区，但是户口要从区县迁至主城，仍然是难于上青天的事情。我找到市委副书记，讲明了意欲将弟弟迁至我家附近的原因，这位副书记表示理解，并且在给相关部门的函件上，作了"以解黄济人创作的后顾之忧"的批示。事情很快就办妥了，弟弟落户在与我相同的渝中区，房管局安排的两室一厅住宅，距离我刚刚购置的商品房，还不到五百米的距离，弟弟被分配到日杂公司工作，他上班，他儿子上学，都在解放碑的核心区域。

我的新居坐落在一幢高层住宅的顶楼。考虑到儿子结婚以后，能够和我们住在一起，所以买了一个面积稍大的房子。房子有三层，有两个小花园，地处闹市，却也闹中取静。搬家那天，市委副书记和宣传部长前来道贺乔迁之喜，他们带来的那筐枇杷既甜且大，最大那颗的果核，居然不小于蛋黄，于是我将其埋在顶层的花园里。万不谙数年之后，这株枇杷从发芽到枝繁叶茂，从开花到满树挂果，年产量居然高达五十斤左右。有位朋友做客家中，吃了枇杷连夸树种好之后，上顶层看了看这株碗口粗的树，他告诉我说，独木不挂果，你家附近肯定还有枇杷树。又说，你在花开时节看见蜜蜂了吧，这些蜜蜂都是从另外的枇杷树上飞过来的。虽然在我的视野之内，至今没有发现另外的枇杷树，但是我相信了朋友的话，而且觉得他讲的除了植物还有人类，除了哲理还有文学，除了生存还有命运。

母亲依然生活在弟弟家，把弟弟的儿子一手养大，因为相隔很近，我时不时地过去看她。必经之地有个菜市场，我喜欢买些她喜欢吃的东西拎在手上，她总是说没有东西的时候想吃，现在有了东西反而吃不下了。每出一本书，我都会给母亲送去，每一次送去，她都会高兴好几天。她没有书架，我的书全部堆放在她的枕边，有次大姐给她买了书架，可是母亲摆在上面的，只是几件瓷器和古玩。我知道，尽管她总是要我不必太辛苦，但是我写的书，才是她最珍贵的礼物，难怪一位邻居在提到母亲的时候告诉我，你可以向她借钱，但是不可以向她借书。

我虽无才，在同行中表现平平，但是母亲以我为骄傲，身心康健，安度晚年，这便是我人生最大的收获了。我有一位在市委组织部担任过副部长的文友，写过一本叫作《孝心不能等待》的书，记述了收到母亲病危的加急电报，立马从重庆飞回大连，在飞机上不知老人死活的情态下自己的感受。他说最害怕飞机颠簸，可是那天气流猛烈，颠得他五脏六腑都要吐出来，这时刻他产生了一个罪恶的想法，那就是干脆让飞机失事，机毁人亡，好让他提前赶去天国，迎候母亲的到来；到了大连，冲进医院，还好母亲尚在，他让护士们离开病房，并且告诉她们，是母亲一泡屎一泡尿把他养大，现在是他回报老人的时候了。这位朋友把孝心写到了极致，说出了包括我在内的所有儿女们的心里话。然而自然规律不可抗拒，我的母亲在九十五岁那年因病去世，那晚正是平安夜，我对老人说，上帝与你同在。

遵照母亲要与父亲合葬的遗愿，我在歌乐山下买了一块墓地，坟基建好以后，我抱着母亲的骨灰盒，偕同两位姐姐去了江津，把父亲的骨灰盒接回重庆之后，再去陵园由殡仪人员将两个骨灰盒并排放进了墓穴。坟基背后是一道弧形的墙，墙上分左右镶嵌着两位老人的照片与简介。父亲的简介里，我突出了他的投诚将领的身份，母亲的简介里，我强调了她的坚韧不拔的性格。坟基前面，是陵园管委会修建的一座牌坊，牌坊上面写着"黄埔军魂"四个大字。

44

送走两位老人，顿觉心里空空荡荡的。想写点东西，却不知道要写什么，于是像往日那样，准时上班，准时下班，履行着公务员的职责，而忽视了专业作家的职能。正在这样的时候，家里突然来了两位不速之客。

客人相互介绍后得知，高的那位是中国青年出版社胡社长，矮的这位是该社总编室刘主任。胡社长开门见山道，无事不登三宝殿，我们是冲着你的《将军决战岂止在战场》来的。他又说，在他家的书柜里珍藏着好些他喜欢的读物，其中翻阅得最多的，便有我那本处女作。但是，他继续说，我那本书他看得不过瘾，因为作品的时间跨度是从国民党将军战败被俘开始，到他们分期分批获赦最后全部离开监狱为止，那么后来呢？他想知道他们作为公民，是如何回归到社会的故事。刘主任接过话题说，胡社长想请你续写你的成名作，如果已出版的叫作上半部，那么待出版的叫作下半部，然后由我们出版社隆重推出这本书的完全本，你看这样行吗？我尚未作答，胡社长又说话了。他说他年近六旬，想在退休前完成完全本的出版，希望我务必支持他。

老实说，我被胡社长的真诚感动了，虽然续写并非易事，但是我仍一口答应下来，并且当即在刘主任带来的图书出版合同上面签了字。当然，我的签字不能算数，因为我只有上半部版权的一半，另一半在解放军文艺出版社手里。关于版权的变更胡社长自然是内行，他说合同五年一签，问我手上的合同到期没有。我掐指一算，告诉他今年刚刚到期，他大喜，提高嗓门说，很好、很好，你今年写稿，我明年出书！哦，还有，你有什么需要我们帮助的，尽管告诉我。我想了想说，有一件事情不知当讲不当讲？他愣了一下：请讲、请讲，只要你能够信任我。我说明天准备给解放军文艺出版社去个电话，主动把版权拿走的事情告诉他们，希望合同不再续签，到此为止。十年前，重庆出版社也向我提出过变更出版社的要求，可是我与责任编辑联系的时候，他态度很坚决，说但凡获得全军最高文学奖项的作品，都是解放军文艺出版社的保留节目，任何出版社以任何理由都不能拿走。就个人的想法而言，拿走该社的出版权我也于心不忍，虽然责任编辑口口声声说作家是出版社的衣食父母，但该社于我确实存在知遇之恩，养育之情……讲到这里，胡社长打断我的话说，你能够念念不忘该社，让我这个当社长的很是感动，我们有些作家不是这样的，至于你讲到的事情，不难解决，而且用不着你打电话，因为现任的该社社长，是我曾经的战友。

我的当务之急，是尽早写完《将军决战岂止在战场》的下半部。按照出版协议上面规定的时间交稿。写下半部的便捷之处，在于有上半部的铺垫，人物不必介绍，故事只管延伸，唯有的困难，就是这些原国民党将领全都走了，有问题向他们请教的时候，再也没有机会了。好在他们的子女多在大陆，我与子女们多有联系，通过与第二代人的交流，仍然可以获得第一手的资料。况且，后辈写前辈的，远不止我一人，比如沈美娟，她在写完《我的父亲沈醉》以后，又有《归梦难圆》和《天涯飘萍》问世。

45

下半部写完后，发表在《红岩》杂志上，该作品还获得了当年的重庆文学奖。重庆出版社社长找到我，希望该作品由该社出版，我告知已答应了中国青年出版社后，社长又找到市委宣传部，部长专门打来电话，说了句"肥水不流外人田"之后，又提出了个变通的办法，那就是该书由两家出版社联合出版。这个办法得到了中国青年出版社的同意，这样，便由两家共同在北京现代文学馆召开了《将军决战岂止在战场》完全本的出版发行研讨会。

　　到会的文化部原部长、著名作家王蒙喜欢这本书，当然，在完全本问世之前，他只读到了上半部，正是因为这上半部，他曾邀请我去位于青岛的中国海洋大学讲课。这所工科大学设了一个文学院，院长便是王蒙。我的讲座时间两小时有多无少，让我感动的是，这位古稀之年的中国文学大家，居然在讲台上陪坐了那么长的时间。我讲完以后，他还要进行点评，当然，多为鼓励我的话。他说我知道黄济人会讲，但是不知道黄济人如此会讲，我今天算是大饱耳福啦！

　　真正会讲的人自然是王蒙。

　　作为到会的首席嘉宾，王蒙第一个发言说，一本三十年前的作品，读者还记得它，还希望能够读到它的续篇，这里面是有原因的。有题材方面的原因，有写作方面的原因，但我觉得最为本质的原因，还是这部诞生于粉碎"四人帮"之后的大作，与其他不少文学作品一起，参加了当年思想解放的"大合唱"，余音缭绕，相传至今。王蒙才思敏捷，出口成章，这是中国文坛无人能敌的，无人不晓的。于我而言，他方才的那段讲话，却给了我异样的感受，拙著问世几十年来，不断能够听到一些赞美之声，过誉之词，而今唯有王蒙的褒奖，由于站位更高，眼光更远，给了拙著从未有过的定义，也给了我从未有过的启发与教诲。

当时担任着中国电影家协会主席的李前宽也到会致辞，他三句话不离本剧，从导演《决战之后》谈起。他说根据上半部改编的这部电影实在难拍，没有多彩的外景，只有单调的高墙，没有女人，没有恋情，只有穿着囚服的整日唉声叹气的男人。现在好了，上半部没有的东西下半部全都有了。他表示万事俱备，只欠东风，他等待着重拍这部电影的机会。因为时间的关系，在场有三位嘉宾没有发言，他们分别是黄维的女儿黄慧南，文强的儿子文定中，以及沈醉的女儿沈美娟，但是，此时无声胜有声，他们都是我写进下半部的人物，现在从书中走出来，出现在读者的面前，应该是纪实文学真实性的最好证明。

我在会上说，作为作者，我诚挚地感谢读者和编者。在我先后收到的上千封读者来信中，不管是对我的表扬还是批评，都是对我写作的支持。至于编者，我特别称赞了这部完全本的责任编辑，她在书的封底，不仅收录了王蒙和唐弢对该作品先前有过的评论，而且把自己的观点，写成了两段对仗工整寓意深刻的句子：抬望眼，历史最是无情，世界潮流，浩浩荡荡，顺之则昌，逆之则亡；低扪心，人性依旧如故，荣辱兴衰，命运浮沉，报国情怀，至死不渝。诚然，中国青年出版社于我的知遇之恩，也是不敢忘怀的，该社在庆祝建社五十周年之际，特意推出了一套典藏名著丛书，在包括长篇小说《红岩》的几十部文学作品里，我看见了拙著完全本的书名。

　　老舍先生的儿子舒乙，担任着现代文学馆馆长，也是与我同在文艺组的全国政协委员，完全本出版发行座谈会不久，他给我打来电话说，在香港卫视凤凰网上看见了该网对我的采访，对我没有邀请他参加座谈会表示遗憾。又说，遗憾归遗憾，工作归工作，他现在的工作就是希望我把完全本的书稿捐献出来，作为现代文学馆的永久收藏。我未置可否，犹豫之间，想起了《红岩》手稿的捐赠仪式。那是好几年前的事情了，这时杨益言还健在，作为《红岩》三位作者唯一健在的人，他，我，还有市委副书记和作协党组书记一起参加了这个仪式，地点就在现代文学馆。厚厚的书稿被鲜红的绸缎包裹着，杨益言手捧书稿，缓慢地走向前台，然后轻轻地放在台布上。舒乙掀起绸缎，正准备讲话的时候，市委副书记径直走到前台说，对不起，这部书稿我在重庆没有机会看到，今后留在北京，我就更没有机会了，所以现在想看一看，说完，她伸手准备翻阅书稿。可是，她的手臂被一只戴着白手套的大手挡住了，站在身边的工作人员告诉她，这是国家级文物，不得随意翻动，要看，由工作人员翻给大家看。我霍然起身，也走到前台，站在市委副书记后面，然而定睛看时，上面的字迹不是杨益言的，也不是罗广斌和刘德彬的，显然是一位硬笔书法家，根据《红岩》全文抄录下来的。虽然如此，这也是手稿，况且三人合著的作品，总得有一人来融会贯通才是。想到这里，我觉得《红岩》是座高山，拙著是堆泥巴，但是泥巴里头的每一个字每一个标点符号都是我自己写出来的，再说当时写作条件差，买不起稿纸，每一页稿纸的格子都是用铅笔在白纸上画出来的，倘若把手稿留给儿子，儿子再留给他的女儿，说不定还是件励志的好东西，这样想时，对于舒乙的盛情我婉言谢绝了。殊不料时隔不久，现代文学馆馆长由舒乙变为中国作协副主席陈建功以后，我接到了一份盖有该馆公章的手稿征集通知，随之有该馆工作人员专程来渝，登门拜访，实在是却之不恭，受之有愧，这样，该馆重庆作家的手稿除了《红岩》而外，又多了一份拙著的手稿。中国青年出版社在出版完全本时，责任编辑就是在现代文学馆里分别影印了上下部各一段文字，放进了书里的。

自从文学进入市场以后，出书的环境发生了巨大的变化，作家们的稿酬来自版税，也就是说，印数越多收入越多，若是达不到出版社的基本印数，作家们不仅分文不取，而且还得拿出一笔费用，用以维系纸张以及印刷的开支。重庆作协有两千多位会员，能够通过写作赚取稿费养活自己的人并不多，多数作家对这样的出书状况是心怀不满的，他们认为，马克思早就说过，诗歌是商品的天敌，精神领域的东西怎么能够与物质与货币同日而语呢？回答他们的也是作家，少数作家认为，文人没有那么清高，从出版物的封底标有售价的那一天起，文人就是商人，既是商人，就得按照市场的规律行事，这是虽然严峻甚至残酷却无可争辩的现实。

相比之下，我自然是现实生活的既得利益者。《将军决战岂止在战场》曾获全国优秀畅销书奖，迄今为止，印数已逾百万，而且完全本问世以后，年年再版，不曾中断。发行量较大的，我还有一本书，那就是曾获《当代》文学奖的长篇小说《崩溃》，过去的累积印数已经接近三十万册，而今又签约了新的出版协议，只不过作为甲方，我的乙方不再是湖南出版社，而是重庆出版社。虽然不管哪家出版社，都把作家视为自己的衣食父母，但于我而言，这样把出版社换来换去的做法，心中也不乏内疚与自责。有奶便是娘，我果真为五斗米折了腰，在市场经济的浪潮与漩涡中甘于沉沦了吗？我不能回答自己。

生活仍在继续，而且不断创新。

不知道什么时候，一种闻所未闻的出版形式出现了，那就是发行量呈上升态势的有声书。重庆有家"非书"文化传播有限公司找到我，希望把我的部分纸质书变为有声书，由该公司负责制作与上线。这是劳动转化成果的又一次机会，既然与纸质书的出版并行不悖，我何不可以从利益的最大化进行考虑，于是欣然与该公司签订了合作协议。他们在一次性支付了稿酬之后，买走了《将军决战岂止在战场》《崩溃》《重庆谈判》以及《命运的迁徙》的有声书版权，继而以极短的周期完成制作，正式上线。没过几天，我突然收到一则来自太平洋彼岸的微信，微信是生活在那边的杨小青发来的。平时与她联系不多，而且至今不曾送给她我的任何一部作品，这位小学同窗、大学也学中文的朋友却在微信里说，她听完了《崩溃》，就文学的根底而言，她自愧弗如。我秒回她说，谢谢鼓励，祝她吉祥。

46

最后一次参加北京的两会了。

根据相关规定，连续担任委员或代表的，五届期满。一届五年，五五二十五，我已经开了二十四年的两会了，如果把两会比喻成一所大学，那么我将在今年参加毕业考试，完成选民们交予的所有学业。这样的时刻，心情自然是紧张而又激动的，关于履行职责与义务的考量，每一位委员或代表都需要交出最后的答卷。我的答卷是一份题为《把解放碑还给历史》的提案。作为提案的领衔人，我是做了功课的。有资料表明，重庆解放碑的前身是抗战胜利后，张笃伦先生题写的抗战胜利纪功碑，解放军在人民解放战争中攻克重庆后，由刘伯承元帅题写了人民解放纪念碑。同一个碑，记载着两段历史，把解放碑还给历史，便是恢复它纪功碑的名称。当然，重庆解放，也是另一段历史的丰碑。至于这座碑建造在哪里，我在提案里建议建到朝天门。那里两江交汇，大河东去，崭新的解放碑预示着浩浩荡荡的历史潮流，展示着万马奔腾的建设成就。征集了三十名政协委员的联名签名后，提案交到了全国政协相关部门。大会闭幕不久，相关的回复就到了：解放碑这个全国文物保护单位的指示牌上，要加上纪功碑暨解放碑的字样。

我仍在文艺二十六组，连续三届长达十五年同在一个小组的只剩下贾平凹，张贤亮因任职期满，已经不再是本届的全国政协委员了。我们三人原本还有一个相同的职务，那就是中国作协主席团委员，可是张贤亮因为年满七旬，在作协换届的时候，也不再是主席团委员了。我不知道职务和身体是否存在某种关系，反正自从退休以后，张贤亮就患上了肺癌，除了四处求医，就是继续经营他一手打造起来的西部影视城。两会期间，张贤亮来到北京，他不是来开会的，是来治病的。前段时间的通话里，知道他不愿意做化疗，愿意服中药，此番前来，便是住在北京一家中医院里。那日他给参加两会的几位作家朋友发了一条短信，说是寂寞难耐，想与大家聚聚，聚餐的酒店与包房已经订妥，务望诸君拨冗光临。因为担心有人缺席，他在短信里强调说，这极有可能是与文友们的最后的晚餐。

　　我如约前往。这是一座豪华的酒店，这是一席高档的盛宴。入座时，一位享有副部长待遇的作协副主席径自前往上座，意欲坐在张贤亮的身边，可是被东道主挡下了，张贤亮把这个位置让给了我，然后略带歉意地对大家说，今天的座位我来安排，不当之处敬请原谅，因为这极有可能是我对文友们的遗嘱了。最后的晚餐，最后的遗嘱，觥筹交错，本应乐不可支，可是在张贤亮嘴里，竟全都是关于死亡的话题。他说活到老，学到老。那么，什么才是我们最后一门功课呢？毫无疑问,这门功课就是学会死亡。又说,学会死亡的方法有很多,比如不留遗憾,构成遗憾的原因又有很多,比如拖欠情债,情债更是一个广泛的概念,比如你在最为无助的时候,别人送来一句让你振作的话,这句话哪怕只是简单的问候,也足以让你感恩一辈子。张贤亮最后站起身说,我能够与大家告别的,就是这些平淡的话了,请相信我的真诚,鸟之将死,其声亦哀,人之将死,其言亦善,如此而已,岂有他哉。

这顿饭吃得有些压抑,压抑之时,需要呐喊,我虽然没有喊出声来,但是我心里在为张贤亮叫好!这是一位生活得极为真实的朋友,又是一位胸怀大志、宠辱偕忘的朋友,更是一位才华横溢、思想超前的朋友。记得他曾经告诉我,因为兴建了年产值高达一亿的西部影视城,他被邀请去日本出席在那里举办的亚洲经济论坛并作主旨讲演,他说在座的企业家们出卖的是你们的产品,而我出卖的是荒凉,就是说,荒凉是我的产品,荒凉也是能够卖钱的!一语既出,四座皆惊,难怪一位来自中国黑龙江的企业家接着发言说,张贤亮的讲演启发了我,荒凉能够卖钱,寒冷也能够卖钱,我回国后要把冰雕艺术馆和滑雪场、溜冰场从中国北方开发到中国南方去,以己之长攻彼之短,这既是为文之道,也是经商之道。

47

返渝未久，我收到张贤亮寄自银川的一捆大宗邮件。

邮件是用挂号寄来的，里面除了八幅六尺长的书法作品，还有一封信。信中说，这些书法作品是分别送给我的八位重庆朋友的，在渝的时候，这些朋友希望得到他的墨宝，他也答应了，现在身体每况愈下，赶紧兑现承诺，不要让这些朋友失望才是。看了信，我鼻子发酸，眼睛有些潮湿，把他的书法作品转交给我朋友的时候，他们也感叹唏嘘，感激涕零。其中有位朋友说，我现在就订机票，明天就去宁夏看望张老师，朋友中有大学教授，有政府官员，也有小商小贩，一呼百应，他们或请人代课或谎称出差或放弃经营，与我结队而行，于翌日前往银川。

银川近郊的西部影视城里，张贤亮为自己建造了一幢别墅，可是不知道为什么，空空如也，只有他一个人居住。屋内虽然装修豪华，甚至金碧辉煌，但是依旧不知道为什么，我感到了他的孤苦伶仃，他的晚景凄凉。因为如此，我和朋友都觉得不虚此行，能够在他生前围他而坐，陪他聊聊天，聊聊地，聊聊人世间，即便只有一天光景，一刻时间，也是不枉认识一场最值得做的事情。张贤亮体力不支，拄着拐杖，我们的到来，用他的话说，像给他打了鸡血那样，走上走下，为我们张罗食宿。住宿的地点，在影视城土墙外面的马樱花饭店，饭店是他盖的，店名是他根据自己的作品《灵与肉》中女主人公的名字取的，每个单间床头上的座签是他亲笔写下来送给每位朋友的。我的床头上，基于对我命运的了解与理解，他写了八个字：困兽犹斗，勇猛出击。翌日黄昏，我们在影视城大门向他告别，寒风袭来，张贤亮有些站立不稳，我们让他回去，他说你们先走，我要目送到马路的尽头。大家于心不忍，说你不回去我们不会走的，这样他才转过身子，拄着拐杖，在夜色中踽踽独行。我们当中年龄最小的一位朋友忍不住泪如雨下，他哽咽着嗓音说，我想起了朱自清写父亲的那篇《背影》。

我们返渝不到半月，张贤亮走了。我是从《重庆晚报》记者那里得知噩耗的，对于记者的采访，我只说了一句，我如同失去了兄长。当夜无法入睡，凌晨我去了机场，到达银川殡仪馆的时候，张贤亮的儿子对我说，我是外地客人来得最早的一个。来得早也走得早，没有张贤亮的宁夏，不再是塞上江南，我的留恋之地。返渝当日，接到中国作协《文艺报》主编电话，他说为悼念张贤亮，该报拿出了一个整版，希望我能写篇不低于五千字的追思文章。我的写作速度偏慢，可是当天晚上写毕这篇题为《未了情》的长文，还不到两个小时的时间。这不叫思如泉涌，这叫谈兴正浓，仿佛张贤亮就坐在我的对面，彼此都想把说不完的话说完。他未了的，是对生命的渴望，我未了的，是对友情的怀念。文章被安排在《文艺报》那个版面的头条位置，主编告诉我说，看过文章的好几位作家都看哭了，他们说比你写过的那篇《美丽的坚强》还要感人。

《美丽的坚强》也有五六千字，也是《文艺报》主编约稿然后发表在该报副刊的头条。十几年前，汶川地震的当天下午，我接到重庆消防总队总队长的电话，这位担任着市公安局副局长的武警少将自称是我的"粉丝",问我是否愿意随他奔赴抗震救灾第一线,体验这个非常时刻的灾区生活。我自然愿意增长阅历,丰富自己,所以说走就走,于当天晚上赶到重灾区北川中学,风雨交加之中,食宿在校门外临时搭建的帐篷里。翌日清晨,天空放晴,我身穿迷彩服,随少将总队长在残墙断垣中间查看灾情。一位穿着中山服的中年男子朝我们走过来了,我迎上前去,请他退到警戒线之外,因为起重机已经进场,挖掘机正在作业。这位男子站住了,他目光呆滞地望着面前教学大楼的废墟,表情木讷地说,我是这里的老师,我女儿是我的学生,她和全班学生一起,都被压在房子下面了,我来找你们,是想请你们挖慢点,挖轻点,我女儿长得很好看,不要把她那张脸挖破了……少将总队长坚定地点点头,让他放心,我则忍不住转过身去,潸然泪下。

《文艺报》主编从网上得知我在救灾前线,当即电话约稿,而且希望越快越好。天气骤变,又是风雨交加,我钻进漏水的帐篷,趴在潮湿的被子里,借助手电筒微弱的光线,写了整整一个晚上,始得完成了《美丽的坚强》。返渝以后,市作协响应市委宣传部的号召,开展了各式各样的赈灾活动,当时我兼任着《红岩》杂志主编,决定推出这本杂志的增刊,收录包括我那篇散文在内的为数众多的抗灾作品,然后把增刊拿去义卖。义卖的地点设在繁华的解放碑,作为一种庄严的仪式,碑前还搭建了主席台,台上站着市委宣传部、市公安局、市民政局领导,适逢中国作协一位副主席来渝调研,我们也把他请上台,由他一声令下，开始义卖。抢购的人很多，团购的人也不少，他们把一沓钞票塞进捐赠箱，然后把一摞增刊抱离现场。熙熙攘攘的人群中，我看见了两位肩扛棒棒的农民，他们由于囊中羞涩，站在角落里犹豫不决，最终，各自从衣兜里掏出五元钱，包括角票，包括硬币，一股脑儿地塞进捐赠箱，取了本增刊，跑到解放碑侧旁的黄桷树下传阅去了。不到两小时，一万本增刊义卖告罄，我们把十万元义卖款，按照对口支援的指向，捐赠给了成都所辖的崇州市作家协会。

《文艺报》主编是位评论家，他说我的散文并不亚于我的纪实文学，何不把散见在各地报刊的文章收录整理，出版一本散文集？我以为然。不仅如此，他的这个合理化建议，还催生了我的其他想法，比如在位和不在位的时候，为不少作协会员的作品写过序与跋，二三十年下来，总字数得有四十万左右，出版一本《黄济人序与跋》，应该没有什么问题。现在的问题是，作为一个专业作家，名的追求已经过去了，利的诱惑已经过去了，剩下的事情，就是这辈子究竟要给读者给社会甚至给自己留下什么东西。张贤亮留下了《灵与肉》，陈忠实留下了《白鹿原》，健在的贾平凹留下了《秦腔》，莫言留下了《酒国》，比起这些文友来，我自然自惭形秽，不能望其项背，但认真效法是必要的，努力追赶是必须的，我还是那句老话，要么沉沦，要么奋起。

平时联系不多的莫言，突然发来微信，说有一件事情需要得到我的帮助。这位大校军阶的军旅作家，是有恩于我的老朋友，那年他来重庆为驻渝部队举办文学讲座，闲暇时分打来电话说要请我吃饭，地点就在我家附近的两路口。我回话说行动不便，前时在北京参加两会，休会那天与其他代表同游京郊的卢沟桥，殊不料为抄近路竟在桥下摔断了右脚跟骨，现夹板未取石膏未除，正在家中养伤哩。莫言说吃饭靠嘴又不靠腿，中午的饭局不得有误，说完坐上军车，径直来到家里。由于没有电梯，他背我下楼，由于无法上车，他背我步行。虽说两路口离家不远，但还是有着一公里的距离，正值夏季，烈日当头，眼见莫言大汗淋漓，随行的上校恳请大校换上自己，莫言瞪了一眼上校说，什么叫作友谊？友谊就是让我进行到底！

滴水之恩，涌泉相报，莫说莫言有一件事情求助于我，就是十件百件我也得有条件办到，没有条件创造条件也要办到。原来莫言的老家山东高密，正在筹办以他的名字命名的文学馆，馆藏当中有一样资料是必不可少的，那就是莫言在获得诺贝尔文学奖的第二天，国内各地报纸对这个重大新闻的报道。所有省份和直辖市的报纸都收集齐了，唯独缺少的就是重庆，他希望我助他一臂之力。我找到报业集团总裁，告之，莫言文学馆若是没有重庆方面的相关报道，也是这个城市在新闻传播上的重大缺失，集团总裁同意我的意见，遂下令将当日登有莫言照片的《重庆日报》《重庆晨报》《重庆晚报》《重庆商报》《重庆时报》、重庆《新女报》以及《重庆法制报》的相关版面通通扫描出来，然后让我通过微信转发给莫言。

48

最后一次参加北京两会之余，现在需要再去首都，参加最后一次文学艺术界的两会了。按照惯例，文联和作协的代表大会同时在人民大会堂召开。在隆重的开幕式上，在庄严的国歌声中，党和国家领导人会依次走上主席台，而事先就在主席台后排就座的，有中国文联和中国作协主席团的上百位委员们。我，便是这上百位当中的一个。按照过去的眼光，能够走进人民大会堂已是理想，能够坐上主席台更是梦想，可是当梦想成真以后，我发现从视野的角度说，其实没有高低之分只有远近不同，从台下朝台上看，主席台显得很远，从台上朝台下看，大会堂显得很近，正应了苏东坡的那首《题西林壁》：横看成岭侧成峰，远近高低各不同。不识庐山真面目，只缘身在此山中。

文联与作协都是五年一次的换届会，因为年龄的关系，我将走出此山，与作协主席团告别了。别情依依，不舍那些与我共事十载的文友，遗憾满满，我腾出来的这把椅子上，坐不回来现任的重庆作协主席。是的，这把椅子于个人而言，只是个垫屁股的东西，对单位而言，却是个长脸面的物件，尤其是在中国文坛领导层面的话语权，丧失与拥有，都不是一件小事。只不过事既如此，也就随遇而安了，我但愿大事化小，小事化无，安安静静地来，安安静静地去。却不料大会主席团另出新招，用了一种热闹的办法表达心意，那就是在选举投票之前，突然提名我和江苏作家赵本夫为总监票人，于是在热烈的掌声中我们两人走向前台，开始检查票箱，报告实际人数，以及在投票结束之后，宣布选举结果。

此番赴京，与我同行的有位《重庆晚报》副刊部主任，他不是大会代表，却希望在大会上借助我的余热，帮助他为晚报副刊落实几位文学顾问。我找到王蒙、舒婷、叶辛、张抗抗和贾平凹，他们无人拒绝，欣然接受。用舒婷对副刊部主任的话说，我从不沾边这种徒有虚名的东西，但是为了黄济人，我破例了。然而我找到莫言的时候，他却未能破例，他说自从得了诺贝尔文学奖，什么样的关系都来了，我不能因为你而去得罪大家，所以请你务必包涵才是。名人有名人的烦恼，我不是名人，而且很快什么都不是了。

那日上班不久，我就和市作协党组书记一起，组织全单位几十号人学习中央文件。那日开会，市委组织部有人参加，市委宣传部有人参加，似乎比平日还要显得庄严与正规，会议的内容却与中央文件无关，有关的是我的职务变更。在变更之前，要进行一次民主测评，测评之后，还要进行七天的贴榜公示。经历了这样的程序过后，我就成了非领导职务的巡视员。

只过了三五天，市委组织部部长便约请我去他的办公室谈话。部长在充分肯定了我的工作之余，又说，市作协即将换届，关于新的作协主席的人选，我们也想听听你的意见。

我推荐了作协副主席兼秘书长的那位土家族作家，她满脸写着憨厚，内心充满才情，曾经获得过中国作协少数民族文学最高奖项的"骏马奖"。作协换届大会闭幕会那天，她作为新当选的作协主席，请我这个被主席团聘为名誉主席的退休老头讲话，我说我不迷信，但是这个世界确实存在好些不可思议的东西，比如今天，一天不多一天不少，是我担任市作协主席整整二十二年的日子，这使我想到了一个叫作"圆满"的词。当然，我说的不是功德圆满，相反，我应该是无功而返，市作协在这漫长的岁月里，至今没有实现茅盾文学奖和鲁迅文学奖零的突破，我自然有着不可推卸的责任；我说的是人生圆满，我在最好的年龄阶段，体现了最好的生命价值，这是我无怨无悔，引以为慰的……

我期盼已久的，却是威远之行。

太和小学的同事刘姓老师终于来电话了。他自从与我同年参加高考，以四川文科状元的成绩考入西南师范学院历史系以后，彼此之间便失去了联系。我考入的内江师专自然要比西南师院低不少档次，自惭形秽，无意高攀，所以不想联系，至于他是怎么想的，我自然不得而知。记得我已经从北京回到重庆，而且担任了市作协主席，在众多的读者来信当中，看见了这位老友熟悉的笔迹，失散多年，终有音讯，我忍不住激动，第一时间给他写了回信。以后便偶有交流，因为当时通讯方式落后，家中均无电话，加之各自忙于公务，少有时间，所以这样的书信往返并不频繁。与之相反的是，这位老友的工作单位，倒是时有变化，大学毕业后，留校当干部，单位是西南师院党委办公室，后来调到市委组织部，再后来调到市教委，担任了纪工委书记的职务，到最后，作为正厅级别的巡视员，担任了市教育发展基金会的负责人。

老友此番打来电话的时候，他已经退休了，我与他曾经有约，彼此退休以后要做的第一件事情，就是结伴而行，去一趟威远，以解阔别多年的相思之苦，和那魂牵梦萦的怀念之情。老友的老家其实就在威远，自从把妻子的户口落到重庆，他就再也没有重返故里。我回威远的机会反而多些，一次是知青的集体行动，他们要在毛主席号召"上山下乡"的纪念日去各自的公社团聚，二次是威远文化馆对我的单独邀请，希望我在曾经工作的地方搞个文学讲座，但是由于公务在身，每日坐班，始终未能成行。此番前往，既不是纪念"上山下乡"，也不是参与文学活动，至于为什么要直奔太和小学，连我自己也说不清楚。人到老年的时候，会产生怀旧的情绪，怀旧的领域包罗万象，可是不知为什么，至少对于我来说，只有去了太和小学，才能够激发我最炽热的情绪，寄托我最诚实的愿望，我最艰辛的岁月，毕竟是在那里度过的。这，也许就是人们常说的刻骨铭心的记忆吧。

　　沿着一条不曾见过的公路，车抵太和小学。当年学生上学包括老师上课都需要翻山越岭，村村通公路只是近些年来的事情。老友显然与威远方面有过联系，站在校门口迎候我们的，除了学生和老师，还有几位来自县上和乡里的干部。这时公社的称呼已经取消了，代而存之的是乡或者镇。熟悉的地方，地名却是陌生的，熟悉的学校，教室却是陌生的，只有黄桷树下那口锈迹斑斑的吊钟，让我感受到了当年青春的气息。老师们希望我能为学校写一幅字，我却愿意为学生们上一堂课。在这堂地点设在篮球场学生人数已达数百的大课里，我讲了三个我教过的太和小学学生的故事，一个现在的职务是上校军官，一个现在的职称是大学教授，还有一个现在的职业是公司高管，我说他们的现在是从过去做起的，那就是除了勤奋还是勤奋，他们之所以能够走出大山，是因为懂得英雄不问出处，更懂得英雄要问去处。县里的一位宣传干部把我的讲课录了音，说是整理出来以后要在当地报纸发表。

学校不远便是我落户的凤凰一队，我曾经担任过生产队长，多少年来，我把这个队长看作是我的最高职务，并且在好几本书的作家小传里，写进了这个光荣的头衔。可是，几十年后的今天，当我回到这个深山老林中的村寨时，迎面而来的村民再没有叫我队长的了，他们的父辈大多作古，他们的晚辈大多在外打工，与我年龄相差无几的村民，也大多被子女接到了城里。走上田坎的时候，我的眼睛突然大放光芒，我终于看见了一个熟悉的身影。这个身影不是村民，而是山崖凹壁上的标语：备战、备荒、为人民。这条毛主席语录是我当年搭着木梯写的，用丝茅草的根砸平后做成的排笔，用石灰加水加白矾做成的涂料，没有想到风吹雨打了半个世纪，笔迹还是如此清晰，笔力还是这般遒劲。县里的那位宣传干部要我站在凹壁侧旁，为我拍张照片留作纪念，他说今天令我惊喜更令他惊喜，因为前时县里举办的知青摄影展上，他见过这张毛主席语录的照片，但不知道照片是在何处拍的，语录又是何人写的，现在一切都呈现在面前的时候，他说他简直不敢相信自己的眼睛。

他的这种感觉，很快就在我的身上发生了，那是我穿过竹林，蓦然看见我住过的茅草房的时候。时过境迁，人去房空，这间屋子居然还在那里，不能不让我心跳不已。走进屋子，里面有股难闻的气味，问了邻居，才知道这里曾是房东的猪圈，现在空无一物，黑咕隆咚，房东准备将就宅基地把草房变成瓦房。我有些心疼，失去的才是珍贵的，忙把房东请来，问他茅草房卖不卖，回答说可以卖，但是只有使用权没有产权，如果安心要买，两万块钱就可以了。我说考虑一下。身边的乡长对我说，不用考虑了，你把房子先买过手，然后我们出钱负责装修，以你的名字搞个纪念馆，也算作是乡里重要的文化资源。我告诉乡长万万不可，虽然有著名作家在旧居或工作生活过的地方参与了纪念馆之事，但我只是作家，与著名无缘，所以犯不着沽名钓誉，这房子我不买了。

　　离开生产队的时候，我伸手抚摸了这间茅草房的土墙和柴门，然后一屁股坐在尚有软虫蠕动的门槛上。我想多坐一会儿，因为房东告诉我，他很快就会拆掉这间茅草房了。坐着坐着，我脑洞大开，忽地想起好些事情来。是的，我从这里出发，现在绕了一圈后又回到原点。自从迈出这道门槛，我碰见了许多人，遇到了许多事，而许多人当中，有我的贵人，我的恩人，许多事当中，有我的巧遇，我的机遇。记得处女作荣获全国优秀畅销书奖时，北京有媒体要我写篇创作谈，我的标题是《天门为我启开一道缝》。想到天门，便想到天风，便想起清代诗人龚自珍的一首词：曾是东华生小客，回首苍茫无际，屠狗功名，雕龙文卷，岂是平生意？乡亲苏小，定应笑我非计。才见一抹斜阳，半堤香草，顿惹清愁起……

　　这首词的名字叫作《天风吹我》。